親愛的味道

沈嘉禄美食散文精选

沈嘉禄 著

上海文化出版社

图书在版编目（CIP）数据

亲爱的味道 ：沈嘉禄美食散文精选 / 沈嘉禄著. -- 上海 ：上海文化出版社，2023.6
ISBN 978-7-5535-2726-0

Ⅰ. ①亲… Ⅱ. ①沈… Ⅲ. ①散文集－中国－当代 Ⅳ. ①I267

中国国家版本馆CIP数据核字(2023)第059186号

出 版 人 姜逸青
责任编辑 黄慧鸣
装帧设计 王 伟

书 名 亲爱的味道——沈嘉禄美食散文精选
作 者 沈嘉禄
出 版 上海世纪出版集团 上海文化出版社
地 址 上海市闵行区号景路159弄A座3楼 201101
发 行 上海文艺出版社发行中心
上海市闵行区号景路159弄A座2楼 201101 www.ewen.co
印 刷 上海颛辉印刷厂有限公司
开 本 787×1092 1/32
印 张 11.5 插页26
版 次 2023年6月第一版 2023年6月第一次印刷
书 号 ISBN 978-7-5535-2726-0/I.1049
定 价 68.00元

嘉禄是人人的朋友

西坡

方令孺教授曾经（1931 年）写过一篇文章，《志摩是人人的朋友》，似乎把徐志摩放在了置顶的地位——“人人的朋友”，还有什么旌表比这更让人意气奋发、踌躇满志的呢？

在这篇文章里，方教授有一搭没一搭地絮叨志摩的殊勋茂绩，但就是不肯诠释志摩为什么成为“人人的朋友”的缘由。其中尚能勉强扣题的只有两句话：“他们都叹赞志摩有温存的性质，肯为朋友间的事尽心，并且他又是那样有兴致有毅力，能同世界的文艺活动衔接。”以及，“从自己心里烧出的生命，来照耀到别人的生命，在这种情态下吐出来的诗歌，才能感到灵活真诚。”显然，这里的“朋友”和“别人”，只局限于一小撮文学爱好者而已，离“人人”还远得很呐，恐怕不能被认为已经臻于自圆其说之境。其他呢，比如他的论敌、他的情敌，自然排斥在“人人”之外，不必说了；我记得大陆荧屏曾经播过一部台剧，里面有个老爷气不打一处来地怒骂试水自由恋爱的少爷：“你以为自己是徐志摩啊！”可以推想，倘若徐志摩去拜访那个老爷的话，八成会被他手里的“司的克”打得屁滚尿流。至于扛大包的脚夫、蹬三轮的车夫……很可能被诗人一身笔挺的西装、光鲜的轻裘吓呆，然而他们决计不会冲着“最是那一低头的温柔，像一朵水莲花不胜凉风的娇羞，道一声珍重，道一声珍重，那一声珍重里有蜜甜的忧愁”的几句诗，便被收买，于是崇拜他，认他做朋友。

徐志摩像王羲之那样给卖扇老妪题了扇？徐志摩像李太白那样给素不相识的文青汪伦写了感谢信？徐志摩像白居易那样给大字不识几个的老婆婆念了诗？都没有！那，凭什么说“志摩是人人的朋友”？

过于夸张的“人人”，正是对于绝大多数“槛外人”的冒犯。

然而，我在这里大而皇之将方教授的标题加以活剥，套在嘉禄身上，一点儿也不感到言过其实的忐忑。“有温存的性质，肯为朋友间的事尽心”，嘉禄有吗？当然！“从自己心里烧出的生命，来照耀到别人的生命”，嘉禄有吗？当然！

不过，光凭上述两点，还不足以让嘉禄稳居“人人的朋友”的制高点。关键是，他的“接地气”，已是进入他的“朋友圈”或者想进入他的“朋友圈”以及目前仅限于喜爱他文章而从未谋面的人都能感受得到的——时刻关注民众的生存状态并始终以扎实的思想和行动切入其中，给予与他生活的半径重叠乃至游离在外的人们以足够的信心和期待。而这种信心和期待，往往以非常生动、非常具体的实证，渗透着类似禅宗般的开悟智慧，让人缓接愉快，不任向往。只要读过他的小说，他的散文，他的戏本，他的艺评，他的绘画……

沉睡的记忆被唤醒，消失的场景被再现，美妙的体验被重构，雪藏的欢欲被点燃，人们自然而然与他亲近起来，以做他的朋友为荣，不管实质上的还是名义上的。

当嘉禄以美食作家的面目出现，我相信读者对他的认可，变得尤为深刻，更加执着。

民以食为天嘛。徐志摩给不了与他不在同一层次和生活圈的读者的共情，嘉禄能给，其底气便是来自对寻常人家生活的细腻观察和切身体验，从不懈怠，从不隔膜，从不自以为是，从不居高临下。

事实也是如此。我想，熟悉嘉禄的美食文章犹如囊中探物者或者仅仅一知半解者，都能对我的判断感同身受，甚至还高看一线。

从上“断头台”的人享用丰盛的最后一餐，到初生婴儿为索取一滴奶水而毫无顾忌地哭闹，谁说肉身转世的纽带不是吃？此时，思想、意志、精神、灵魂和智慧，都靠边站了。

老北京彼此招呼，老上海相互寒暄，不外“吃了吗”。嘉宾过访，国宴接风，方表真挚；老友相聚，名馆侍候，尽显厚谊。即使糟糕到谈判几轮，调解三番，最终不还得折冲樽俎？“一壶浊酒喜相逢。古今多少事，都付笑谈中。”

吃，是人类最大的公约数，没有之一。

眼观毕加索，耳听贝多芬，鼻闻香奈儿，齿镶黄金甲，身着阿玛尼，肩挎爱马仕，脚蹬普拉达，腕戴劳力士……给嘴投喂的却是槽头肉——你以为“病从口入”，嘴巴就该等而下之，不配光风霁月？

那是什么逻辑啊！

赵之谦的花，吴昌硕的花，齐白石的花，潘天寿的花……对一般人来说，花就是花，一回事。如果有人告诉你它们之间其实有着不同的生趣和理趣，你是否会觉得那一个个灵动的生命体正在眼前跳掷奔跑，传递着自然界与人文观契合与否的信息，而不仅仅是阳台里几盆绿植变成干花后成为月光下墙上的斑点？

练书法要拜老师，打太极要拜老师，弹钢琴要拜老师，学外语要拜老师，连行走也要问道于小哥大妈，倒全不在乎“食不厌精，脍不厌细”，号称“有啥吃啥”——你以为所有的生活都如做爱，无师自通？

是的，在饮食上，相当多的人正面临着“啥时吃”“吃什么”“怎样吃”“咋操作”的困惑以及对于“请客”“餐馆”“点菜”乃至“打包”等无从措手的窘迫，请教高人不失为一个简单而有效的办法。我想确实也是那样：嘉禄的美食文字，现已证明可以成为一种完美而可靠的指引。

作为一个具有相当成就的美食家和美食作家，嘉禄的文字之精美让人望尘莫及。他对场景的调动、细节的捕捉以及描摹的把控能力，都显示出一位有特点、有追求的小说家应该具备的素质和才华。我曾经漫不经心地提到过他的小说和散文，“文笔中流露着无处不在的对于传统文化贵族气息的由衷欣赏、熟练模仿”。这绝对不是一种贬抑，恰恰相反，他是真正得到了十九世纪以来批判现实主义、浪漫主义、象征主义的滋养，兼蓄中国古典诗词的精髓，加以融会贯通。“贵族气息”，在我看来，暗示的是一种精确、精致和精妙的品格和气质；从另一个角度说，是对光怪陆离和胡歌野调的摒弃。可喜的是，在创作小说、散文之余，嘉禄把那样的创作理念和手法不动声色地灌注于美食文章里，使它们或正在使它们变成非常富于文学色彩的另类写作，感性，优雅，体面，丰富，侃侃而谈，从容不迫。几乎所有定位于文学性质的报刊副刊都向他由衷致意并热情接纳，充分说明了这一点。

让厨师受益，令编辑赏心，给读者愉快，使同道开眼，其吸引力来自以下那些聪慧温敏的文思——

> 黄鱼鲞烧肉，是绍兴人从小吃惯了的“下饭”。鱼与肉是中国美食中两大阵营的统帅，素来井水不犯河水，但绍兴人有大智慧，将两大阵营一锅焖。想来它们先是泾渭分明，骄矜自恃，但在柴火的作用下，从分歧达成共识，从对抗走向联合。故而黄鱼鲞烧肉，吃口奇谲，鲜美无比，犹如罗密欧与朱丽叶的旷世奇恋，超越偏见，冲破门户，你中有我，我中有你，最终融于一体。（《黄鱼鲞烧肉》）

西北风呼呼地吹，透明的熟猪油在窗台上凝结—— 情况正在发生变化。第二天清晨，碗的中心部位凹陷下去成为一块盆地，它是那么的可爱，仿佛老天爷特别垂怜你，在你家的青花大碗中下了一场雪。（《偷吃猪油渣》）

春雨初歇的夜晚，独自一人踩着湿软的土路向着竹园深处走去，梦里的故乡便扑来眼前，泥土与腐叶的气息让我清醒而激奋，被脚步惊起的白鹭向着更幽深的地方飞去。突然感悟到：倘若没有婆娑的竹影，月光将是何等的寂寞！（《江南春早野蔬香》）

值得一提的是，它们仅仅是其所有著作中极小极小的一部分。

正因为嘉禄把读者当作朋友且不论高低贵贱，他才肯用读者最易听懂的话语、最愿接受的表达、最觉舒服的口吻、最感兴趣的案例，输出他们最想得到的知识和最能抚慰心灵的情绪。而读者所回馈他的，是把他当作知心朋友，踊跃地买他的书、热烈地点赞他的帖子、积极地转发他的雄文，以及循着他的足迹去品尝高性价比的美食。

过去三十年里，嘉禄已经出版了《饮啄闲话》《消灭美食家》《上海老味道》《上海人吃相》《鱼从头吃起》《吃剩有语》《手背上的一撮盐》等好几本美食随笔集，现在他的美食散文精选集《亲爱的味道》也将付梓，这本书有一个隐性的主题，就是通过对美食体验的回忆，表达对父母、亲人、师长、朋友、故乡及普通劳动者的真挚感情；强调家庭和睦、亲朋友爱、社会和谐、文明进步等对于人类在社群或更大范围内生存和融合的意义。在这些共识之上，普通的食物才能被赋予更美好的滋味。毫无疑问，这里的思考，攸关所有人的利益，值得瞵视。

那么，谁又会跟一个给了自己善意和好处的人过不去呢？只怕是为没有尽早跻身于他的“朋友圈”而遗憾吧。

我的所谓“嘉禄是人人的朋友”的理论依据，便是这么来的，尽管这个说法或许不能让“人人”完全同意，但我没准备去接受反驳。

2023.3.5

目录

镬焦香

菜根香

薄荷香

镬焦香

偷吃猪油渣

在很长时间里，我一直认为世界上最香的气味来自一堆白花花的猪油。不管它在下锅前的外貌是如何的平庸，比方说夹着比芝麻还细小的煤屑，洗也洗不干净，细嗅之下还有一丝令人不快的膻味。但你不妨将它切成麻将牌那般大小，放在铁锅里慢慢地熬。不一会，它滋滋地渗出了油，肥腻的气味，在昏暗潮湿的厨房里弥漫，令人欣慰。很快，锅里的油多起来了，在猪油块的边缘兴奋地冒泡。再然后，猪油块缩小了，结壳了，浮在透明的猪油上，像一条条小鱼那样灵活，并泛出赏心悦目的金黄色。

这个时候，啊，脂肪的香气如同快乐的精灵在石库门房子里窜来窜去。

西北风呼呼地吹，透明的熟猪油在窗台上凝结——情况正在发生变化。第二天清晨，碗的中心部位凹陷下去成为一块盆地，它是那么的可爱，仿佛老天爷特别垂怜你，在你家的青花大碗中下了一场雪。

在我读中学时，四个哥哥全在外地工作，二哥在新疆，五哥在黑龙江，都是物资极度匮乏的地方，猪油成了他们改善伙食的恩物。那个时候买猪肉是要凭票的，每人的定量相当有限，根本不够滋润枯燥的肠子。但若是购买猪油，则可以多买一点。这个规定非常有人情味，菜场里的老师傅都知道买猪油的顾客家里肯定有知青。

父亲非常小心地将雪花膏一般的熟猪油装进塑料食品袋里，为的是便于邮寄，或托人带去。留下来的猪油渣就成了家里的美味。

熬猪油是我的差使。我也喜欢做这项家务，因为熬的过程相当有趣，当然，若不是可以偷吃几块猪油渣，劳动积极性也会受到极大打击。猪油渣不要熬得太接近渣，留一点油脂，趁热蘸盐吃，外脆里酥，香气扑鼻。

熬猪油的经验丰富了，我就会分辨猪油渣的质量。比如用板油熬猪油出油率高，但猪油渣吃起来没有什么嚼头。若用猪脊背上的油熬，虽然不容易熬透，但这种质地稍硬的猪油渣更能抚慰小男孩的心灵。在牙齿的贪婪夹击下，一股温热的油脂便会喷涌而出。猪油渣若是带点肉筋，吃起来特别香脆。

那时候，老酒鬼用猪油渣下酒，据说风味胜似火腿。在我家，猪油渣烧豆腐汤，堪称经典。它的妙处还在于猪油渣总是浮在表面，打捞起来比较方便。猪油渣炒塌棵菜，或与萝卜一起红烧也相当好吃。猪油渣与青菜一起剁馅包馄饨、包馒头也是相当不错的，别具一种本帮风味。

在“深挖洞，广积粮”的年代里，猪油渣是最接近猪肉本味的下游产品。不过要是妈妈对猪油渣的深度开发迟缓一两天，就会发现美餐一顿的计划可能泡汤，因为我实在挡不住诱惑，一次次的偷吃，导致猪油渣严重流失。

在一些小饭店里，我说的是那种在路边搭个油毛毡棚棚，砌个灶头，急火爆炒家常小菜的饭店，猪油渣也是百搭，与豆腐、线粉及菠菜等需要油脂滋润的菜蔬配伍，烧成价廉物美的汤菜，对草根阶层的肠胃是极大的安慰。还有一些小饭店干脆就供应纯粹的油渣汤，在稀释了的骨头汤里再加点酱油，碧绿的葱花飘在上面，大约五分一碗。

那时候浙江路上有家饭店还外卖经过机器压榨的猪油渣，压成的油渣饼直径在一尺左右，厚约三四寸，得用点力才能掰开，是名副其实的渣。深受压榨的油渣与本质很好的豆腐结盟，不仅有欺人的用意，味道也相去很远啦。不过据说这种油渣饼特别受渔民欢迎，在海上作业时成为主要的脂肪来源。

我敢说，凡是童年吃过猪油渣的人，进入中年以后，只要看到猪油渣三个字，一定会条件反射，挡不住口水从嘴角流出。

现在有些菜之所以香气不足，与今天的厨师不敢用猪油有关。比如成都蛋汤，非得先用猪油将蛋煎过不可。烧菜饭，当然也是加了猪油的最香。冬笋菜心或塌菜粉丝用猪油炒的话更香更糯。炖虾皮蛋汤若搁一点猪油的话也能成为一道美味。许多人不知道河鲫鱼如何炖出奶白的汤色，其实锅内放一点熟猪油，将鱼身两面煎一下，加开水煮沸后再用小火炖，汤色就如愿以偿地呈现奶白色。香港美食家蔡澜在上海开的那家饭店，猪油拌饭是吃客必点的，此饭装在小小的杉木桶里，桶盖一开，香气夺人，美眉们也不管不顾地抢来吃。

有一富豪请客，我吃白食，当每人一盅由香港厨师做的蟹粉鱼翅上桌时，服务小姐发现少了一份。富豪笑着说：没事，我要一碗阳春面。并再三关照："一定要放猪油！"

据说这个富豪小时候家境贫寒，常常吃了上顿没下顿，进县城读中学时还穿了一双"前露脚趾像生姜，后露脚跟像鹅肫"的布鞋。

我突然想起猪油渣，就说本人也喜欢猪油，特别是猪油渣。他果然来劲了，叫了一碟刚刚熬出来的猪油渣，撒了细盐，在座的几个大男人吃得不亦乐乎，而且都承认小时候偷吃过猪油渣。

杀牛公司的猪头肉

老家在崇德路六合里，与曙光医院仅一墙之隔，我家北窗又正对着医院的煎药房，碧空如洗没有一丝南风的下午，一股苦涩的或者酸溜溜的中药味就会一阵阵地涌入我家。在晒台上又能看到淮海公园一角，树影山色，雾色苍茫。再远一点就是嵩山路消防队的瞭望塔，每天一早有军号声哒哒响起，我可要在暖融融的被窝里再赖一会，等妈妈喉咙响过三遍再穿衣穿鞋，不耽误吃早饭上学。

老家附近有三座桥：八仙桥、南阳桥、太平桥，我们雄踞三角区中心位置。我小时候常常问大人：三座桥呢？其实我父母这一辈也没见过这三座桥，或许很久以前是有过的。上海过去有许多小河小浜，自从开辟了租界，河流都被填平筑路。

杀牛公司的所在，老上海称之为南阳桥，前门在西藏南路，后门在崇德路与柳林路交会的L字路口。小时候上幼儿园，每天由姐姐领着从杀牛公司后门经过，再穿过文元坊到西藏南路。弄堂过街楼下有几个聋哑人摆了一只修鞋摊，生意不错，墙上挂满了刚刚绱好的新布鞋。前不久我特地从文元坊又穿了一次，过街楼下面的鞋摊当然不见了，但一口水井居然还在，树犹如此，情何以堪！

这个时候，杀牛公司后门每天会有马车得得赶来，车上装一个椭圆形大木桶。杀牛公司从墙里穿出一条粗大的帆布带，老师傅将它接到木桶里，咕噜咕噜涌出肉汤。热气腾腾的肉汤呈混浊的牙黄色，腥膻冲天，路人无不掩鼻而过，但对我这个难得吃一趟肉的小赤佬而言，却激起滔滔口水。姐姐告诉我，这个肉汤是送到乡下头喂猪猡的，人吃了要生毛病。

虹口区沙场路 1933 号是公共租界设立的宰牲场，建筑内部四通八达，光影交叠，数不清的通道仿佛潘洛斯阶梯，构筑起一座有点恐怖的迷宫，现在倒成了时尚空间，每天有许多青年人在那里拍婚纱照。而老家的杀牛公司是法国人在租界创建的，建国后就成了肉类加工厂，它在前门沿街面开了一个门市部，门面开阔但进深较浅。老爸经常给我两角钱，叫我去买一包猪头肉或者夹肝，补充中饭小菜。冬天的时候也会叫我买一包卤大肠，与霜打过的矮脚青菜一起炒，别有风味。猪头肉脂肪丰厚，但对一只长期缺乏油水滋润的胃袋而言，恰如久旱逢甘霖。猪头肉会夹杂几块耳朵，不精不瘦有软骨，小孩子抢来吃。夹肝生在猪肝旁边，窄窄一条，剥离后单独加工，下茴香桂皮红烧，是经济实惠的下酒菜。很奇怪的是，现在夹肝在熟食店里看不见了。还有糖醋小排、桂花肉、肚子、猪脑、猪肝、叉烧、方腿、红肠等。方腿的边角料最实惠，据说是加工出口货时切下来的，卖得便宜，但须去得早。方腿边角料蘸醋吃，有蟹味，不输镇江肴肉。弹眼落睛的是酱汁肉，苏帮风格，加红曲粉焖烧，四角方方，油光锃亮，码在搪瓷盘里，像一个等待检阅的仪仗方队，我们吃不起，只能隔着玻璃窗看看。

有一天中午我正好在排队买猪头肉，看到队伍前面有个交警买了一斤酱汁肉，也不用纸包，就用门市部的金属铲子盛着，在路边一块接一块大嚼起来，时不时地闭一下眼睛，十分满足。这天他刚领了工资吧，趁机恶补油水。我看在眼里，“馋吐水”答答滴，心想等我长大了，拿到第一个月的工资，也放开肚皮吃他一斤酱汁肉！

在所有的熟食中，猪头肉最堪回味。猪头好像不上台面，但在古代却是上等级的祭品。上古时代帝王祭祀社稷时必献太牢——猪、牛、羊，大概到了民间才出现了简约版，用猪头、羊头、牛头组成“猪头三牲”。上海坊间有一句骂人话：“猪头三”，就是猪头三牲的简称，具体物象比较丑陋，又含诅咒之意，相当厉害。直到今天影视公司开拍新片，制片人和导演带领一干男女影星在外景地烧香祈福，供桌中央必定要坐镇一整只猪头，面带微笑，萌态十足。广州、深圳、香港等地的大妈大叔拜黄大仙，则会献上一整只烤乳猪，红红亮亮，饶有古意。

在《随园食单》里，袁枚称猪头为“广大教主”，因为猪肉入肴用途广泛，或有神通广大的意思。在特牲单这一节里，“猪头二法”就上了头条，可见随园老人对猪头也是情有独钟。猪头二法，一加酒红烧，浓油赤酱风格；一隔水清蒸，“猪头烂熟，……亦妙”。在杀牛公司的熟食店里，基本上也延续了随园“二法”，只不过一为加红曲粉，有苏帮酱鸭遗韵；一为白煮，有金陵板鸭风致。那个时候的猪头肉是可以加硝的，肉色微红，肉皮韧结结的，肥而不腻，咀嚼时有一股提振食欲的异香。但不能煮得过于烂熟，否则容易碎，切不成片，卖不出钱。

我们家隔壁邻居大妈，与我妈关系特好，家里男人死得早，她为了多得点岗位补贴，就在单位里要求做男职工做的重活，不免经常累倒生病，每逢此时我妈要去探视一两次，每次去就带一包猪头肉，因为邻居大妈只想吃猪头肉，吃了猪头肉身体很快就恢复正常了，我相信猪头肉有奇效。

我还常常看到三轮车夫将车停在路边，买一包猪头肉，两只大饼，从棉袄里掏出一只小酒瓶，仰面灌一口土烧，吃一块猪头肉，四面看看，神情怡然。酒喝光后，将纸包内的猪头肉夹在大饼里吃，咬得呷呷作响，白花花的油脂从嘴角飙出。所以我也相信猪头肉能增强体力的。

进中学后，有一年下乡劳动，换了一身筋骨后回到家里，马上去八仙桥浴室“搓老垢”，出来后面颊红润，一身轻松，在马路对面的熟食店买了一包猪头肉，边走边吃，到家后“整个人就不一样了”——借用今天的网络热语。

现在，有些江浙风味的饭店还将咸猪头肉或卤猪头当作冷菜来卖，我一见就多巴胺大爆发。有些人强调他从来不吃猪头肉，一碟猪头肉上席，他就皱起眉头，将转盘转到别人面前。其实他是吃过的，也许跟我一样嗜好，只是现在有钱了，就要装出世家子的腔调。我对猪头肉的爱是无须掩饰的，也是不离不弃的，我珍惜每一次享受猪头肉的机会，因为猪头肉与童年的关系对一个上海男人来说是至关重要的，这里有一种外省人难解的文化密码。现在菜场里很少见到猪头，嫩如龙髓的猪脑更加稀罕，据说都被饭店和卤味馆截流了。

那个时候除了杀牛公司，还有马泳斋、杜六房这样老资格的熟食店，供应品种更加丰富，一到夏天还供应糟货，糟猪头肉、糟猪脚、糟鸡爪、糟鸡都很受市民欢迎。在有些街角还设有简易亭子，涂了白漆，类似后来的东方书报亭，一扇门，三面玻璃，保洁工作做得相当认真，台上摆开各种熟食。居民临时添点菜，就拿只碗到这里来买，我家附近的太平桥大同剧场门口就有一只。亭子里只有一个营业员，也只能容得下一人，一般都是女性，穿白衣，戴口罩，夜幕沉沉的时候，生意有点冷清，阿姨看上去就格外孤单。晚上打烊后，会有一辆黄鱼车来将卖剩的熟食运回去冷藏。到上世纪七十年代末，熟食亭子就消失了。

现在杀牛公司要拆了。太仓路东抵曙光医院，朝南一沉，顺着拓宽了的“康庄大道”与西藏路接通。有一年上海书展期间，我参加了一个新书研讨会，“在京海派”出版界老前辈沈昌文先生从北京赶来，他在发言时讲到出租车司机居然不晓得有个南阳桥杀牛公司。我马上向沈老汇报，请他方便时去看一眼，再过几天它就要消失在上海版图上了。

其实，即将消失的何止是杀牛公司！整条崇德路也在发生翻天覆地的变化，将成为新天地的“第二季”。我老家在131地块，经过两三年的“阳光操作”，居民都搬到郊区去了。小时候常常听妈妈讲“勒格纳路”这个十分拗口的路名，就是崇德路在法租界时的前身。这条路在靠近东台路古玩市场的地方还有一个勒格纳小学，后来做了安南巡捕的兵营，解放后成了邑庙区第一中心小学，再后来成了卢湾区第三中心小学，等我读中学时，它摇身一变又成了凌云中学。这是特定时期的应急措施，我就在这里读了四年，三年初中再拖一年，毕业时算高中学历，真是天晓得！登上五层楼平台，极目远眺，大上海一览无遗。

后来听说这幢具有现代主义风格的大楼也要拆。有一次我作为黄浦区政协委员与黄浦区领导一起视察新天地，瑞安集团罗总请我们吃个午饭，他对区政府领导表示，设想在此建造“浦西最高楼”。我这个人实在天真，居然向领导进了一言：这幢楼最好保留下来，建一个租界博物馆再合适不过了。领导与老板相视一笑，拿起酒杯看了看：这酒不错啊。

糜饭饼

我在读小学时，有个同学的母亲是做糜饭饼的。天蒙蒙亮，她就要将炉子推到街角人行道上。炉子是用柏油桶改装的，还有一麻袋刨花，烘糜饭饼一定是用刨花做燃料，发火快。炉子上搁的铸铁平底锅也很奇怪，中间陷下去一个巴掌大的圆饼，里面加水，沸滚后会产生水蒸汽，帮助将糜饭饼催熟。

做糜饭饼的米浆要隔夜准备好，粳米与籼米按一定比例磨成粉，然后浸泡发酵起稠，可能还要加点糖精水。制作过程也很有观赏性，用勺子舀起来，一勺勺地浇在锅底，形成椭圆形。然后往炉膛里添一把刨花，轰的一下，火焰蹿起来了。

开锅了，用铜铲刀将糜饭饼轻轻铲起，表面微微隆起，呈乳白色，饼底是焦黄色的。糜饭饼两个起买，七分钱。所以，铲饼时总是将两个合起来，它们的边缘有点相连，像即将分裂完毕的细胞。

旺火烘出来的糜饭饼很香，吃口甜津津，回味有点酸，那是发酵的缘故，这款街头美食的特点也在这里。

冬天，糜饭饼的生意特别好。一个人有时候忙不过来，我的同学就要帮她打下手。有时候风头突转，他躲不及，就被熏得眼泪汪汪。

铃声响过两遍，校门即将关上，他才匆匆赶来，书包在屁股上颠着，两手冻得通红，捧着一个糜饭饼狼吞虎咽。大家给他一个绰号：“糜饭饼”。虽然并无恶意，但现在想想真是不应该。

他叫刘炳义。我叫他一个字：“Bing”，听上去像“糜饭饼”的饼，也像是“刘炳义”的炳。舆论和朋友两头不得罪，他认了。

我也很想吃糜饭饼，就用妈妈给我买大饼的钱去买这种吃大不饱的饼。有时兜里只有三分钱，就拖上一个同学入股，两人合买。看到帮母亲烧火的Bing，彼此都有点小小的难为情，我们拿了饼就一路小跑。后来，Bing悄悄地跟我一个人说，我可以单独用三分钱买一只。但我从来没有去享受这个特权。

Bing的功课不太好，穿得破旧，大家都不大愿意搭理他。不过Bing这个人很聪明，属于“万宝全书”这类人，皮虫是怎么缩进树叶里的，来年又长成什么样？乌贼鱼是向后游的，在什么情况下会喷出墨汁？人的头发在什么情况下会变直，并向上竖起？他甚至知道美国第七舰队的舰队混成。Bing读过许多闲书，我和他交上了朋友。

Bing的家境不好，父亲长期卧床，他还有一个姐姐，好像功课也不行，全家都靠母亲做糜饭饼维持生计。Bing每学期要向学校提出申请，免学费和书杂费，但事后老师又会在教室里旁敲侧击地数落他。在弄堂里，邻居也要欺侮他们。

他们是回族，猪肉不进门的，但有一次他们发现刚煮好的饭里被人塞进了一块肥肉。Bing 就按照他母亲的指示，将这锅饭送到我们家里来。我母亲很为他们鸣不平，从米缸里舀了一罐米让 Bing 带回去。

过年了，我去他家还一本小说书。一间暗黝黝的房间里，一家四口正围着吃饭，桌子中央只有一条红烧鱼，还是冷的！再没别的菜了。我回家后跟母亲一说，母亲就盛了一碗烤麸让我给他们送去。四喜烤麸是上海人过年必备的年菜，里面还有金针菜和黑木耳，这两样东西要凭票供应。我家特别道地，还加了花生仁和香菇，浇麻油，吃口更香。

我跟他家相隔一条弄堂，送过去很方便，他们客气一番收下了，我如释其重。

后来，我跟 Bing 进了同一所中学。有一年我们学校组织野营拉练，每个人都要去的。Bing 由学校承担了一些费用，也跟去了。他不是回族吗，伙房就单独给他开小灶。有一次大家饭后聊天，自然谈起了吃的，顺溜说到四喜烤麸。我就说，我最最喜欢吃四喜烤麸了。我是无意的，Bing 深深地看了我一眼。我心里咯噔了一下。

不是有一句话吗：贻人玫瑰，手有余香。但既然送人花了，最好不要当着他人面提起这档事，哪怕是无意的。这是我从这件事上获取的人生经验。

雪夜涮羊肉

提起涮羊肉，北京人特神气，因为他们有东来顺、西来顺什么的，其实上海也有地方吃涮羊肉的，老字号中要数洪长兴名气最响，这是马连良在上海跑码头时一任性开出来的。马是回回，戏班子里从琴师到龙套都是回回。那会儿在上海唱戏，戏院茶楼多的是，可是合口味的教门馆子不多，马连良索性就开了一家，地方在连云路延安中路口。上世纪八十年代我去过几回，要排队！后来建延中绿地，洪长兴就搬到南京东路广西路口，与燕云楼同一幢楼。小几年后在云南南路延安路口现在又开了一家。店经理叫默哈默德·宗礼，当然也是回族，我跟他熟，知道他本名叫马宗礼，名片上加了默哈默德的姓，外籍客人就找上门来放心吃喝了。洪长兴的羊肉来源正，师傅刀工也好。割得正，是羊肉好吃不好吃的关键。还有羊骨髓、羊腰、羊肝等，羊油做的葱油饼特别香脆，别处吃不到。我不敢经常去那里，怕一不小心就吃多了，胃里的东西要慢慢消化好几天。

浙江中路上的南来顺，也是一家老店。这一带还有几处清真饭店，不光羊肉鲜嫩肥腴，羊杂汤鲜，馕也做得特捧。

有一年我跟上海监狱管理局的干警押送犯人去新疆乌鲁齐木，为了一路上让犯人吃好睡好，情绪稳定，监狱管理局的后勤人员特意到这里来采购几大袋馕。馕的味道不对，新疆籍犯人是吃得出的。

现在上海还有数不清的“小尾羊”“小绵羊”，都是响当当的涮羊肉连锁店，谁说上海吃不到正宗的涮羊肉？在家吃也方便，电炉插上电，锅底就起泡了，从超市买来的羊肉片排列整齐，一烫就行了，调料也有现成的。现在什么都方便，就怕吃多了长膘。

提起涮羊肉，想起一桩往事。

妈妈在世时有一个很要好的小姐妹，同一条弄堂，在我家对面，平时一起在生产组里绣羊毛衫。这个女人过去在百乐门里做过舞女，后来成了国民党军官的姨太太，解放军过长江后的第三天，这个上校军官带着大老婆奔香港了，把一个儿子和一个大老婆生的女儿扔给了她，从此杳无音信。

几十年来，她就是靠一枚绣花针绣出了一家三口的吃喝，尴尬头上也会趁天黑未黑之际跑跑当铺。她居住的那套统厢房里有一堂红木家具，沉沉地坐着一丝底气，也仿佛守着一份微弱的希望，可是短短几年里就一件件地搬光了。十年动乱时，红木家具贱如粪土，她家的一具梳妆台雕饰极其精美，台上插着三面车边的花旗镜子，人面对照一点也不走样，才卖了六十元！

这个女人因为从前过惯了养尊处优的日子，据说还吸过一阵鸦片，身板单薄，脸颊瘦削，一副弱不禁风的样子，但是鼻梁很挺，肤色也白，眼角没有一丝皱纹，不过总有一种沧桑感，特别在她静静抽烟的时候。香烟供应紧张的时候，她居然买来烟丝自己卷。

她的酒瘾也大，每天要喝两顿白酒，她家里的茶杯，从小到大，每一只都残留着浓郁的酒味，怎么洗也洗不掉。给我留下深刻印象的还有她家里的筷子，象牙筷上镶嵌着闪闪发亮的螺钿，真是漂亮极了！以这样的筷子去夹红艳艳、滴溜溜的油氽果肉，一次没夹住，再夹一次，真是很有点情调的呢。

大人叫她老三，因为她在家里排行老三。我则叫她李家姆妈。

李家姆妈对吃是讲究的，一到冬天就开始筹划吃涮羊肉了。今天的青年人听到“筹划”两字或许会笑，但在当时确实要群策群力的筹划，在猪肉需凭票供应的情况下，羊肉在菜场里几乎看不到，就得到郊县或外省去找。北风紧了，羊肉还没买到；屋檐下挂起了晶莹的冰凌，羊肉还是没买到。

下雪了，密密麻麻的雪片飘到头发上，眉毛上，粘住了不肯融化，我再去她家里。哦，厨房里说说笑笑的好不热闹，七八条人影在灯火下晃动，女儿在升火锅，儿子在拌花生酱和腐乳，还有不知从何处弄来的韭菜花，气味刺鼻。我心中一喜：羊肉一定买到了。李家姆妈在里面的房间里找酒杯，大大小小摆了一桌子。

“再过一小时来吃涮羊肉，一定要把你妈拖过来啊。”她欢天喜地地说，简直是有点老天真了。今天，这张笑脸还清晰可忆，眉宇间有一丝凄凉冻着。

涮羊肉当然好吃，菠菜和粉丝也很好吃，只是火力不足，一锅汤起沸常常要过些时间，七八双筷子一起开涮，小小火锅怎么经受得起。吃着喝着，看一眼窗外大雪飘飘，额头上就止不住渗出汗来，我的脸很烫很烫。李家姆妈的儿子快要中学毕业了，像个大人，但动作稍嫌粗糙。她女儿在一家街道工厂做，朋友已经谈了好几个，一个也没成功。但她很懂得打扮，一件大红的绒线衫，领口扎了一条亮晶晶的白绸巾，乌黑的头发披在肩上，喝了点酒后非常美丽。这个时候我已经知道哪种女人漂亮了。

很温暖的一夜。

偏偏，李家姆妈喝多了，先是唱样板戏，唱着唱着，唱起了电影歌曲，然后是很好听的小曲，最后居然哭了，眼泪像断了线的珠子一串串掉下来。妈妈和邻居们一起劝她，她不听，有点撒娇的样子。儿子放下筷子，一筹莫展的样子，女儿平时跟娘话就不多，此刻早躲进自己的小屋看《白毛女》剧照了。

一锅汤噗噗地沸腾着。

绿的菠菜，红的羊肉。

最终，我还是拉着妈妈的衣角回家了。妈妈手里挟着一包李家姆妈来不及绣完的羊毛衫。雪停了，弄堂里的积雪很厚，也很白，我迟疑了一下，还是踩了上去。冷冷的月光叫我想起李家姆妈的脸。

带鱼也有黄粱美梦

国斌兄在丽园路犀牛书店淘旧书，一不小心淘到一本《带鱼食谱》，上海市饮食服务公司编，科技卫生出版社 1959 年第一版，薄薄三十页，索价二百元，是当初定价的两千倍。涨得没有道理啊！是的，讲道理就别做旧书生意了。作为收藏家的刘总当然识货，不声不响买下来，打算送给苏州餐饮协会会长华永根先生。华先生是苏州美食界的大腕，冷门滑稽，肉里噱放得好极了，还写过好几本专谈苏州美食的书，半夜三更看，那是要发疯的。

“华先生专门收藏这类书，这个送他最对路。他一高兴，说不定就会请我们去吃五件子。”国斌来我家显宝，我拿过一翻，封面简陋不说，内芯纸本之差，简直就跟草纸一样，多翻几页怕是要碎成一只只纸蝴蝶了。这也让我想起老爸在那个时候出版的诗集，用的纸张也如此粗糙低劣。小时候我很不理解，大跃进啊，鼓足干劲，力争上游，多快好省……难道这个草纸就是“省”出来的？后来才明白，锣鼓喧天、红旗招展的 1959 年，苦日脚已经来敲门！

我将这本奇书截下来看几天，因为我在四十年前就听老一代厨师说起过上海餐饮协会召集一班厨师将山芋、南瓜、带鱼等下贱食材鼓捣成筵席，现在白纸黑字摆在眼前，我理当细细研究一番，身怀绝技的食神是怎样将不上台面的带鱼整成一桌华丽丽的宴席！

一看，果然不得了！那个时候中国人民脑洞乱开，水稻亩产可以有二十万斤，一只南瓜可以用卡车来装，带鱼为什么不可以成宴？于是像带鱼蟹斗、吐司带鱼、八宝带鱼球、虾仁带鱼、铁排带鱼、台拖带鱼、带鱼镶菜心、蛤蜊带鱼脯、清炒带鱼片等高大上的宴会菜都横空出世，威风凛凛。林林总总，凑成八八六十四道，主料、辅料，刀法、火候等等，写得一清二楚，各个帮派的十八般武艺都使上了，陪太子读书的阵势着实隆重！

事实上，我曾听餐饮界一位老法师情声并茂地回忆过，带鱼宴确实不是纸上谈兵，最终还是做成功了，还在南京东路四川饭店琳琅满目地展览过！只是后来冷空气南下，市场萧条，计划供应，饭店的带鱼供货也无法保证，带鱼的南柯一梦就这样被吓醒了。

1959 年我刚刚满四岁，是不是吃过带鱼记不清楚。但有一个印象是鲜明的，在我七八岁那年，妈妈有位同事来我家，带了一饭盒油煎带鱼来，我居然搞不清楚这个东西能不能吃，以致这位性格爽朗的阿姨笑我“洋盘”。还有一个故事是旅美画家吕吉人告诉我的，那会他在上海美专读书，吃住在学校，接连三四个月不见荤腥，校领导也很着急，就集体决定将校园里十多棵百年朝上的老樟树锯了，跟沈家门的渔民换带鱼，一棵树换一船鱼，这笔交易让人垂涎三尺。渔民拿老樟树干什么？也不知道做箱柜还是做棺材。

对带鱼有比较实在的印象是在我十多岁以后了。那时菜场里的带鱼渐渐多了，虽然仍是凭票供应，但毕竟一个月能吃上一两回。最宽的（约四指宽）每市斤五角一分，一般宽的（三指宽）三角五分，弄堂居民基本上吃三指宽的。那时的带鱼真新鲜，银光闪闪亮瞎双眼，加葱姜黄酒清蒸，上桌后再夹一朵熟猪油，趁热吃，厚实而丰腴！好花不常开，好景不常在，不久，菜场里的带鱼越来越窄了，最后连一指宽的小带鱼也摆上了鱼摊头！这种带鱼每斤才一角五分，被上海人称为“裤带带鱼”，怎么吃啊？别急别急，上海人自有妙招：做鱼松！

小带鱼净膛洗净，上笼蒸熟，剔除龙骨，拆下净肉，留小刺无妨，坐铁锅于煤球炉上，加少许油，投入鱼肉，再加葱花、姜末、盐、糖，讲究一点的人家再加胡椒粉少许，然后不停翻炒。漫长的一小时后，鱼肉呈现微微的金黄色，再淋几滴米醋使小骨刺软化，这才大功方成。

自制鱼松喷香，鲜美，微辣，极具自力更生、丰衣足食的时代特色。也有巧媳妇做成五香鱼松或麻辣鱼松，美名一下子传遍街坊，阿姨爷叔纷纷上门来取经。

我也会做鱼松，加少许酱油，加少许古巴砂糖，做成后有点福建肉松的风格。那会我二哥在新疆生产建设兵团，钻地窝子，啃玉米窝窝头，喝玻璃汤（开水加盐），人瘦得跟猴子一样。妈妈隔三差五地做些牛肉干、笋脯豆、年糕片寄过去，鱼松也是为了改善二哥伙食做的。所以，尽管我是做鱼松的功臣，却没有吃鱼松的份，只能在炒制过程中以尝味道的名义捏一小撮送进嘴里解个馋，天下厨师都有这个福利。

好了，鱼松大功告成，摊开在长方形的木质茶盘里冷却，闪烁着金子般的光芒，那股香气对我的灵魂当然是残酷的折磨。有一次我炒好鱼松，就看起了莫泊桑的中短篇小说集，对对对，里面有那篇《我的叔叔于勒》。啊呀，装腔作势的法国人在船上吃牡蛎，“她们用一阵优雅的姿态吃起来，一面用一块精美的手帕托起了牡蛎，一面又向前伸着嘴巴免得在裙袍上留下痕迹。随后她们用一个很迅速的小动作喝了牡蛎的汁子，就把壳子扔到了海面去”。

随着小说情节的推进，我的左手像着了魔似的，慢慢地贴着桌面爬向那只装满鱼松的木盘，然后准确无误地捏起一小撮鱼松，再不慌不忙地回转过来，送进嘴里。呵呵，仿佛不是我在吃鱼松，而是若瑟夫在吃牡蛎。那个味道，牡蛎的味道，海水的味道，阳光的味道，莫泊桑的味道，简直叫人如痴如狂……

天色渐渐转暗，妈妈回家了，她开了灯，看到了鱼松大面积坍塌的木盘禁不住叫起来："你，你，你，一大盘鱼松被你吃成这个样子了！"

我惊醒了，我惊呆了，鱼松被我吃去一大半。我站在妈妈面前，准备承受她的责打。但是这一次，她没有打我，她找出二哥千里迢迢寄来的家信，叫我从头到尾读上三遍。"读响点，再响点"，妈妈大声说，眼泪流下来了。

妈妈的眼泪比妈妈的巴掌更加厉害！

现在物质供应空前丰富，带鱼不稀奇了，但是上海人还是对它不离不弃，宠爱有加。干煎带鱼趁热上桌，蘸醋吃，是本帮小馆子里点击率很高的一道下酒菜。带鱼烧萝卜丝也有一种暖意融融的家常风味，糖醋带鱼虽然有点做作，但还不算离谱。如果带鱼足够新鲜，那么能干的主妇还是选择清蒸，鱼鳞不必刮去，就加一点蒸鱼豉油好了，肥腴鲜美，罕有匹敌。不过正宗的东海带鱼据说很少，市场上多是南非带鱼。

谁也不会将理应素面朝天的带鱼做成芙蓉、贵妃、百花……也不会给它配一点鸡茸、猪肉、虾仁、火腿、奶酪什么的，带鱼是草根美食，希望它始终与广大人民站在一起。

大脚阿婆的黄豆猪脚汤

黄豆猪脚汤也叫黄豆脚爪汤，是上海人喜欢的老味道。入冬后，上海煮妇就会做个两三次，炖得酥而不烂，汤色乳白，味道醇厚。黄豆宜选东北大青黄豆，有糯性，回味有点甜。当年黑龙江知青回沪探亲几乎人人都会带上一袋。猪脚，上海人叫作猪脚爪，民间相信“前脚后蹄”，前脚赛过猪的刹车系统，奔跑及突然停住时前脚用力更多，脚筋锻炼得相当强健。买蹄髈宜选后蹄，骨头小，皮厚，肉多，无论炖汤还是红烧，口感更佳。

寒冬腊月，特别是那种西北风吱吱钻到骨头里会隐隐作痛的“作雪天”，煲上一锅黄豆猪脚汤，一家人吃得浑身发热，来到阳台上冲着黑沉沉的夜空大吼一声：“快点落雪呀，死样怪气做啥啦！”女人从衣橱里翻出羽绒大衣，小孩子则盼望堆雪人。魔都有许多年没下雪了，如果有，也是轻描淡写地在屋顶上、车顶上洒一点，就像楼上人家在阳台上弄破了一只枕头，羽毛纷纷扬扬飘落下来。

就是在这样寒气砭骨的冬天，我喝到了人生第一碗黄豆猪脚汤。

这里必须先交代一下背景。在我学龄前，也就是上世纪六十年代前期，我妈妈在里弄生产组工作，生产组是妇女同志的大本营，“半边天”怀有心思，千方百计要进入体制成为工厂正式职工，吃食堂饭，有车贴，有浴票，享受全劳保，每个月还能领到肥皂、草纸。有一次，妈妈牵着我的小手穿过大海般辽阔的人民广场，来到一家比较简陋的工厂，一个很大的屋顶下，上百人分成若干个小组围在十几张长桌旁给毛羊衫绣花。这其实是她平时在家里做的“生活”，而此时她们非要像向日葵那样聚在一起，在形式上模拟车间里的劳作。妈妈忙着飞针走线，我在她身边像条小狗似的转来转去，没玩具呀，只能将鞋带系死，再费劲地解开，无聊得很，实在不行就瞅个空子逃到大门口，看对面操场上的中学生排队操练，高唱“团结就是力量”。

第二天，妈妈就把我托给楼下前厢房的邻居照看。这家邻居的情景现在是无论如何看不到了，两个老太，一位叫“大脚阿婆”，另一位叫“小脚阿婆”，对的，其中一位缠过脚。在万恶的旧社会，她们嫁给了同一个丈夫，解放后男人因病去世，大小老婆就住在一起，相安无事，情同姐妹。她们有一个儿子，一个女儿，都成家了，分开住。

大脚阿婆收下我后就严厉关照不要跑到天井外面去，“当心被拐子拐走”。这在当时是极具震慑力的。然后她又无比温柔地说："今天我烧黄豆脚爪汤给你吃。"

等到中午，大脚阿婆将一碗饭端到八仙桌上，上面浇了一勺汤，十几粒黄豆，并没有我期待了一个上午的猪脚爪。"脚爪呢？"我问。大脚阿婆回答："还没烧酥。"

天可怜见的，我就用十几粒黄豆将一碗白饭塞进没有油水的小肚子里。好在有一本彩色卡通画册深深吸引了我，白雪公主和七个小矮人的故事为我打开了陌生而美丽的新世界，公主如此美丽善良，小矮人又如此勤奋，他们挖了一整天的矿石，天黑后回家才能喝到公主为他们煮的汤，我想也不是黄豆猪脚汤，所以很知足，看一页，塞一口白饭。这本彩色卡通画册应该是她们的儿子或女儿留下来的，一起留下来的还有《封神榜》《杨家将》等几本破破烂烂的连环画，以及几十本布料样本（这大概与她们儿子的工作有关），也相当有看头。

第二天，前厢房似乎特别暗又特别冷，经过一个上午的等待，饭点到了，同样是一碗饭，同样是十几粒黄豆。"脚爪呢？"我问。大脚阿婆回答："还没烧酥。"第三天，重复第一天的模式，一碗饭，一勺汤，十几粒黄豆，猪脚爪还没有烧酥。

大脚阿婆与小脚阿婆在我吃好后才在屋子另一边的桌子上吃，她们有没有吃猪脚爪，我不敢前去看个究竟。因为墙上挂着她们死去的男人的遗像，红木镜框嵌着鸭蛋形黑白照片，白潦潦的脸，一双眼睛骨碌碌盯着我，我走到哪里，他就盯到我哪里，他简直就是两个女人的守护神啊！饭后，大脚阿婆用刨花水梳头，小脚阿婆则开始折锡箔，口中念念有词，弄堂里的人愿意买她的锡箔，据说“很灵的”。

在楼下前厢房被托管了三天，白雪公主与七个小矮人的故事被我看到浮想联翩，里弄生产组大妈们精心策划的被招安行动宣告失败，她们灰溜溜地回到各自家里，继续可恨的计件工资制。妈妈松了一口气：“也好，可以看牢小赤佬，明年再送他去幼儿园也不晚。”

第三年春暖花开时节，我又稍稍长高了一点，壮着胆子向妈妈提出：“我要吃黄豆脚爪汤。”妈妈有点奇怪，因为我在吃的上面从未提过任何要求。“去年在大脚阿婆那里吃过黄豆脚爪汤，是不是吃出瘾头来啦？”

我把实情向妈妈汇报了，她恍然：“每天给她两角饭钱的，死老太婆！”

几天后，我才真正吃到了人生第一碗黄豆猪脚汤。但味道怎么样，没记住，印象深刻的还是白雪公主，一双美丽的大眼睛！

后来我家条件好了，也经常吃黄豆猪脚汤。我五哥是黑龙江知青，他千里迢迢背回来的大青黄豆确实是做这道家常风味的好材料。不过我又发现，那个时候像我家附近的绿野饭店、老松顺、大同酒家、鸿兴馆这样的饭店似乎没有猪脚爪，只有像自忠路上小毛饭店这样的小馆子里才有，猪脚爪与黄豆同煮一锅，还在三鲜汤、炒三鲜里扮演“匪兵甲”的角色。在熟食店里也有，以卤烧或糟货出镜。有个老师傅告诉我，猪脚爪毛太多，啥人有心相去弄清爽？再讲这路货色烧不到位不好吃，烧到位了又容易皮开肉绽，卖不出铜钿，干脆免进。他又说：“猪脚爪不上台面的，小阿弟你懂吗？一人一只猪脚爪啃起来，吃相太难看啦！”

想象一下指甲涂得红红绿绿的美女捧着一只猪脚爪横啃竖啃，确实不够雅观。在家可以边看电视边啃，不影响市容，所以在熟食店里卤猪脚的生意还是不错的，尤其是世界杯、奥运会期间，猪脚鸡爪鸭头颈卖得特别火，女人也是消费主力。有一次与太太去七宝老街白相，看到有一家小店专卖红烧猪脚，开锅时香气扑鼻，摆在白木台面上的猪脚，队形整齐，色泽红亮，皮肉似乎都在快乐地颤抖，端的是一只极妙好蹄。马上买了一只请阿姨劈开，坐在店堂里每人啃了半只，老夫老妻，就不在乎吃相了。

平时在家，我们也是经常烧黄豆脚爪汤的，我的经验是不能用高压锅，必须用老式的宜兴砂锅，实在不行的话就用陶瓷烧锅，小火慢炖，密切注意，不能让脚爪粘底烧焦，一旦有了焦毛气，就大煞风景。如果有兴趣又有闲暇的话，也会做一回猪脚冻。猪脚治净煮至七八分熟，捞起后用净水冲洗冷却，剥皮剔骨，再加五香料红烧至酥烂，然后连汤带水倒在玻璃罐里，冷却后进冰箱冻一夜，第二天蜕出，切块装盆，蘸不蘸醋都行，下酒妙品。如果加些花生米在里面，口感更加细腻丰富。炖黄豆猪脚汤时我喜欢加点花生米，不必去红衣，有异香，也能补血。

以上几款都是冬天的节目，到了夏天就做糟脚爪，口感在糟鸡爪、糟门腔、糟肚子之上，春秋两季可红烧或椒盐。

进入改革开放后的新时代，猪脚爪才有了闪亮登席的大好机会，九江路上的美味斋驰誉沪上，他家的菜饭深受群众欢迎，浇头中的红烧脚爪是一绝，点赞甚多，我也经常吃。在黄河路、乍浦路美食街曾经流行过一道菜颇具戏剧性：猪八戒踢足球——三四只红烧猪脚爪配一只狮子头。最让人怀念的还是香酥椒盐猪脚，老卤里浸泡一夜，次日煮熟后再下油锅炸至皮脆肉酥，上桌时撒椒盐或鲜辣粉，趁热吃，别有一种粗放的、直率的、极具市井风情的满足感。在市场经济启动后，在初步摆脱物质匮乏的尴尬之后，不妨在餐桌上撒撒野。那种“人手一只啃起来”的吃相，对应了“改革开放富起来”的颂歌，也可以当作“思想解放，与时俱进”的案例来看。

也因此，我在广州吃到猪脚姜和白云猪手，在东北吃到酸菜炖猪脚，在北京吃到卤猪脚与卤肠双拼，那种“放开来”的感觉，都不及在上海小饭店里大家一起啃猪脚时那般豪迈与酣畅。

不过还真有一次，让我吃到了更加豪迈的猪脚爪。

十多年前，上海芭蕾舞团由哈团长带领回老家乌鲁木齐演出《天鹅湖》，哈团长是维族人，性格豪爽，时在《上海星期三》当记者的吴建民兄与哈团长是老朋友，他请我一起去。说实话，《天鹅湖》首演乌鲁木齐这事对我来说新闻价值并不大，不过我有更大的话题要关注，于是就去了。同行的还有《上海文学》的副主编金宇澄和上海女企业家梁静，两位也各有使命。到了乌市，看了《天鹅湖》首演，游了天池，参观了二道桥大巴扎，我采访了相关领导与环保专家，还陪同芭蕾舞团的领导与主要演员拜会了市委书记，最后乌市有一位与金宇澄很熟的作家朋友赵新民，请我们去吃卤猪脚。

开车走了很长一段路，找到路边那家小店，乌市的夜幕迟迟不肯降临，店堂里仍然空空荡荡。乌鲁木齐人一般在晚上十点才吃晚饭，我们去早了。不过电话有约，厨师应声而将一只比脸盆还要大一圈的铝盆咚地一下杵在桌子中央，热气腾腾的一盆卤猪脚，再也没别的菜了，冷菜也没有，然后是一整箱啤酒，嘭嘭嘭全部打开，泡沫流了一地。

炖得酥而不烂，色泽红亮，香气汹涌，没有我讨厌的孜然味和腥膻味，皮可拉扯，但不磨蹭，筋有弹性，也不倔强，骨肉粘连，一咬即开，一切都走到最好的点位。我一口气啃了五个，坐着不能动，嘴巴、五根手指都粘在一起了。宇澄、建民和新民都吃了不少，醉了。梁美女此时也不去考虑长膘不长膘了，义无反顾地啃了四个。她一点也不用害羞，在“亚洲地理中心”这么遥远而陌生的地方，不会有人惊愕于此番狂野的吃相。

“雷米封馒头”

寒门出孝子，我大哥就是孝子，也是我们兄弟姐妹的榜样。妈妈经常这样教育我：“你大哥十五岁那年就赚钞票了，上午当学生，下午当老师，拿到津贴连夜坐摆渡船从浦东赶回家交给我。”上世纪六十年代初大哥在上海船舶学校读书，尚未毕业就受到学校领导关照，破格当起了辅导员。毕业后留校，财务室里一坐就是一辈子，不论学校北迁还是升格，直到在总会计师的职位上退休——返聘——外聘——彻底赋闲，回家抱孙子。

大哥曾在少年宫美术班跟张乐平学过画，小荷初露尖尖角，但为了减轻家庭负担，选择了另一条路。大哥平时住校，每周回家一次，星期天就成了全家最热闹的日子，对我而言就是开荤，红烧肉加蛋、霉干菜烧肉、面拖排骨、咸菜大汤黄鱼等等，只在这天端上桌。

在我能朦胧记事后，三年困难时期刚刚过去，物资供应还很紧张，不过有一个印象倒很清晰，大哥回家那天，家里也会做一次馒头。那时候上海居民的大米是定量供应的，更多日子只能吃面粉，黑乎乎的标准粉掺了不少麸皮。妈妈会做面疙瘩、面条子，倘若面粉有富余，月底就摊一次煎饼，六分厚，两面焦黄，掰开后可见两三层油酥，嵌着绿白葱花，喷香。那时候家家都备有一只“法兰盘”（平底锅），我们家的那只法兰盘直到上世纪七十年代才恋恋不舍地扔掉。面疙瘩、面条子做起来简便，与菜帮子共煮一锅，清汤寡水，纯粹是图个虚饱。

大哥会做馒头，在我看来相当了不起。他有大将风度，胸有成竹，发酵（鲜酵母在南货店里有售，总是差我去买，蜡纸包装，四分钱一小块，比白乳腐略薄一些，芳香中略带酸味，我很喜欢这个味道）、揉面、摘剂，一半做刀切馒头，另一半做花卷。我呢，偷偷地摘一块面团来捏成小鸡小鸭什么的，混进笼屉里蒸，蒸熟后总归面目不清，又怕妈妈看见了骂我浪费粮食。大哥揪我一下耳朵：“小把戏！”将失败作品朝我嘴里一塞。

刚刚出笼的刀切馒头真是太香了，一口咬下，舌头得赶紧躲开。花卷当然更加高级，可以一层层剥来吃！有时还会做菜馒头，蒸好后有金黄色的菜油从收口处钻出来。不过偶尔为之，妈妈心痛这点油。

大哥吃了晚饭就要返校了，妈妈总会跟他有一番推让，让他多带上几只馒头。有时候我会提前埋伏在弄堂口玩，仿佛与大哥“邂逅”，再送他一程，走到百米开外的杀牛公司，路灯渐次亮起，大哥催我快点回家，再朝我怀里塞一只馒头。

有一次我吵着要吃甜的刀切馒头，大哥被我缠得没办法，就做吧，但是白糖也是配给的，家里存货无多，那就找几片糖精片溶化后拌在面团里吧。蒸好后一吃，咦，怎么不甜？大哥找出存放糖精片的小瓶子，坏了，原来是爸爸用来治疗肺结核的雷米封。

大哥向来谨慎，没想到被雷米封撞了一下腰，这馒头吃了会产生什么副作用，他吃不准。妈妈想到了生产组里的同事杨家姆妈，她丈夫是仁济医院的医生，可以去问一下。于是，尴尬的任务就落在姐姐身上，她出门时又把我拖上。

我们来到太平桥一条弄堂里，二楼前厢房，满堂的红木家具，蕾丝边台布，冬日的阳光正斜斜地照在杨家姆妈身上，挺拔的鼻尖上搁着一副很细巧的金丝边眼镜，她在一针一针地绣羊毛衫——这是里弄生产组里分配给每个组员的工作量。杨家伯伯正在试放几张新买的唱片，他肯定地告诉我们：馒头可以吃的，没关系。临走，杨伯伯在我口袋里装了几粒鱼皮花生，杨家姆妈则拿了三件羊毛衫打了一个小包袱递给姐姐：“回家交给你姆妈，今天夜里我们去看尹桂芳的戏，这点‘生活’来不及做了，请她帮帮忙，到了月底我会跟她算工钿的。”

杨家姆妈一家跟我们大不一样，只有一个“嗲妹妹”式的独生女儿，杨家伯伯收入又高，不愁吃不愁穿，杨家姆妈完全可以不去弄堂生产组做的，但是政府动员每个家庭妇女（现在叫全职太太）自食其力，走向社会，她只能顺应时代潮流。不过她每天领回来的“生活”常常不能按时完成，最后要请妈妈代劳。妈妈遇到这种情况心情复杂，多一点收入当然好，不过她留下的羊毛衫总是深色的，在上面绣十字花当然更费眼神啦。

我心情也是复杂的，有时候妈妈到她家里指导绣新花样，也会带上我，我就可以吃到牛轧糖、甘草橄榄，但又不能东摸西摸。最后，唉，又要让妈妈忙到三更半夜眼睛通红了。

我跟着姐姐蹦蹦跳跳地回家了，当我抢着将杨家伯伯的“鉴定报告”告诉大哥时，他松了一口气，拿起一只馒头砸在我头上。我咬了一大口，“雷米封馒头”倒是有点甜津津的呀。

忽忆那年梅发时

那时候，上海的季节更迭是有棱有角的。夏天热得轰轰烈烈，整天在外面胡天野地的“野小鬼”被晒得像只乌贼鱼，脑袋上还会生满热疖头，贴满红底黑芯的狗皮膏药，像个小地主；冬天冷得残酷无情，小孩子的手背、脚趾、耳垂等处便会长出冻疮，又红又肿，吹弹得破的样子，鼻尖下的清水鼻涕像冰挂那样闪闪发亮。寒假前的日子最最难熬，朔风呼啸，呵气成霜，水管爆裂后人行道上结了一层冰，上学时走得慌忙，一不小心就摔了个四脚朝天。教室里简直就是一个大冰窖，上课铃声响起，大家在水泥地上疯狂跺脚。一到阴沉沉、灰蒙蒙的“作雪天”，妈妈赶紧去菜场买点蔬菜囤着。第二天醒来，窗帘一拉，刺眼的白光顿时涌入，一夜大雪将城市澎湃拥抱。妈妈已将我的棉裤挂在煤炉上烤热，起床一套，心尖尖都酥麻了。

现在上海难得下雪，前几年有一场不期而至的降雪，轿车引擎盖上就这么薄薄一层无比暧昧的积雪，被几个美眉刮拢来捏成一个两寸高的雪娃娃，上下左右拍视频，把北方人笑得气岔。最讨厌的是雨夹雪，雪积不起来，冷雨却在不依不饶地纠缠，弄得路面非常肮脏，寒气滋滋地钻进每个路人的骨髓。有个亲戚从东北来，本想多待几天的，但撞到了雨夹雪，冻得骨头痛，赶紧逃回去。东北的雪积到齐腰高，但是你可以在户外光着膀子晒太阳。亲戚说，我们那边的人还要凿开河面冬泳呢，口子刚凿开，鱼儿就争先恐后地跳上来。

妈妈说，立春的雪积不起来，因为地气压不住了，地气是热的。可是我摸摸柏油路面，依然像钢铁那样冰冷。在科普杂志中得知，港口解冻时常常会将泊在码头的军舰挤压变形，于是我就做了一次“科学实验”，等广播里发出寒潮降温警报后，跑到晒台上将妈妈在夏天做酒酿的钵斗注满清水，第二天果然结了一层冰，火钳也敲不碎。几天后大地微微暖气吹，我再去晒台观察，哇哈，钵斗已一分为二，镜子般的浮冰反射着阳光，钵斗里的水全部流失。冰面在融化时会膨胀，这股力量居然将一只坚致的钵斗撑裂。

立春后的变化还表现在食物的贮存上。过年吃剩的年糕存在水缸里以免开裂，立春后就要勤换水，不然年糕会滋生霉花。水磨糯米粉也一样，沉淀在甏底一声不响，在你不注意的时候静水就泛出了红泅泅的光色，做汤团的话就有一股酸味。审时度势的妈妈将水磨粉盛起在布袋里沥干，掰成大块，在竹匾里晒干，再存在甏里，旧报纸封口，到夏天做酒酿小圆子吃。上海人喜欢吃醉鸡，但立春一过，有些讲究的饭店就“要吃等来年”了。中药房里煎膏子的师傅将紫铜锅子洗洗收起来，膏子若有霉花，还指望着来年打虎吗？

我们家过年时必定要做一道故乡美味：虾油卤浸鸡。七八斤重的阉鸡，煮熟后卸作几大块，浸入虾油卤兑成的鲜汤里，居家待客两相宜。虾油卤还可以浸猪肚、门腔、五花肉。但立春一过，所浸之物便会发黏，细嗅之下还有点——犹如孔夫子所说的“馁”。好在绍兴人都是逐臭之夫，略存异味或许更能刺激食欲。鲁迅先生不就这样吗？1935 年他在给母亲的信里这样说：“酱鸭酱肉，略起白花，蒸过之后，味仍不坏。”

不过立春与春节靠得太近的话，妈妈做这道美味时就要掐指一算，严格控制存量。岂止是虾油卤浸鸡，屋檐下挂着的酱肉、腊鸭、咸鸡、鳗鲞……作为节后余沥的腌腊制品都在时间之手的提示下无可奈何地走向美味的终点。

立春后仍然会生冻疮，赛过猝不及防的回马枪。尤其是龟缩在蚌壳棉鞋里的脚趾们，倘若背负冻疮的话，在回暖的天气里奇痒难忍，恨不得一刀剁了。滑稽戏里是这么出噱头的：冬天生的冻疮叫“冻瘃”，春天生的冻疮叫“春瘃”，那么夏天生的冻疮叫什么呢？

立春这天妈妈还会做春卷，与春节吃的黄芽菜肉丝春卷不一样，她用胡萝卜、香菇、豆腐干、黑木耳等切细丝，再加金针菜和芹菜梗炒成素馅，浇点麻油。素馅春卷的味道很清雅，不必蘸醋。后来知道古代有“咬春”的风俗，魏晋南北朝的宗懔在《荆楚岁时记》里提道，元旦那天要吃五辛盘。这个五辛盘就是中国最早的药膳。在薄薄的面饼里夹入葱、蒜、韭菜、芸薹、胡荽等五种辛香之物，食后可以发散邪气，调动气血。后来流行吃春盘，杜甫有诗《立春》：“春日春盘细生菜，忽忆两京梅发时”，用多种蔬菜切成细丝夹在面饼里，就是春盘。清代的潘荣陛在《帝京岁时纪胜》里还有记录：“虽士庶之家，亦必割鸡豚，炊面饼，而杂以生菜、青韭芽、羊角葱，冲和合菜皮，兼生食水红萝卜，名曰‘咬春’。”到了现代，比如说在梁实秋笔下还记录了儿时吃春饼的情景呢。上海人吃春卷，应该是适应都市生活的便宜法。

儿童散学归来早，忙趁东风放纸鸢。放过风筝的人最懂得春天的性格。放风筝最好是“落帽风”，就像薛宝钗所说的“好风凭借力，送我上青云”。有一次妈妈病倒了，高烧不退，头痛欲裂，眼睛都睁不开，吃药好像不管用。我在阁楼上找出前一年做的风筝，那是一只白底红边又有金星点缀的蝴蝶风筝，蹑手蹑脚来到晒台上，翻身上了屋顶，托着它飞上蓝天，等它越来越高时，咬断线绳，将一张写有“母亲大人病去也”几个字的小纸抠出一个小洞，穿进线绳，以俗称“发电报”的方法送上去。小纸条不敢懈怠，奋力攀爬，终于抵达终点。风筝摇头摆尾给出了反应，我眼睛一闭手一松，它就像一条鱼似的朝着城市的天际游去。

妈妈听到瓦片响，问我去晒台干什么，我说打野猫。第二天她的高烧果然退了！一早起床升火烧粥，还从甏里掏出最后两只鸡蛋，起锅煎荷包蛋，可恨一只是臭的。她把剩下的那只荷包蛋搛到我碗里，咬了一口，溏心流黄，这是我的最爱。再送到妈妈嘴边，她咬了一小口，黏稠的蛋液挂在微微泛出青紫的嘴角。

我笑了，她也笑了。

紫藤花开捂酒酿

春去夏来，眼睛一眨，梧桐树叶已经比手掌大了。吃过中饭，走在路上经太阳一晒，薰风再那么一撩，骨头都要酥脱哉。

路上遇着熟人，这个朋友居然还穿着薄花呢西服，里面还有一件圆领头羊毛衫，怪不得面孔通红，汗淌淌滴。“嗳，侬迭格人是不是在捂甜酒酿啊！”对方连忙擦汗，有点不好意思，嘴里还要辩解一番：“吃了端午粽，还要冻三冻呢。”

捂甜酒酿，是上海人的口头禅，用来嘲笑一个人不敏季节更迭，仍然厚衣加身的迟钝。但一个捂字，则从技术角度道尽了酒酿的成长史。我妈妈不识几个字，却是持家的一把好手，以有限的几个铜子，将生活料理得还算可以。谷雨过后，看陶罐里还有几把过年时吃剩的糯米，也会做一两次酒酿，让我这张早已淡出鸟来的嘴巴甜一甜。

妈妈做酒酿的全过程相当有趣，又不乏科学实验的悬念。糯米淘干净，浸泡两小时后烧成糯米饭，锅底的镬焦刮下来，让我蘸糖吃。雪白的糯米饭用冷水冲一下，凉透后拌入捻成粉末的甜酒药。这甜酒药在南货店里有售，但是妈妈说不灵，她非要托人到绍兴乡下头去买来，绍兴出黄酒，酒药当然也是极好的。

拌匀后的糯米埋在一只钵斗里，用手压压实，再拿一只玻璃茶杯往当中一按，出现一口井——这是做酒酿的关键。然后找一个木盖盖上，再翻出一件旧棉袄将钵斗裹得严严实实，埋进饭窠里。那时的上海人家都要置一只稻草编织的饭窠，大冷天烧好一锅饭，放在里面保暖。到了夏天它就季节性下岗了，用来捂酒酿算是打一趟临工。

“不要动它，一动酒酿就做不好了。”妈妈关照我。

但是我正处于求知欲旺盛的年龄，什么东西都想打破砂锅问到底，酒酿的发酵过程也想看个究竟。趁家里没人的时候就偷偷地揭开棉袄，扒开饭窠看一眼。温热的糯米饭在钵斗里沉睡着，表面上没起什么变化，只有一股淡淡的酒香升腾上来，我仰起脖子作深呼吸。忽然听到楼梯响，妈妈回来了，赶紧清理现场。

大约是到了第三天，见证奇迹的时候到了，妈妈将钵斗盖子揭开，啊，糯米饭上面长了一层绒毛，居然有寸把长，非常可怕。“发霉了，可以吃吗？”我接连问。妈妈则胸有成竹地告诉我，酒酿就是这样的，毛越长，味道越甜。再细看，中间的那口井也有汁水汩汩渗出，并有气泡发出细微的声响。

又过了一天，妈妈将钵斗起出来，将热呼呼的酒酿盛了一小碗给我吃。我拨了几下，看不到长长的毛，就放心地吃了。由于吃得过于贪婪，我被那股猛扑而来的甜味呛着了喉咙，咳嗽连连，甚至眼泪哗哗。妈妈看我这副狼狈相，笑得很开心。

我认为：一钵优秀的酒酿，应该有恰当的酸度。妈妈做的酒酿在第一天吃时并不觉得酸，但再放一天的话，酸味就喷薄而出，口感“江江好”。

甜酿空口吃是很奢侈的，于是妈妈就从床底下拖出一只甏来，从里面摸出几块晒干了的糯米粉块，拌水揉软，搓成小圆子，烧酒酿圆子吃。要不，预先浸泡一把晒干的年糕片，烧酒酿年糕，亦是极好的。如果在立夏前后，鸡蛋卖得贱了，就干脆吃一次酒酿水潽蛋，那真是超级美味噢。

能干的妈妈总会从角角落落里变戏法似的变出一些吃食来，在青黄不接的初夏，供她的孩子解馋。

等我读小学后，识得几个字了，妈妈也会让我看酒药包装纸上的说明，比如放多少水拌和，与糯米饭的比例是多少等，我很乐意参与这种科学实验。而且当一钵斗酒酿大功告成后，我还可以理所当然地多吃一点呢。有时候酒药不好，做出来的酒酿不甜，或者酸得掉牙，妈妈也会用绍兴话骂人的。

有一次，天气暴热，酒酿比预计时间熟得早。而平时，妈妈是算准在浦东工作的大哥回家度周末时，酒酿正好可以吃。这一次，老天爷跟我一样失去了耐心，他似乎也闻到了酒酿的香味，迫不及待想尝尝人间的至味。于是我就在大哥回家前吃到了一碗酒酿，吃得满脸通红，不一会就趴在桌子上睡着了，口水滴在作文簿上。

那时候，还经常有饮食店里的阿姨推着推车串街走巷来叫卖酒酿：“糯米……甜酒酿！”“米”字要拖得足够长，后面“甜酒酿”三字收口要稍稍利落些，水淋淋嘎嘣脆，当然是用上海方言，用普通话试试，酒酿都要酸了。

她们的酒酿是正规部队做的，质量稳定，十几只钵斗垛砖似的码在推车里，盖子是木屑板锯成的。打开后会看到上面洒了些黄澄澄的糖桂花，一股馥郁的酒香顿时涨满了整条弄堂，连张家伯伯种的几株蔷薇也被熏醉了，不停地点头。大人小孩纷纷拿着碗来买，价格也不贵，又不要粮票。阿姨先将碗搁在秤盘里称毛重，再将酒酿盛入碗里称一次，然后再用勺子添些酒酿汁，每个人都是笑嘻嘻的，这是初夏上海弄堂里经常见得到的温馨场面。

后来我在一家饮食店里看到师傅做甜酒酿，那真是大制作，大手笔。两三百只钵斗码得整整齐齐，上面盖了几条黑黜黜的棉被，一股酒香弥散在空气中，予我醺醺然的满足感。那是冬天的情景，上海人也有过年吃甜酒酿的习俗。

酒酿做好后得赶紧吃，否则到第二天就容易变酸，米粒也会空壳化，内业人士称其为“老化”。那时候一般人家没有冰箱，现在都有了，酒酿在冰箱里就停止发酵了，多放几天也没关系。有一次我看到南京路邵万生还有甜酒药出售，包装与从前一模一样，土气得可爱，很想买一包回家，但老婆大人不会做甜酒酿，也没有这份闲情逸趣。

我们弄堂里有一个男人，跷脚，乳名阿大。在我读小学时，阿大已经有三十多岁了。阿大想读书，老师对阿大说，如果你能从 1 数到 10，就让你进学校。阿大用足吃奶的力气也只能数到 6。阿大舌头又大又短，讲闲话含混不清，弄堂里的老太太喜欢逗他，看他出洋相。春天一到，阿大就特别活跃，跷着一条脚在弄堂里模样丑陋地颠来颠去，长相漂亮的女孩子走过他也会上前撩一记，吓得人家尖叫。阿大的娘把他关在一间终年不见阳光的后客堂，在他的好脚上系一根铁链条，另一头拴在床架子上。辰光一长，小腿上的皮都磨破了，苍蝇飞来叮它。

阿大喜欢吃甜酒酿，整天在家里模仿阿姨们的叫卖声，喊出来是这样的："糯衣……甜丢酿！"严重影响邻居休息。阿大娘又不肯买酒酿给他吃，左邻右舍如果买了酒酿，就盛半碗来哄他。"阿大，吃了酒酿不作兴吵啦，再吵派出所要捉你去了！"阿大吃了甜酒酿，笑了，露出满口黄牙，大家由此换得三五天的太平。

然后某一天，阿大又突然想起："糯衣……甜丢酿！"

变本加厉的嚎叫。但总会有一个好心的老太太端了酒酿来哄他。我妈妈也给他吃过酒酿，虽然他家与我家有点距离。

前几天回老家，与家人说着闲话，幽静的弄堂里突然传来一声：“糯衣……甜丢酿！”

我一怔。“是阿大。”家里人说。那声音听起来更加含混不清，像几块风化严重的土疙瘩，一点棱角也没有了。

阿大还活着！掐指一算，他应该有七十岁了，怪不得声音有些苍凉。给他送过酒酿的老太太都不在了，我妈妈也不在了，张家伯伯门前的蔷薇花连影子也不见了。

卖酒酿的推车也不见了。

五香豆的回味

一不小心在2008年出版了《上海老味道》一书，居然成为我码字以来最畅销的书，重印、再版，不亦乐乎，我就此被戴上美食家的高帽子，也有不少饭店请我白吃白喝。但我更在意的是，经常有读者来信问这问那，互动让我受教并感动。这不，上周有一位兰州读者千里飞鸿，他是在上世纪六十年代随企业一起去支援大西北的，在那里恋爱成家，生儿育女，十五年前退休，无病无灾，近来时常想起小时候的人与事，不禁热泪盈眶。他请我帮他买两斤城隍庙五香豆："网上是可以买到的，但我怕来路不正，只有你帮我去买，才能保证最正宗的味道。"最后他拖了一句："人老了，总是怀念过去的老味道，请你原谅一个老人的固执。"

老人是固执的，但也有道理，城隍庙五香豆驰名九州，国外也有众多粉丝，但假货也很多，城隍庙周边小店里出售的五香豆价格便宜，但品质可疑，只有在城隍庙里的老字号里购买，才能获得最好的口感。为解老人乡愁，我特地去九曲桥边上的那家五香豆商店买了两斤，牛皮纸包装也颇有古意。快递过去，几天后兰州那里来电：太好了，就是这个味道！

小时候的味道！

写这篇文章，一点也没有为五香豆做广告的意思。但这粒小小的豆，勾起了我的几段少年记忆。

在我小时候，五香豆是我家经常储备的零嘴，但到了十年动乱时期，据说生产五香豆的蚕豆供货紧张，每月也只有两吨，生产任务不足，每天限量供应，那么群众只好排队购买了。接下来是上山下乡高潮，知青想念家乡的理由中，有一条也许就与五香豆有关。我家四个哥哥都去了外地，父亲经常带我去城隍庙买五香豆，因为每人限购两袋，多一个人排队就可以多买一份。有一次我跟父亲赶到城隍庙，天色才蒙蒙亮，购买五香豆的队伍如长龙一般从兴隆食品商店门口拖到手帕商店，再穿过晴雪坊，一直延伸到无锡饭店门口，场面蔚为壮观。

最后花了两个小时，总算买到四袋，每袋四角八分，牛皮纸袋上印了毛主席语录："发展经济，保障供给"。我仰起脸来问老爸：既然毛主席有了最高指示，为啥五香豆还要排队买？老爸马上在我头上一拍：别瞎讲！为了堵住我这张童言无忌的臭嘴，他解开纸袋给了我几粒五香豆。

五香豆很好吃吗？在几乎所有副食品都要凭票供应的年代，它确实是一种美味。入口甜，甜中带咸，可以盘桓多时，此时口中津液充盈，仿佛波涛汹涌。咬破皮后，牙齿接触到它软而有弹性的豆子，此时味道虽然淡了点，但嚼咬的快感随之而来，最后将豆皮与豆子细末一起咽下，又回上来一股浓郁的奶香。

我有一个同学，他有个哥哥比我们大四五岁，在那时算是老克勒，梳螺丝头，穿大翻领运动衫、小裤脚管裤子、白跑鞋，每月领了学徒津贴就与朋友上馆子。有时候他也会去熟食店买几包酱汁肉、夹肝、糖醋小排等，再叫几个女孩子到家里一起吃老酒，唱《外国民歌200首》里的"黄色歌曲"。每逢此时，我那个同学就从哥哥那里接过五角钱，像条流浪狗一样蹿到太平桥路边摊头吃碗辣酱面，余下的钱买一包飞马牌香烟，我也有机会分到一支。有一次，那个老克勒突发奇想，自己在家里煮五香豆。他在蚕豆里加了当时很宝贵的奶粉和白糖，煮成后味道是像了，但总是粘手。直到许多年后我才弄明白，正宗的五香豆加的只是糖精、香精，一加糖就会粘手。

那个时候，爱吃五香豆的人还挺多的，比如我读小学那会的班主任祁老师，一个慈祥的老太太，其实也不过五十岁左右，她每天要吃一包五香豆。有好几次，放学后她捧了一大摞作业本回办公室，我被她叫去出黑板报。放下作业本，她先摸出五分硬币，嘱我穿过学校对门的弄堂去顺昌路上大同食品商店买一包五香豆，然后拨三分之一给我。我边画边吃，有滋有味。她边吃边批改作业，神情专注，如我有题目答错，她当场叫我改正，然后红笔一挥：5分。

祁老师吃五香豆要吐皮，我认为是一种浪费。那时，我二哥去了新疆生产建设兵团，她的大儿子也去了新疆，同在农一师。来家访时，她与我妈妈一见如故，从我的脾气性格聊起，再聊到做衣服、腌咸菜，最后聊到新疆垦荒生活的种种，两个人就哭作一团。妈妈经常告诉我，她在菜场排队买豆腐，祁老师使了眼色插进来。祁老师活到八十六岁，她的小儿子与我同年，前年在老家碰到时还告诉我，他妈妈临死还嚷着要吃五香豆，满口牙齿基本完好。

炒面居然称大王

小辰光，我常常在马路边发呆，最喜欢看有轨电车叮叮当当驶过。方头方脑的车厢漆成墨绿色，两节组成一列，前面一节是车头，后面一节也是车头，只不过后面没有驾驶员。两头都有驾驶室的话，晚上收工后进了停车场不必掉头，第二天一早驾驶员跑到后面一节，就可以开出来了。老人说，这些电车都是法国人留下的。老人还说，法商电车公司待遇老好的，卖票员都穿呢子服、戴大盖帽。

读中学时听工宣队跟我们忆苦思甜，说他在法商电车公司跟法国资本家斗争，最有效的方法就是将乘客的钱收下不给票子。那不是明摆着贪污吗？但我不敢问，暗想工人揩资本家的油大概也是阶级觉悟高的体现，反正损失的是法国人，把法商电车公司搞成破产才痛快呢！

3路有轨电车在淮海中路八仙桥往北一拐，就到了金陵东路，再一拐就到了浙江路广东路的东新桥。那时东新桥真是热闹极了，马路两边挤满了饮食摊店，烈火烹油，香气扑鼻。老爸有一次带我去看望一个亲戚，出了弄堂就在一家小吃店坐下。这个摊头是卖炒面的，柏油桶做的炉子旁边搁一块木牌，笨手笨脚地写了四个字：炒面大王。

霸气侧漏！

炒面是在平底锅里炒成的，那是个力气活，所以炒面的师傅一般都是大块头。一大坨煮至半熟的面条光是抖开它就不容易，还要拿着长长的竹筷和锅铲翻动它，炒匀它，让油与酱油滋润每根面条，最后等面条散发出恰到好处的焦香，就大功告成了。不，还得抓几把菠菜放在锅底炒一下，浓油赤酱的炒面，顶着一只红嘴绿鹦鹉，绝对是挡不住的诱惑。对了，那时食油是很金贵的，师傅炒面时用一只小拖畚，在油罐里浸一浸，再在面条上抹几下，不是像今天煎生煎馒头，像水一样地倾盆而下。

即使油水不多，炒面还是一律叫作“重油炒面”，或者“重油菠菜炒面”。

卖炒面的店必定供应汤，鸡鸭血汤，咖喱牛肉汤，油豆腐线粉汤，都是炒面的黄金搭档。

老爸和我，两碗炒面，一碗汤。老爸为了省钱，自己就不喝汤了。我给他喝，他也不喝。炒面很香很鲜美，鸡鸭血汤也很香很鲜美，顾客涌进涌出，小小的店堂只放得下三张八仙桌，有人站在我们身边等位子，看我们吃。大汗淋漓的一次美食体验，值得一辈子记住。

出了店，我问老爸：“为什么叫炒面大王？他是全世界最好的吗？”

老爸是工人作家，会写诗歌，写新民歌，经常在报纸上发表作品，赚点小稿费补贴家用。他告诉我：“这个大王从解放前就叫了，炒面的人大约都称自己是大王吧。”

等于没说。但我又似乎懂了，这个世界上，炒面的人也不必自卑，是可以称王称霸的。

十年后，我在云南南路小吃街当学徒，认识了一个师傅，他是炒面的，正宗大块头，而且是光头，没有脖子，下巴倒有三道，走路时下巴一抖一抖的煞是有趣。每天下午两点钟他就要煮面条了。做炒面的面条是最粗的一种，煮的时间稍长一些。煮熟后，面条得马上用自来水冲凉，保持它的韧劲，然后分作大小适宜的一坨坨，摊在竹匾里，临炒下锅。

我喜欢听他讲旧上海的故事。他讲的所有故事，归根结蒂一句话：旧社会比现在好。他拿起一根煮熟的面条拉长，拉长，最后当然断了。“但是解放前我做生意的时候，面是用加拿大进口面粉轧的，拉到比这长也不会断。有劲道，炒出来的面当然好吃。现在你看，这面黑乎乎的，里面掺了不少六谷粉。六谷粉你懂吗？就是玉米粉，这东西掺在里面会好吃吗？”然后猛摇头，春花秋月何时了，往事不堪回首面条中。

师傅姓戴，老戴人缘蛮好的，炒面也是一把好手，老顾客看到他在炉子边摆弄，就会来吃一碗。他则说："急什么？再等等。"他要等锅里的面条所剩无几时才给人家装碗，因为这时的面条吃足了油水，还略有微焦，是最最好吃的。

有一次生意大好，食油居然用光，他心急慌忙从灶台下面摸出一瓶油浇在锅里，想不到顾客吃了当天就上吐下泻，送医院急救。后来一调查，原来老戴临时抱佛脚找出来的是一瓶桐油。桐油是用来刷木桶的，不能食用。这下子闯大祸了，老戴只得跟在领导后面去医院慰问病人，赔不是。这事要放在今天动静就大了，登报批评不算，还要赔许多钱呢。

从此老戴的名气更加响亮，人们走过他的炉前是这样打招呼的："老戴，桐油炒面！多炒点，大家吃了当神仙啊。"

当神仙，悠哉游哉，但在上海方言中的另一层意思则是"翘辫子"，所以老戴哈哈大笑："你先去吧，我后脚跟来。"

东新桥还有一家卖炒面的，号称"泥鳅炒面"。泥鳅怎么炒面？原来他定制的面条特别粗，像泥鳅一样粗，粗面条劲道足，打嘴。但面条越粗越不易炒入味，所以他敢打出这个旗号，想来身怀绝技吧。

现在有不少饭店也有炒面，但都用细面炒，浇头堆了很足，有肉丝、虾仁、香菇、干丝等，面条本身倒不入味，一般顾客过生日才会点来应个景。广帮饭店里还有炒粉供应，那是用米粉炒的，配料更讲究，急火快炒，讲究镬气。《舌尖上的中国》也拍到了广东炒粉，字幕上打出的是“镬”气，不过说成了“锅”气。

炒面的兄弟是两面黄，也是先将面条煮过，凉透后入油锅煎至两面黄，再炒一盆肉丝或虾仁浇头，兜头一浇，趁热吃，外脆里香，老少咸宜。两面黄以沈大成和王家沙最好，我以为。但现在两面黄也不行了，生意太好的缘故吧，来不及小火煎了，就干脆入大油锅炸，两面是黄了，油分也大了，不符合现代饮食理念。不过要求也不能太高，有两面黄供应，算是厚道人家了。一生气，两面不黄，中间又成了烂糊面，你对他也没办法。

冬阳暖风烘山芋

在我小时候，每当西北风刮起，街景就有点萧瑟，大人小孩都爱挤在朝南一侧的人行道上，佝头缩颈匆匆而过。阳光有点晃眼，打在脸上暖融融的。走着走着，一股甜甜的并带有几许“焦毛气”的香味款款飘来。别问，那一定是烘山芋了。

果然，弄堂口坐着一只由柏油桶改装的炉子，炉口不大，直径不足一尺，围着炉口是一圈炉台，扇形摆开几只刚刚出炉的烘山芋。山芋皮被烤得微微皱起，有些部位呈炭黑色，一副饱经风霜的模样，但是表皮绽开处露出了金黄色的内茬，皮层下还挂着红褐色的半透明糖液，谁也抵挡不了这个致命诱惑，那么就来一个吧。

烘山芋要趁热吃，撕开皮咬一口。哇，太烫了，得不停吹气才能接上第二口。山芋皮也不要随便扔掉，用门牙将山芋的“皮下脂肪”——就是那层极具杀伤力的糖浆刨下来，那可是不可多得的享受啊！

每当我跟老爸出门，看到烘山芋就赖着不走了，非得买一只才能过关。

烘山芋不但孩子爱吃，大人也爱吃。我们弄堂里有一个小开，解放前他父亲开了一家饼干厂，规模不大，就像一间作坊，但邻居街坊仍然把他的独生儿子叫做小开。这个小开穿得山清水绿，皮鞋擦得锃亮，看到大妈阿姨总是笑嘻嘻地打招呼，人缘不错。他常差弄堂里的小孩帮他去太平桥或八仙桥买烘山芋。这两处地方都有小菜场、饮食店，人声喧哗、烈火烹油的场所，跑个来回也就一刻钟，他是怕走吗？倒也不是，后来我才懂了，小开要面子。他要吃粢饭油条咸豆腐浆，也是差家里的用人去买，后来用人没有了，就请邻居代劳。我被他差过几次，把我叫到他家的灶披间，塞给我两角钱，一块手帕，如此这番交代一下。等我用手帕包了呼呼烫的山芋回来，他用菜刀切一半给我，算是酬劳。有时他会叫我多买一只，那肯定是他的女朋友来了。请女朋友吃烘山芋，这是不是太那个了？不，后来我又懂了，关系深的女朋友才能一起吃烘山芋。他谈过的女朋友至少一个排，吃过烘山芋的没几个。

等我长大后才有了体会，烘山芋跟女朋友分来吃，味道兼有情调。比方说，逛街逛到两腿发软，正好看到十字街头有烘山芋，临时起意买一只，双方就不必再端着架子了。山芋烫手，在彼此手中传来传去，赛过在合作完成一个寻宝游戏，从一见钟情时的眉目传情走向开放务实。撕开焦烤了的山芋皮，展现的是新鲜而热烈的小宇宙，象征性不言而喻。吃着吃着，小姑娘不免害羞是吧，转过身去，面对墙角，两颗脑袋由此近距离接触，还不耽误取笑与自我取笑一番。恋人吃了烘山芋，手虽然弄脏了，感情却深了一层。是啊，这还是观察对方吃相的极佳机会。

等我也做起了父亲，对烘山芋的偏好一直没变，入冬后就会有意无意地寻找，看到后就将自行车溜到柏油桶前。炉子旁边的外来妹穿一件略显臃肿的格子布棉袄，头上裹一条绿色的头巾，面孔被风吹得通红，也许是被火烤的，鼻尖上被煤灰抹黑了，但她的笑容坦荡而真诚。“要粉的，还是糯的？”小时候我只想挑大的，现在胃口不行，“来只小点的吧。”果然被外来妹取笑了：“你这么个大男人，胃口还不如一只猫呢！”

任她怎么取笑，我只管在路边津津有味地吃完，抹下嘴，脚一蹬继续赶路，迎面吹来的风都是香的。

如果说烘山芋是不可抗拒的路边美食，那么山芋给每个上海人家带来的欢悦也是相似的。在我读小学的时候，经常是这样的：放学回家路上，突然发现米店门口人声鼎沸。耶，山芋到了！

这一幕深刻地印在许多人的记忆中：成千上万吨的山芋从广褒的农田被收获，被装进麻袋搬上大卡车，辗转来到上海的大街小巷，最终在米店门口轰隆隆卸下，然后由师傅们一袋袋拖进店里，倒在地上，像一座小山，粮仓里顿时弥漫起一股甜津津的泥土气息。

传统格局的米店都有一个很大的天井，沉静的日光从天窗缓缓淌下，山芋大驾光临，居民们发自内心地向它欢呼，寂静就被打破了。师傅用簸箕将山芋铲到顾客的竹篮里，称分量的时候也比较豪迈，不像称米那样斤斤计较。

山芋水分充足，一斤粮票可以买七斤。山芋是一种可以空口吃的奢侈品，它给寒素的生活以甜蜜滋润，在孩子们眼里，亦代表了一份容易落实的期待。

山芋进了门，急不可待地洗净，刨皮，切片。咬一口，嘎嘣脆，汁液有些黏稠，一直甜到心里。山芋生吃，以红皮白心的为好，汁液充足。乳白色的浆汁流在指缝间，稍干后有很强的黏性。江南的秋冬，是一场彬彬有礼的交接仪式。一边是无边落木萧萧下，一边是苹果橘子柿子等水果接踵而至，还有梨和柚子，但是不少人家将山芋当水果给孩子吃。

长大后知道，山芋淀粉在所有的植物淀粉中是最富胀性和黏性的。直到现在我还喜欢在火锅店里叫上一盆山芋做的宽粉条来为小酌收场，它颜值不高，但润滑而带韧劲，久煮不烂。

最方便的做法是将山芋刨皮切块做成汤山芋。白心的山芋一煮就酥，黄心山芋的颜色接近蜜蜡，若论口感，仿佛是柿子的远亲。如果加年糕共煮，就是一道相当不错的午后点心了。山芋本身有甜味，糖可少加或不加，那时候食糖也是凭票供应的，每人每月才半斤。当然，最能激发山芋澎湃能量的还是烘烤。

蒸山芋可以更多地保持山芋的原香和糖分，所以应该比汤山芋好吃。但过去的上海人家一般不备蒸笼。所幸还有串街走巷叫卖蒸山芋的小贩——一般是中年妇女，挎一只腰型的竹篮，内衬一件旧棉袄，给山芋保暖。有人叫唤，她就立定，掀开棉袄取出一两只，再从篮边取一杆小秤称重，价钱也很便宜。卖蒸山芋的总说自己卖的是“栗子山芋”，上海人偏好这一口。

蒸山芋更多地出现在车站码头，这是经济实惠的干粮。城里人一般不把山芋当主食，但在中老年人心里，“救荒功臣”的地位一直是很崇高的。

在副食品供应紧张的日子里，山芋还能当菜吃，我们家就吃过几回，山芋切小片，加少许油炒一下，加盐，煮熟即可，起锅前撒一些葱花。我从小嘴刁，不能接受山芋作为菜肴的荒谬性事实，更抵触不甜不咸的味道。我们家还吃过山芋面疙瘩、山芋粥。我不喜欢吃山芋粥，妈妈就告诉我：南阳桥小毛饭店门口，每天有上百人排队买山芋粥，吃不到的人只好哭。

三年困难时期，像新雅这样的大饭店，也陷入了副食品严重匮乏而无法正常营业的窘境。有关部门动员厨师群策群力，保障供给，最后整出了好几桌山芋宴，所有的菜肴、汤和甜点都是用山芋做的，但名称非常好听，也许有“金玉满堂”“金碧辉煌”之类吧。有位业界老法师告诉我，他本人也设计过好几桌山芋宴，他做的一道松鼠鳜鱼还得了奖，鱼尾巴翘得高高的，简直就像芭蕾舞演员的“倒踢紫金冠”，把参观展览的领导逗得哈哈大笑了。

在一些点心店里，师傅还将山芋煮熟后打成泥，裹进馒头或饼馅里，是红豆沙的替身。我小时候看到食品店里供应烘烤而成的山芋干，那是十分馋人的点心，这个时候食品供应的紧张局面已经有所缓和了。今天在崇明还能吃到农家味很浓的油炸山芋片，讲究一点的话，在擀皮后撒些芝麻压实。

我收藏了一本《怎样制作山芋食品》，上海科技卫生出版社1959年出版，薄薄二十八页，纸质又黄又糙，里面收录了数十种山芋食谱，那是大历史中的一段小插曲。当时上海市饮食服务公司举办了数十场“山芋食品展览会”，共计展出山芋食品两万余种，参观人数达二十多万——可以想象的情景就是人山人海、红旗招展。事后上海市饮食服务公司就汇编了这本小册子，厨师们挖空心思做出来的什锦山芋、山芋盘香饼、山芋沙方糕、蟹粉山芋饭、山芋双酿团、赛藕粉等很值得想象。

为了推广山芋，《人民日报》还发了评论：“目前许多城市人民对红薯还缺乏食用习惯，还存在着一些思想顾虑，如何在这些人中树立起红薯的身价，仍然是思想战线上一项主要的任务。”

编写山芋食谱的初衷是指导满怀憧憬的人们办好人民公社大食堂，却不料风云突变，长期处于灰姑娘地位的山芋霎时成了抢手货，在城里则帮助上海人渡过了“三年困难时期”粮食供应匮乏的难关。这个时候一块山芋在手，不是习惯不习惯的问题了，而是充满了感恩。

孙建成在上世纪八十年代写过一个短篇小说，标题我忘了，但其中的细节一直记着。有一女知青，从黑龙江农场回沪探亲，带了一袋自己晒干的山芋干片孝敬后娘。春节后知青们重返农场，大家都从上海带了巧克力、大白兔奶糖、奶油话梅等零食，这个女知青也带回一袋吃食让大家分享，是经过油炸的山芋干片。那个家庭的窘境，知青与后娘相濡以沫的爱心，都从这个细节中充分体现出来。这篇小说让我想到很多，并牢牢地记住了。

如今，一些饭店里偶尔还会有蜜炼山芋、山芋布丁、拔丝山芋等风味。年轻厨师点子多，将山芋削成蛋糕模样，用铝箔包起来，入烤箱烤半小时，每人分到一小块。不过这种装腔作势的吃法叫我羞愧难当。山芋藤过去是喂猪的，现在也当作时鲜菜飨客，但并不好吃，有青涩气。

二十多年前我采访台湾企业家老蔡，就是那个做酱菜的老蔡，午饭时间他带我去一家也是台湾人开的饭店，第一道上来的就是山芋泡饭。老蔡出生在台南农村，家境贫寒，“小时候天天吃番薯粥，那时候家里穷，碗中米粒可数，尽是番薯！”后来我发现，不少台湾企业家都是吃山芋泡饭长大的，对此怀有很深的感情。请人吃山芋泡饭，算是很高的礼遇啦。

知堂老人在《萝卜与白薯》一文中写道：“至于白薯自然煮的烤的都好，但是我记得那玉米面糊里加红番薯，那是台州老百姓通年吃了借以活命的东西，小时候跟了台州的女用人吃过多少回，觉得至今不能忘却。……我想假使天天能够吃饱玉米面和白薯，加上萝卜鲞几片，已经很可满足……”

直到今天，中国农村还将山芋当作粮食的补充，五年前与朋友去福州，在德化乡下看到一个姑娘在场院里晒山芋干。问她晒干后是不是当零食吃？她理直气壮地说：“当饭吃！”

据史料记载，山芋是明朝万历年间成功引种的，徐光启在《农政全书》里讲了一个故事：“近年有人在海外得此种（番薯种）。海外人亦禁不令出境。此人取诸藤绞入汲水绳中，遂得渡海。”那简直是谍战片的剧情，来之不易啊同志们！山芋，还有差不多同期引进的土豆、玉米，让中国粮食生产的压力得以减轻，人口得以稳定繁衍，从明末的一亿人增加到清末的四亿，为农业、手工业以及商业等生产活动提供了大量的劳动力。

徐光启写的《甘薯疏》是我国最早叙述番薯的一部专著，也是研究我国农业史的重要资料。今天我国还是世界上最大的番薯生产国，产量占全世界的百分之八十多，厉害吧。

前几年有报道称，在街头巷尾卖烘山芋的都是外来妹，她们用装化学物品的柏油桶改装成炉子，铁桶内壁残留的有毒成分在加热后会渗透到山芋里，人吃了就有损健康，呼吁有关方面严厉取缔。这些青年记者大约也是喜欢吃烘山芋的吧，但他们太年轻，只知道曝光，不懂得外来人员的生存艰难，更不知道如何想一些可行的解决办法。我想烘山芋的外来妹并不想毒死上海人啊，问题是她们从哪里得到安全可靠而成本不高的柏油桶？如果我来写这篇报道，就会跟上一句："建议政府有关部门收集一批安全可靠的铁桶，比如装植物油的铁桶，以低价供应给烘山芋的经营者，并在铁桶上标上醒目记号，以便消费者辨认。"

然而，我也知道这个理论上两全其美的建议，可操作性并不强，因为烘山芋的外来妹都是无证经营的，是城管部门和食监部门联手打击的对象，政府要统一发放安全可靠的铁桶，先要承认她们的合法性。

那么国有的或个体的点心店能不能经营烘山芋呢？技术层面没问题，但烘山芋利润薄，老板不愿做这个买卖。许多风味小吃的消失都是因为利太薄，利一薄，人情也浇薄了。在过去可不是这样的，越是利薄的生意，越能凝结浓浓的人情。

再告诉你吧，我在台北街头看到也有烘山芋的路边摊，也是一个炉子一个人在做，但这门小生意特意照顾单亲妈妈，有关部门特别发给她执照，在人行道上划拨一点点路面，炉子上还贴了张标签，过路人购买烘山芋时都相当客气，眉目间传递着同情与鼓励。

本文结束时我突然想起，有一次我在中华路董家渡路口看到有人在卖烘山芋，心头一热，马上穿过马路想去看看究竟。老规矩又有了新花样，炉口摆着山芋，还有玉米，烤得焦皮微微起皱。眼角朝周围一瞟，发现路边有个老先生托着一只撕开口子的山芋，从雪花呢西装内侧口袋掏出一柄不锈钢勺子，准备挖着吃。这不是老家弄堂里的那个小开吗？我走到他跟前再作打量，与他的目光撞了一下，相视一笑，有些尴尬。不是他，不是那个差我买过烘山芋的小开，这一瞬间我有点恍惚，落日的余晖穿过高楼大厦的缝隙嗖地一声射来，我闭起了眼睛。

假如有人要我说出“最值得怀念的十种美味”，在我的心里肯定有一只皮开肉绽、流淌着糖液的烘山芋。

镬焦香

锅巴，在吴方言区谓之“镬焦”。镬，一种古老而笨拙的金属炊具，在干柴烈焰上一坐就是两千年。广东人做菜讲究一个镬气，无镬气，犹如一个人没有活气。上海话中的“镬”，是浊声字，吐气时声带颤动，古音绵绵。直到今天，上海人还是将所有的锅子呼作“镬子”。烧饭熬粥时，在镬子底饼结并发黄发黑的那部分米粒，就是镬焦。刮锅底的声音何以刺耳酸牙？盖因镬焦所至。

过去弄堂人家多借煤炉执爨，等米粒沸滚至收水，得用小火为它“桑拿”，否则大火急逼之下很容易见焦。粘底的镬焦如果不那么严重的话，还可以下咽充饥，只是微微有点苦涩。镬焦一般都由母亲悄悄地埋在自己的碗里，姐姐长大了也会自告奋勇地抢着吃。我小时候最怕吃镬焦，饭后照镜子，牙缝也是黑的。后来学做家务，第一课就是淘米烧饭，但因为贪玩，或者看小人书入迷，焦冒气很快就从厨房蹿出。不必分说，这锅饭的镬焦就自己咽吧，这是我对“问责”两字的最初认识。

当然，如果焖饭的技术得法，镬焦可呈金黄色，也有人叫作饭糍，值得抢来吃。嚼之满口生津，齿颊留香，可解无鱼之馋。镬焦留至隔夜烧泡饭，微黄而松散，可充美味。

上世纪七十年代，初中毕业后我被分配至云南路上一家供应堂吃酒菜的饮食店里当学徒，我们店对马路则有一家本帮饭店，烧饭师傅是个好脾气的人，秃顶，酒糟鼻。坐在长条凳上吃酒时，我喜欢绕到他背后打量他的背影，哈，简直就像半麻袋米顶着一只西瓜。他姓刘，专司烧饭，自称伙头军师。那时候饭店里的燃料主要是计划供应的无烟煤，火力较难掌控，烧大锅饭易焦。有聪明人用铝皮敲成一只大漏斗，大漏斗周身戳满了细细的眼子，倒置于锅底，然后倒入黄糙糙的籼米，柄朝上出气，这样饭就不容易焦。现在这种工具成了古董，没多少人见识过。

而刘师傅不屑借助漏斗。

还有一个原因是，他每市烧三四锅饭，最后一锅故意要留下镬焦。他烘饭极认真，清出米饭后再用铜铲将完整的镬焦起出，挂在窗口风干。明天，镬焦就可以做什锦锅巴或虾仁锅巴。刘师傅烘的镬焦薄而脆，中间黄褐色，均匀地向周边晕散，加之外形是一个饱满的半球型，打个不妥当的比方，就像成熟女人的乳晕。有时候，我看到刘师傅头顶着两三张铁锅状的镬焦向北边走去，悠然自得，这是向南京路上的兄弟单位输送食材去了。

刘师傅嗜酒，收市后灶台也不洗就直奔我们店而来，要一支“小炮仗”（二两装的劣质土烧），一碟冷菜（一般是卤豆干或炒三丝），所需不满三只角子。抿一口，心满意足，表情立时活泛。刘师傅的老婆孩子在乡下，他一日三顿吃在店里，睡集体宿舍，被服是请人洗的，似乎无忧无虑。其实不，每月领了工资马上奔邮局而去。吃小老酒为了消愁解乏，在那时可能也是唯一的路径。有一次他又来了，“小炮仗”之外并无冷菜。

我上前替他收拾桌子，前面有一客人吃了碗辣酱面，“过桥”的辣酱是盛在一个小碟子里的，内容剔尽后留下了明亮而红润的辣油。刘师傅对我说：“这只碟子借我用一用。”我将碟子推给他，他眯眯笑起，变戏法似的从口袋里摸出几块镬焦，刮了点辣油送进嘴里，嘎嘣脆的声音响亮而坚决。“我搞错了，明天才是领工资的日脚，哈！”

那一年我十七岁，在这么个破地方当学徒，每天凌晨四点上班，一天干十个小时，下班后学习两小时，靠墙杵着也会进入梦乡。手指冻得又粗又僵，小提琴不能拉了，也没有什么书可看，每月十几元津贴转眼就没了，风雨如晦，前路渺茫。而刘师傅依然乐观，他递给我一块镬焦：“尝尝，辣酱锅巴。”

我迟疑了一下，接过来塞进嘴里，好像接受一个成人仪式。镬焦麻辣而微苦，落肚后却有点回甘，还有一丝温馨的焦香萦绕鼻间。

现在上海人家都用上了电饭煲，欲求镬焦而难得。其实镬焦还是有用的，大鱼大肉吃多了，胃中滞塞，取镬焦数块水煮后服下，可治消化不良。

香椿芽的乡愁

一场润物无声的夜雨之后，大地苏醒，春回人间。时令菜蔬不让瑞香、樱花、桃花、杏花等专美于前，也迫不及待地登上人们的餐桌，韭菜、菜苋、枸杞头、马兰头、茼蒿、蒌蒿、春笋……它们在舌尖上报到的时间有些短促，却唤醒了我们对春天的所有记忆。

还有香椿芽，上海人与它的一期一会，已经固化为拥抱春天的一种方式。

香椿芽是中国独有的树生菜。“三月八，吃椿芽”，香椿头拌豆腐，是上海老一辈爱吃的素食。父母健在时，常从南货店包一枝回家，那是用盐腌过的，色泽暗绿，洗净切碎，拌嫩豆腐，浇几滴麻油，咸的香椿头和淡的豆腐在口中自然调和，味道十分鲜美。香椿芽有强烈的芳香味，这是它的鲜明个性，起初吃时消受不起，而且听说是从香椿树上得来，以为我家真穷到要吃树叶了，心里不免慌了几分，后来慢慢喜欢上了它。现在，每到阳春三月我必去邵万生包一枝香椿头回家，家人不爱，我乐得独享。当年上海评市花时，曾将臭椿树列为候选，因为它有净化空气的功能。但臭椿芽是不能吃的。

香椿树长得峻峭挺拔，树干可达十几米，羽状复叶，开春后有紫色的嫩芽蹿出，农人在竹竿顶端缚了剪刀，另一半系了绳子，瞅准了一拉，嫩头应声而落，粗盐一抹就可以吃了。

椿树是树中的美男子，也因此，古人将父亲比喻为椿树，“椿堂”或“椿庭”就成了父亲的代称，与之对应的是“萱堂”，是母亲的代称。唐孟郊《游子诗》：“萱草生堂阶，游子行天涯。慈母倚堂门，不见萱草花。”《诗经》疏称：“北堂幽暗，可以种萱。”北堂即代表母亲之意。古时候当游子要远行时，就会在北堂种萱草，希望减轻母亲对孩子的思念之苦，忘却烦忧。

报纸上有文章说吃香椿芽的时间也就是一个星期，尝鲜要趁早！结果弄得大家心慌手乱！但我在菜场里看到这货可以在摊位上赖足一个月。有老前辈告诉我，现在物流发达了，自南往北，香椿芽一茬茬地往上海送，当然可吃一个月不止喽。再说香椿芽分初芽、二芽、三芽，越早香味越浓，初芽宜凉拌，拌豆腐、拌面都是极好的；二芽宜炒鸡蛋，香椿芽的香嫩与鸡蛋的肥腴合起来，相得益彰；三芽味道就淡了，宜裹面油炸，吃个脆香。

在安徽黟县，我在农家吃过土灶头上的香椿芽炒鸡蛋。嫩芽切细，鸡蛋打成液，拌入嫩芽末，多放点猪油，在锅底摊成一张饼，再用文火烘片刻，翻个身装盘，满室飘香。在山东我吃过凉拌香椿芽，酱麻油一浇，脆脆的，香香的，当然比腌过的更能体会春天的气象。厨师还用蛋泡糊挂了浆油炸香椿头，类似日本料理中的天妇罗，俗称“香椿鱼”，但香椿芽的本味有不小损失。此菜我在西安、洛阳都吃过，也叫“香椿鱼”。

上周末去我家附近一家无公害蔬菜专卖店买了一把香椿芽，这货身价年年见涨，店家居然按两计算，跟卖黄金一个思路。八元一两，一把要我二十多元。想想农民剪香椿芽的不易，再想想近来股市出现了难得的小阳春，我也不好意思还价了。

今年本大叔要翻花样经，回家将香椿芽整理一番，切成细末，再取一把新鲜小葱，切成葱珠。坐锅上灶，倒精制油300克，先将葱珠慢慢熬香，一刻钟后看葱色转暗，再投入香椿末，一起翻炒至水分走得差不多了，加适量海盐和少许鸡精拌匀，装碗冷却。

其实我是从清代朱彝尊的《食宪鸿秘》中得到的启发，书里有“油椿”一条：“香椿洗净，用酱油、油、醋入锅煮过，连汁贮瓶用。”我觉得加醋肯定会发酸，不好吃，就干脆不加任何调味品，放冰箱一个月也不会坏。

接下来煮面，是那种号称以鸭蛋代水轧制的苏式龙须面，一氽捞起装碗，码成一边倒的“头势”，将葱油香椿芽挖一大勺盖上，先拍个照晒到微信上，然后趁热拌匀，那个香啊，满屋子都装不下！

这就叫沈家香椿油拌面，吃了这碗面，才不辜负大好春光！

不过到了吴江才知道，沈家香椿芽拌面只是小打小闹而已，昨天和今天，我在吴江宾馆参加春季菜品鉴活动，国家级烹饪大师徐鹤峰先生做了几道以香椿芽为点睛之笔的珍馔，将“树上鲜”独特而孤傲的个性发挥得淋漓尽致，令我大开眼界，启发多多。

一道是香椿酱蚬肉熏整塘。整塘，就是用整条塘鳢鱼做成的熏鱼，头尾俱全，外形美观，风味独具，无疑是苏帮熏鱼中的极品，一年之中也就是现在这段时间有，每位一条的规格，相当的奢华。但徐大师还要用香椿芽打成浅绿色的酱料，拌了太湖蚬子肉和笋丁，用以烘托整塘的雍容华贵。有了香椿芽的独特香气，就使得熏整塘的油炸味变得雅驯起来。

还有一道于今天中午出现在宴会上，香椿酱与蚬肉拌黄酱萝卜丁，与咸鸡、马兰头百叶卷拼成一盘冷菜，极具苏帮菜的神韵，蚬肉与黄酱萝卜的味道也被香椿酱的风味调和得十分妥帖，脆软兼具，清雅甘鲜，诚为下酒妙品。

徐大师坐在我身边，近水楼台先得月，我抓住机会向他请教，他呵呵一笑：“这个很简单嘛，香椿芽洗净后塞进榨汁机里一转就行了，不要太细，留点颗粒更好，拌豆腐、拌面、做色拉，都行。嫩豆腐一块，四角方方不要切，直接平躺在盘子里，香椿酱浇个几道，再加点盐，加点白胡椒粉，就是一道美观时尚的冷菜。让我想想，厨房里还有小半瓶，等会给你带回上海去。”

饭后雨霁，空气爽朗，几个吃货驱车回上海，我抱着半瓶香椿酱，就像捧着一个阿拉丁神灯，明天我做一道香椿酱茄子。

读台湾美食作家唐鲁孙的随笔集《什锦拼盘》，在《我家的香椿树》一文中，老前辈满怀深情地回忆了北平老家院子里的那棵百年老香椿树，每年初春让窗下读书的他闻到一片清芬，而香椿芽都被家里的门房老头剪下卖钱，他也只能偶尔吃一两次。到了台湾后常常思念故园，那棵香椿树也是怀想的对象，后来有朋友送了他四棵从大陆移植过去的纯种香椿苗，经过连年培植，终于在某年的春温时节长出了绿叶红边的嫩芽，摘下后送到饭店请厨师料理，在美餐一顿之后，妥妥地化解了舌尖上的乡愁。“北望燕云，中怀怆恻，思绪纷披，恨不能回去看看，我想五十岁以上的人都有这种想法吧！”

香椿芽，维系着无数人的乡愁，或者童年的美好记忆。

同门兄弟一道炒

研究上海方言的专家们都在收集童谣，不知有一首童谣听说过没有："炒——炒——炒黄豆，炒好黄豆炒青豆，炒好青豆翻跟斗。"同时还要辅以动作，两人一组，面对面手拉手，边唱边大幅度摇晃，唱到最后一句顺势将身体翻转过来，要求双方四只手继续拉牢，谁先松手算输。通常情况下没有一对玩家能"大战三十回合"的，于是在嘻嘻哈哈中散伙。

童谣虽然大多是无义的，但也是现实社会和儿童心愿的映射。上面这首童谣极具喜感，因为它涉及食物，无论炒黄豆还是炒青豆，哗啦哗啦的声响以及随之而在石库门弄堂里飘散的香气，都是令人垂涎三尺的，难以忘怀的，也是值得为之翻一翻跟斗的。

我们家里炒过黄豆，那是在青黄不接的时节，菜场里的蔬菜供应不足，得很早就去排队，排队也不一定买得到，甚至得凭户口簿才能获得有限的配额。这时妈妈就会从缸里舀出一大碗黄豆，洗净，沥干，投入铁锅里炒至喷香微焦，空口当零食吃，嚼起来嘎嘣脆，香气扑鼻。但妈妈只能给我一小把，因为她接下来要将炒熟的黄豆在石磨里磨成黄豆粉，拌了盐就可以当菜送饭送粥了。

一大早，妈妈烧好一锅粥，筷头粘上一点黄豆粉，吮在嘴里很香很香，很快就将一碗粥喝完了，暖洋洋地上学去喽，我不知道妈妈在身后望着我远去的背影叹息呢！

黄豆粉拌盐还有一个很幽默的名字：福建肉松。

青豆是小豌豆晒干后的形态，它是奢侈品，不常进门，若有，也须在盐水里浸泡一夜使之发软，沥干后炒熟，搁小碟子里成为佐茶小食，与青浦朱家角的熏青豆有异曲同工之妙。不过我们家连最次的茶叶也经常断档呢，哪有钱炒青豆？

经常炒的是麦粉和米粉。炒麦粉很简单，就是用小麦粉炒熟，拌上白砂糖，冷却后存在瓶子或铁皮箱里，吃时舀两勺在大碗里，沸水一冲，用筷子急速顺时针搅拌，眼瞅着它慢慢胀发成厚厚的糨糊状，吃起来满口香。放学后喊饿，妈妈就冲一碗给我点点饥。炒米粉稍许复杂些，大米洗净晾干，在锅里炒熟，呈微黄色，冷却后在石磨里磨成粉，但不必太细，带点粗糙的颗粒更佳。吃时也用沸水一冲，加糖。因为它的原材料是大米，胀性更足，口感更佳。我家邻居老太太还发明一种吃法，她收集起橘子皮，在煤球炉的炉膛里烘干后加在炒米里一起磨成粉，这样的炒米粉冲开后就有一股橘子香味。

炒麦粉或炒米粉，在上海人的口中，一律叫作“炒马粉”。

这个“马”字没有另解，就是“麦”字。

还有一个邻居大叔参加过抗美援朝，跟邱少云还是一个师的，他跟我说：“炒米可了不得，为抗美援朝立了大功。我们那时在雪地里打埋伏，一天一夜不能动，飞机在头上飞来飞去，你若一动他就扔汽油弹。饿了，吃一把炒米吃一口雪，天亮后军号一响，几百个人从雪堆里跳起来冲啊，硬是把美帝国主义打到三八线后面去。”

我妈有时也会奢侈一下，在炒米粉里加入黑芝麻粉，一冲，不仅香气浓郁，吃口也好多了。我们读中学时要下乡劳动，家长担心孩子吃不饱，就会准备一袋炒麦粉或炒米粉塞在行李袋里带走。其实到了农村，无论男生还是女生，饭量都出奇地大增，要吃满满一饭盒呢，挺个四五小时不成问题，所谓肚子饿，其实就是一个“馋”字。晚饭吃过，看过星星，吹过牛皮，偷偷地抽过香烟，三三两两回到寝室里，打开行李袋翻出炒麦粉或炒米粉吃。这情景，夜色温柔！

挨到下乡劳动结束，回上海的前夜，大家兴奋得横竖睡不着，突然想起行李包里还有存货，便一骨碌钻出被窝，每人将自己的炒麦粉或炒米粉统统倒在一个洗脸洗脚通用的搪瓷脸盆里，一热水瓶沸水飞流直下三千尺，搅成混合式糨糊。草屋里没有桌子凳子，七八个饿死鬼就跪在乱哄哄的草垫子上，围着脸盆大开杀戒。突然门被一脚踢开，是班主任来查房了。“老师，来一口吧！”班主任眼睛一瞪：“看你们这副吃相，简直就是一群猪猡！”

骂归骂，他还是一把夺过我的汤勺在脸盆里挖了一勺吃：“吃了就睡啊，明天一早六点钟就要集合，谁要是赖被窝，我就来拔萝卜！”

吃到脸盆见底，汤勺刮了再刮，舌头舔了再舔，心满意足地熄了油灯放平，有人还意犹未尽地放出大话来：“等我当了学徒，领了第一个月的工资，请兄弟们吃一顿猪油黑洋酥炒米粉，吃到爬不动！”

无论炒麦粉还是炒米粉，不管加不加糖或黑洋酥，都增强了同门兄弟的凝聚力，十年二十年后见面，酒酣耳热之际聊起那糨糊一般可稀可稠的美食，虽然有点难为情，但心里一直暖洋洋、暖洋洋。

后来，食品店里有一种牛骨髓炒面供应，是“炒马粉”的 2.0 版，价格老贵了，我家根本吃不起，最后还是在同学家里尝了一小碗，果然香腴至极！

昨天，与上海电影制片厂制片人吴竹筠兄一起吃晚饭，他正在经营一家特色面馆，生意不错，还想恢复儿时吃过的美味，比如炒麦粉。我一听就来劲了：“炒麦粉档次太低，吃口也差，得做成炒米粉，胀开后在碗里加一把花生碎、五六颗葡萄干、一枚核桃仁，再用蜂蜜兜头一浇，就像卡布奇诺上面的图案一样。对了，浇成一个 M，麦粉米粉打头就是这个字母，但不能跟麦当劳一样噢，我们是中国制造！”

“对了，中国制造！从牙牙学语的小毛头到七老八十的老头老太都爱吃，就这么定了。”竹筠兄大声应道。

第二梯队是年糕

上海人过春节，除了准备几砂锅水笋烧肉、霉干菜烧肉、四喜烤麸、黄豆芽炒油条子之类的年菜之外，一般还要做一些汤团、春卷、八宝饭。家宴上可以当点心，若是不速之客叩门贺岁，一杯清茶、一只糖果攒盒之外，再请汤团或八宝饭来凑个热闹，聊起来就更带劲了。

就节令食品而言，如果说汤团和八宝饭是第一梯队，那么年糕就是第二梯队了。年糕既可做点心，又可担当主食。在我小时候，青团、粽子、月饼、重阳糕等等都是来得快去得快，不像现在一年四季都在卖，年糕大约是在入冬后上市的，由米店或饮食店定点供应。每人每月的大米供应额度只有四公斤，大米吃光只能吃“洋籼米”或面粉。年糕凭购粮证购买，也是限量的，但好像不占大米指标，所以每逢运年糕的卡车开到，街坊邻居奔走相告的场面也是令人激奋的。

买年糕要排队，营业员还要检察顾客的购粮证，小户多少，大户多少，收款收粮票后再盖个章，防止有人钻空子。有些穷苦人家连年糕也买不起，额度就让给邻居。

年糕出厂时是三纵三横以田字形叠起来的，买回家后要及时掰开浸泡在水里防止开裂和发霉，那时谁家有冰箱啊。新鲜的年糕比较容易掰开，操作时还能闻到一股米制食品的香气。但妈妈倒不急，她说新到的年糕含水量大，分量重，过一两天再去买，花同样的粮票钞票就能多吃一两条。

我哪里等得及啊！吵着要去买，气喘吁吁地捧回家，掰开，找出一条模样俊俏点的，吃烘年糕。每个上海小孩的童年都有一个吃烘年糕的故事：操起一把火钳架空在煤球炉上，将年糕放在火上烘烤，烤至两面起泡，焦黄，并发出吱吱声响，拿起来拍去焦皮，必须大口去咬，虽然味道是淡的，但又香又糯的咬劲，终生难忘。

年糕切薄片，摊在竹匾上晒，几天后就哗哗响了，对着阳光可见哥窑开片式的裂纹。拿到街头爆成年糕片，就是小孩子吃不厌的零食。装在锡罐里，过年时也可以拿出来吃着玩。

素直的年糕以主食身份登场，表现是相当尽力的。吃年糕可以省下饭菜，这也是艰难时世中上海主妇青睐它的原因。青菜汤年糕，青白人家，起锅前加一勺熟猪油，又香又鲜。若要入味些，可烧咸菜肉丝汤年糕，肯定吃到满头大汗。

炒年糕一般在休息天吃，黄芽菜肉丝炒年糕、荠菜肉丝炒年糕、塌棵菜肉丝炒年糕都是年糕走秀的闪亮时刻。更上档次的是韭芽肉丝炒年糕，妈妈在灶披间哐啷哐啷炒的时候，香气可以一直飘到弄堂口。我可以吃一大碗，撑到眼睛发直。

过年了，年糕知趣地退到一边，但上海人是不会冷落它的。过年吃年糕其实也是上海旧俗，有“年年高升”的寓意，也有“高高兴兴”的祈愿。不过春节那几天吃的年糕又有一番讲究，此时的它，角色转换成点心了。

烧一锅赤豆汤，赤豆开花前取两条年糕切丁，放进锅里再煮一会，就是一款很不错的居家点心。如果再投几枚大枣或一把莲子更佳。年糕搭配甜酒酿，就是人见人爱的酒酿年糕。读中学时，我心血来潮，从同学那里借来破破烂烂的外国文学名著，读得如饥似渴，读到好段落，还要抄下来。天暗地冻的下午，朝北的后厢房就像冰窖，一个羸弱少年佝头缩颈，读读抄抄，搓搓手心。肚子饿了，就切一条年糕放在搪瓷茶缸里，再到弄堂口老虎灶泡一瓶开水来，一冲，盖上盖子泡几分钟，撒勺白砂糖，就是一道点心了。有时候菜橱里还有半碗甜酒酿，我的上帝，可以吃酒酿年糕啦！

年糕还有一个同门兄弟：糖年糕。糖年糕是为春节而生的，纯糯米制作，方方正正的形态，加赤砂糖或白糖，颜色上略有区别，表面上再抹点糖桂花意思意思，一般不大会开裂。它摆在南货店的玻璃柜台里，被松糕、蛋糕挤在一旁，不声不响也有自尊。老爸买两块回来，切长条油煎，趁热吃又烫又甜，把牙齿都粘住啦！过年那几天，如果汤团不足应付的话，糖年糕就跨前一步了。

那时候供应的年糕质量都很稳定，绝对无添加。中学时我们在斜土路一家食品厂学工劳动，看到底楼热气蒸腾的车间里排列着十几只铸铁浴缸，这是干什么的？有个同学告诉我：这是做年糕的！

对了，年糕还有一个小表妹：年糕团！吃过年糕团的人大概不多，年糕团像一团滚烫的雪，营业员阿姨将它摘起，在手心里搓圆、压扁，包油条，加点咸菜、榨菜，团拢来就可以边走边吃了。虹口糕团店至今还在供应，馅料比以前多了，有肉松、香肠、培根等，若要吃甜的，可加糖粉芝麻、糖粉花生碎等。

年糕浸泡在水里也不是万事大吉的，过了立春，缸里的水就要勤换，不然年糕会发酸。

新世纪以来，餐饮市场持续繁荣，年糕入菜的机会明显增加，毛蟹炒年糕、牛蛙炒年糕、八宝辣酱炒年糕、黑椒牛柳炒年糕、鱼香肉丝炒年糕、杂鱼烧年糕……年糕真是一个百搭，与谁都合得拢，无怨无悔地做好配角。我看到这种情景就有点抱不平，把服务员叫来：加一盘荠菜肉丝炒年糕！

但是饭店里的炒年糕，总不比自己家里的好，厨师都是外省来的吧。

上海弄堂里宁波籍居民颇不少，宁波人办年货的劲头真叫人叹服，年糕即为一种。宁波来的水磨年糕质量最佳，隔壁门牌号里的阿娘常会让我们分享，糯、滑、劲道，无与伦比。宁波阿娘用大头菜焐整条年糕，加酱油麻油，有浓浓的乡情，这大概是宁波人独特的吃法。宁波还有一种糯米块，与年糕也算近亲吧。肉馒头那般大小，石骨铁硬，顶上按了一颗“朱砂痣”，凝聚了千锤百炼的功夫。隔水蒸透，加绵白糖和猪油，韧劲十足，美不可言。糯米块我已经有四十年没吃到了，前不久甬府的翁总给我一个年菜大礼包，里面有两包年糕，还有两包糯米块，个头比以前吃过的小一号，但仍让我过了一把瘾！

今天，作为一种年俗，糖年糕的功能正在转换，厂商做成锦鲤、金蟾、寿桃、元宝等形状，夹花上色，真空包装，喜感满满。上海人买回来，与佛手、金橘、水仙、蜡梅、银柳等一起供在佛像前，是不是很俗啊？过年嘛，就是要俗一点呀，大家开心点不是很好吗。

当猪头笑看天下

哈哈，知堂老人居然也爱吃猪头肉。

“小时候在摊上用几个钱买猪头肉，白切薄片，放在晒干的荷叶上，微微撒点盐，空口吃也好。夹在烧饼里最是相宜，胜过北方的酱肘子。江浙人民过年必买猪头祭神，但城里人家多用长方猪肉……”

在这篇题为《猪头肉》的短文里，周作人还忆及在朋友家吃过一次猪头肉，主人以小诗两首招饮，他依原韵和作打油诗，其中有两句：“早起喝茶看报了，出门赶去吃猪头。”

为吃猪头肉写诗是比较迂阔的，但周作人的打油诗就不然，有点自我嘲解的开脱，算上不矫情。苦茶老人写这篇短文时，已是万山红遍的1951年，所以与时俱进地在文中应用了“人民”这个词。应该说，政府对他不薄，每月的工资相当于国务院一个副部级干部，但他对过去的吃食念念不忘，这段时间里写了不少美食短文，包括不上台面的猪头肉。

周作人说的不错，江浙人民过年时必定要备一只猪头，但不再用猪头三牲祭神了，只为打牙祭。我们家也将猪头视作重头戏，父亲——这个任务通常由父亲担当，从菜场里拎一只血淋淋的猪头回来，事先请师傅劈成两爿，交母亲刮毛、分割、烹饪。一半白煮，一半红烧。我喜欢白切猪头肉，酱油碟里打个滚，大块入口，在嘴里盘来盘去，脂油在牙缝内外钻进钻出，满足感最强。

上海人有一句俚语："猪头肉，三不精"，形象地概括了猪头肉作为下酒菜的基本状态。猪头肉是肥瘦相间的，皮层厚，韧劲足，即使是最厚实的肥皂状部分，如果煮到恰到好处的话，冷却后也能保持和田玉似的外观，入口后予牙齿恰当的抵抗，耐咀嚼，有香味。这句俚语的另一层社会学含义，特指个别人动手能力较强，常识也能过关，在朋友圈里称得上是个通才，但不一定术有专攻。与此对应的一个形容词是"三脚猫"。

红烧猪头肉比较油腻，虽然加了白糖和茴香、桂皮，口感上比较有层次，然而尚不能与白切相颉颃。吃剩的红烧猪头肉以碗面上一层雪白的油脂，与寒冬腊月的窗外景色构成寒素生活的基本色调，筷头笃笃，胃口一天比一天差。最后，一碗刚刚出锅的菜汤面上桌，挖一块猪头肉焐在里面，油脂慢慢融化，香气款款逸出，和着面条呼噜呼噜吃下去，也算补充能量啦。

熟食店里出售的猪头肉以白切为主，过去在烧煮前是用盐硝擦过的，瘦肉部分微红，似一抹桃花色，吃起来香气扑鼻。

后来食品卫生部门发出警告：硝是致癌物质，多吃有害身体。从此猪头肉严禁加硝。肉色是白了，风味却逊色许多。

淮扬菜里的硝肉、硝蹄历来驰名遐迩，风味形成也在于硝的画龙点睛。大哥随船舶学校迁至镇江之初，每次回上海探亲必定带三样吃食：水晶硝肉、蟹粉小笼、酱菜。硝肉和小笼是用干荷叶包起来的，装在网篮里，盖一张红纸，棕绳一扎，诚为馈赠佳品。因为硝肉里有汤汁凝结，状如水晶，美称水晶硝肉。醋碟里撒多一些嫩姜丝，吃起来毫无油腻感。硝肉不能加硝后，不止风味严重损失，名称也失去了趣味，现在饭店里一律将镇江硝肉写作"肴肉"。在上海话的语境里，仍然"硝肉硝肉"地乱叫一阵，其实此肴已非那硝了。肴肉毫无想象力，倘若大热天在冰箱冻过一夜，吃起来冰碴碴的大煞风景。

上海以前的苍蝇馆子一直有猪头肉供应，一只只盆子叠床架屋，让酒鬼自己挑选。还可分成脑子、耳朵、鼻冲、下颚、面孔、眼睛等，会吃的酒鬼酷爱享受眼睛及"周边地区"，据说有异香。我大着胆子尝试过，果然不同凡响，那股香味与上好的松花皮蛋相仿。鼻冲是活肉，因为二师兄每天用它拱墙，修炼得相当厚实，快刀切薄片，韧劲十足。猪脑剔去筋膜，葱姜清蒸，嫩过豆腐，鲜过龙髓，但此物胆固醇极高。耳朵不用多说了，两层皮紧紧包住一层软骨，三明治风格，上海人都爱吃，它的价格比其他部位高一些。

旧时上海滩有一家饭店叫老合记，有一道名菜深受老吃客喜爱，所谓“金银双脑”，就是用白灼猪脑与熏猪脑烹制而成的。唐鲁孙在《中国吃》一书里写到了这道菜：“他家的金银双脑，是把熏过的猪脑，跟新鲜的剔去血丝细筋，用干贝白果以文火炖熟，干贝起鲜，白果去脏气，这是合记的拿手菜之一。”每次读到这里，我这个猪脑控禁不住垂涎三尺。

有个别酒鬼还特别爱吃猪牙床，呵呵，这种东西想想也恶心，不过很便宜，两角钱就可得软嘟嘟的一大盆。

猪头煮熟后，拆颌骨是一件难事，得借用一块抹布，手里带一点巧劲，三转两转出来，赛过庖丁解牛。折得不好肉就碎了，卖不出好价钱。

糟头肉、糟猪耳是夏天的下酒妙品，过去熟食店里都有供应，买回后在冰箱里稍搁片刻，晚上开几瓶冰啤酒，看电视直播球赛，这是男人的幸福时光。

我在湖南吃过腊猪头。除了腊肉的特有香味外，还比一般腊肉更有韧劲，也更宜下酒。在山东吃过红烧猪头肉，与我家风格不同，剁大块，加大蒜，更加肥腴，一大盆放在桌子中央，夹饼吃。汕头出产一种猪头粽，说是粽，其实类似靖江猪肉脯，剥下猪头皮与精瘦腿肉一起卤，然后压成薄薄一片，烘干后有韧劲，可下酒，也可当作零嘴，真空包装条件下可贮藏小半年。汕头做卤鹅的橘姑娘给过我两次，味道真是不错啊！

有一年临近过年，我在南京路上三阳南货店里看到腊猪头面市，产地在广东，一只索价一百多元。它被师傅挂在显眼处招摇，已经压扁成寸把厚，塑封得相当精致。猪头的面容本来就带点笑意，此刻它的身价上去了，格外得意。太太说，从前她父亲在过年时也拎一只猪头回家，一家人就算有荤菜吃了。说这话时她眼里噙着泪花。她想起了去世已经十多年的父亲，我的老泰山。

张爱玲在《异乡记》里描写看农村人家杀猪："一个雪白滚壮的猪扑翻在桶边上，这时候真有点像个人。但是最可憎可怕的是后来，完全去了毛的猪脸，整个地露出来，竟是笑嘻嘻的，小眼睛眯成一线，极度愉快似的。"这一表情一直保留至今，亘古不变，也与我儿时的观察是一致的，这就是张爱玲的厉害了。

现在我仍然爱着猪头肉。饭店里如有猪耳朵，美称"顺风"；或者本帮风格猪头糕，浓油赤酱烧熟后冻起来，第二天脱模，切成一条条的装盆：我都不会客气，先尝为快。不过整只猪头不敢采办，这东西拎回家后，肯定由我一个人承包。所以馋虫勾人之际，只好去三阳南货店买两三只腊猪鼻冲回家。蒸熟后切薄片，蘸花椒盐吃，香气浓郁，韧性十足。

随园老人说了，黄酒是文士，白酒是光棍。那么喝纯粮烧酒，吃腊鼻冲，赛过光棍配寡妇。

咸猪头在冬天吃相当提气，一小碟咸猪耳朵，一大碗热粥，人生一大快事。咸猪头看上去也是带点笑意的，因为有很深的皱纹和抹不去的盐花，赛过孤独旅行家的脸。

猪头眯眯笑的时候，一般是逢年过节的当口，笑容同样浮现在顾客的脸上。从这个意义上说，猪头代表了上海人民某一时段的幸福指数。

老大昌的碎蛋糕

每个人对故乡的风味怀有难以磨灭的记忆，上海人大约更是如此，生煎、小笼、小馄饨、油墩子、烘山芋……构成了上海人的味觉档案。当年知青回沪探亲，扔下积满尘土的行李就直奔弄堂口吃四两生煎，海外老华侨下了飞机也急着找烘山芋一解乡愁。对，还有奶油蛋糕！我一直固执地认定：奶油蛋糕当数上海的最好。

在我小时候，奶油蛋糕是一份高级的享受，难得一尝。一般家庭平时不会买一只来分而食之，非要等客人拎着它隆重登门，才有染指的可能。生日？能吃上一碗排骨面就很满足啦。所以，奶油蛋糕的存在价值首先是作为礼品流行于民间。

彼时，蛋糕还分鲜奶油、奶白和麦琪淋三种。前者最好吃，价格也最高，与劳动人民有距离。后者最次，色相与味道均逊人一筹，但价格友好。奶白最为普遍，经济实惠，师傅巧手裱出的花纹也一样具有巴洛克风格。最难忘是那种毒药般的甜度，可以让你浑身发抖。不过奶白蛋糕有一个致命的弱点，北风呼号的日子，华丽的裱花就无声无息地出现了裂缝，让我想到重见天日的庞贝古城。口感上也有变化，吃进嘴里味如嚼蜡。这三种蛋糕统称奶油蛋糕，在食品店的柜台里高高供着，构成了令人垂涎的风景。一到过年，它们身价倍增，成了紧俏商品。

奶油蛋糕要数老大昌、哈尔滨、喜来临、凯司令、冠生园等出品最佳，新雅、杏花楼等广帮饭店也不差，退而求其次，是老大房、利男居、高桥等专做糕饼的店家。三十年前，抢购奶油蛋糕的情景绝对令人发噱，一手高举钞票和粮票，一手抢夺蛋糕。我亲眼看见一个时髦女郎抢了一只大蛋糕挤出人群，整理鬓发之时，因绳子没扎紧，蛋糕啪的一声掉落在地，而且应证了西方一句俚语：蛋糕落地，总是有奶油的一面朝下。

轮到我自己做毛脚女婿时，曾为买一个奶油蛋糕，托人踏着黄鱼车到静安寺凯司令（当时好像还没恢复原名）去开后门，整整一下午我都在斗室窗前来回踱步，直到月上树梢才等来佳音，这个过程充满了悬念。

上海的奶油蛋糕最好，诸神之中的王者，应为老大昌。是的，这里有个人感情的倾注。我们读中学时，按照最高指示的要求必须学工学农学军，有一年我们被安排在老大昌劳动。老大昌系旧名，那时已更名为红卫食品厂，车间在斜土路，我们在二楼车间包装糖果，旁边就是两条流水线，一阵奶香，一阵果香，熏得我们这班穷小子晕头转向，口水直下三千尺。

不久我与另一名女同学被安排到淮海中路、茂名路转角上的门市部参加劳动。不是当营业员，而是借了蛋糕车间一隅，给一部自动糖果机描图纸，具体的地址就是在今天的古今胸罩店旁边一幢石库门弄堂里。描图纸是一件费眼费神、枯燥乏味的差使，我虽然情窦初开，但与那个做事说话一板一眼的女同学没有深入交谈。好在这里有一个谢了顶的老师傅负责搅拌奶油，于是阴冷的房子里总是膨胀着甜腻的气息。老师傅早年在日本学习制作西点，他与偶尔登门的同事打打闹闹玩笑时会冒出几句日语，然后大笑。

老大昌是上海人信得过的老字号，据说最早由法国人经营，这一点在车间遗物中也得到了证实，我发现几只奖杯式的糖果瓶上就刻着我看不懂的洋文和长翅膀的小天使，一生气将玻璃盖子扔出几米远，它在墙角滴溜打转几下后居然毫发无损！一直堆到天花板上的纸质蛋糕盒子也是五六十年代订制的，我拉过一只一屁股坐上去学小和尚盘腿打坐，咿，坚如磐石啊。

我最喜欢看老师傅搅拌奶油，在一只铝桶里加鲜奶，加糖浆，加香精，如果打的是蛋白，则将鲜奶换成蛋清，投料后塞到搅拌机下面匀速搅动，一刻钟后，它们就起泡了。泡沫膨胀后，慢慢顶到桶口，像制造了一场小规模的雪灾。老师傅用食指勾了一团抹在我腮边，温热的甜蜜。

吃过午饭有半小时休息，我就溜到门市部的工场去。工场设在店堂后面，是个放屁都无法转身的地方。看师傅裱蛋糕很有趣，两大块比报纸还大的蛋糕坯子，中间抹一层奶油，合起来，拿过一只秤盘覆在上面，用刀分割成六只正圆坯子。坯子放转盘上，表面与周边用奶油“上底色”，再将奶油填入一只布袋，从顶端的铜头子里挤出来后即呈花柱状，一抖一颤地给蛋糕裱花边。换一种浅绿色奶油裱叶子。决定成败的大概是做花，用蛋糕的碎屑搓成一只只“宝塔糖”，用浅红色奶油一瓣一瓣裱上去，比真的玫瑰还好看。花朵做成了就用镊子栽到叶子中间，蛋糕的空白处则用溶化的巧克力裱四个字：“节日快乐”，一律龙飞凤舞，也不管这天是否国庆或春节。一只蛋糕卖一元三角，六两粮票，每天下午三点蛋糕上柜，生意相当不错。

我在那里学会了裱花，做出来的玫瑰花与师傅也有几分相像，师傅忙不过来时就越俎代庖啦。有一次我突发奇想，在一小桶鲜奶里加了一点红，一点黄，希望调成橙色的，想不到色素与奶油的关系比调水彩颜料复杂得多，裱成的花朵像遭到了风霜的催残，“橙色革命”一败涂地。所幸师傅总有办法，找来一只打滴滴涕的玩意儿，调了一小罐纯红的色素，喷在花蕊上，造成渐变效果，花朵立马有了精神，活转来了！这一天的奶油蛋糕在一小时内全部沽清。

奶油蛋糕我吃不起，但做蛋糕剩余的边角料允许开后门，两角一斤。我时常用饭菜票买一包回家，师傅还挑奶油多的给。出了门市部，先往嘴里扔一块，口腔内涌起如潮的口水。

淮海中路上行人如织，梧桐树枝桠已经暴出鹅黄色的嫩芽，对面国泰电影院正在放映一部阿尔巴尼亚电影。散场后，年轻人穿过马路向老大昌走来，苍白的脸上写着欢悦与憧憬。

——那只蛋糕是我裱的花，字也是我写的，这一回我写的是“祝你幸福”！我窃笑着，朝家的方向快步走去。

菜根香

江南春早野蔬香

有一种诗意的说法：野菜是没有故乡的。但事实却让我沮丧：并不是每个人的故乡都有野菜。比如水泥丛林的大上海，五百米开外可以看到公共绿地，那里桃红李白，柳条染黄，香樟苍翠，白玉兰像雍容华贵的大家闺秀，在春风里淡妆登场，还有一种紫绛色的玉兰花，知道自己位处偏房，只能不露声色地开几朵，也算应个景。

就是没有野菜，星星点点的野花刚一冒头也被勤快的园艺工人剪除了。到我儿子这一代，虽然也吃过荠菜豆腐羹、香干拌马兰头，但那些应该在野地里按生命基因纵情生长的野菜，早被驯服得老老实实，在四季如春的大棚里滋养得碧绿生青。而且多是从外地运来上海的，真正属于故乡的野菜却一直没有机会吃到。

所以这话也可以反过来说：从野菜的意义上说，我们的下一代是没有故乡的。

在我们小时候，虽然难得有大鱼大肉吃，真正的野菜却有机会尝新。就说荠菜吧，从菜场里买回时，每片叶子上都沾着湿漉漉的泥浆，散发着泥土和牛粪的气息。荠菜肉丝豆腐羹、荠菜炒春笋，是开启春天模式的时蔬，荠菜与猪肉糜拌作馅心包馄饨，是上海女性大显身手的节目，荠菜太干，容易起渣，聪明的主妇就会斩几棵青菜心进去，水分就够了。过年前买的年糕还有一些浸泡在水缸，取出来切片，炒一大盘荠菜肉丝年糕全家分享，也是上海人拥抱春天时对自己的犒劳。

上海郊区有荠菜肉汤团，大如婴孩拳头。前几年在七宝老街我还吃到，一口咬破，春天的味道就喷涌而出，令人心醉。坐在我身旁的一位老伯伯骄傲地说，他可以一口气吃十只！

荠菜可以一直吃到初夏，上海人用来烧荠菜黄鱼羹。

荠菜头微红而呈浅紫色，细嚼之下满口喷香，对牙齿而言是一种抵抗性游戏。汪曾祺曾在一篇散文里写过故乡高邮的荠菜拌香干：“荠菜焯熟剁碎，界首茶干切细丁，入虾米，同拌。这道菜是可以上酒席的。酒席上的凉拌荠菜都用手抟成一座尖塔，临吃推倒。”

“临吃推倒”四字极妙，有镜头感。

荠菜堪为野菜的形象大使。“谁谓荼苦？其甘如荠。”两千五百年前的古人就咀嚼出荠菜根的甘甜。江南民俗，三月三，妇女头戴荠菜花，据说可以明目，荠菜花于是又称亮眼花；荠菜花置于灶头上，可以阻止蚂蚁爬上来。直至今天，苏州人还是将荠菜说成野菜，野菜馄饨，就是男女老少都爱吃的荠菜肉馄饨，风味更浓的还有野菜团子，我在葑门老街的小菜场里吃过。

野性更足的是马兰头，在沸水里一焯后切细，那种清香令人晕眩，拌了香干末后再浇一圈麻油，是耐人寻味的香蔬。现在上海的餐厅酒家一到开春，都备有这道冷菜，装在小碗里压实，再蜕在白瓷盆子里，如果在碗底埋伏几粒枸杞子，蜕出后会看到万绿丛中一点红。野菜就应该大红大绿，比顶几粒松仁要平实可爱。

马兰头本来叫“马拦头”。据说马很喜欢吃这种路边的野菜，马停下吃马拦头的时候，骑马人对它也没有办法，只得等它吃个饱后再赶路。所以官员在地方上享有清誉的话，调任高就时当地乡民会送上一盘马拦头以表挽留之意。后来有人嫌马拦头名字太俗，遂改名为“马兰头”。

野生马兰头有一丝苦涩，所以马兰头拌香干要多加点糖，小时候有点讨厌这种不甜不咸的滋味。而今马兰头被农艺师过滤了苦涩味，无可挽回地滑向平庸，反倒令人惆怅。

多年前的早春，我以家宴招待法国米其林出版社国际部主任德昆先生，凉菜中就有一碟马兰头拌香干。他很认真地咀嚼再三，点头称美。这位米其林美食侦探总教头的评价倒并非客套，我注意到就餐过程中他的筷子频频伸向这盆菜。看来，法国人也很重视野菜，或者说，美食大国的菜谱里都留下了野菜的芳踪。

俗话说：家花不如野花香。在婚外情屡屡发生并被有些人当作生活必要调剂的今天，也不必由我来细说从头，但家菜不如野菜香，却是本文揭示的真相。仍以马兰头为例，据说从堆满坟茔的野地里挑来的最香。有一年我姐姐下乡劳动，趁休息时就约了几个女同学去坟地挑马兰头，天将黑时，有风呼呼吹来，似冤鬼泣诉，几个小姑娘尖叫一声作鸟兽散，其中一个脚下打滑，一屁股坐在一个土馒头上，吓得哭爹喊娘。我姐姐带回来这一手帕包马兰头，吃起来确实格外清香。当然故事是她事后才说的，否则我肯定一筷也不敢碰——据说坟头边的野菜之所以长得茂盛，是因为死人的骨殖滋养了它。

妈妈曾经将马兰头焯水后摊开在竹匾里晒干，贮到夏天与五花肉共煮，虽然浓油赤酱，却不失春蔬的清香，吃了颇觉神畅。

二十年前，各位是不是吃过紫角叶？据说这货以前自由自在地生长于农村的房前屋后，长到碍手碍脚了就被农民一刀割下喂猪去。后来被好吃分子发现，贩进城里，炒来吃也不错。还有山芋藤、南瓜藤，都可以清炒，也许味道不佳，一股风刮过就没人关照了。现在还能吃到的驯化野菜还有蒌蒿。蒌蒿以南京长江边一带农村出产最好，炒香干或炒臭干或炒腊肉，都是上海人爱吃的时鲜货。

蒌蒿满地芦芽短，正是河豚欲上时。江阴厨师烧河豚常以蒌蒿打个盆底，相信此物能解毒。二月芦，三月蒿，四月五月当柴烧。野菜也是有架子的嘛，要吃趁早。

有一次我在常熟吃到了野茭白，与平时吃惯的商品茭白相比，更细更长，切丝清炒，纤维稍粗，但鲜味很足。野茭白切滚刀块与新咸菜末子一起炒，装碗后再浇点麻油，清新可亲！这几年小菜场里也有枸杞头卖了，我每年都要叫老婆大人买一把来，清炒或加笋尖加香蕈炒，特殊的清香令人着迷。炒枸杞头不必加水加盖，但可以少放点糖。

嵇元兄在《江南风情好 菜蔬清如诗》一书中写到一个细节，初唐诗人陈子昂西出阳关来到张掖，当地的守关将士尊重文人，请他吃“嘉蔬”。这道菜其实就是枸杞叶。嵇元兄还认为：“枸杞叶在我国西北地区的张掖那里，是正儿八经的一道蔬菜，而且是上品蔬菜，大概是那里缺少绿叶蔬菜吧。”

前不久在曹家渡久席餐厅吃到了刘总特意安排的麻虾酱炒蒿子秆，射阳本味的家常小菜，鲜香十足。还有一小碟捞拌盐蒿菜，食材同样来自射阳。作为海边自生自灭的野菜，它貌不惊人，在石缝间也不过三四寸高，但青翠欲滴，自带海水的咸味。据刘总说，以前苏北新鲜蔬菜不易得，海边农村的孩子就常常相约去采集，小半天就能得一大篮，提回家后可直接生食，也可焯水后拌食。脆脆的口感加上特殊的清香，让第一次领教的我也充满了感恩惜物之情。

蒲菜是蒲草插入河底淤泥中的一段嫩茎，出水后呈象牙白。蒲根入菜，是淮安人的口福，在上海看不到，所以许多号称吃货的人不知天下有此物。蒲根入菜已有两千多年历史，《周礼》上即有“蒲菹”的记载。明朝顾过有诗：“一箸脆思蒲菜嫩，满盘鲜忆鲤鱼香。”不过此物极娇嫩，在当地也是当天采、当天卖、当天吃，吃到便是福气。1995年我在淮安第一次吃到蒲菜，惊为天厨异味。后来写过一篇文章，至今还被多家媒体、多种图书转载，也算我对蒲菜的小小报答吧。久席的蒲菜是当天从苏北运来的，还带着晶莹欲滴的露水呢。蒲菜一般是奶汤煨或开洋烧，久席是用野蒜焗。整粒蒜子煸得微微焦黄，再加法国朗德鹅油增香，谁也挡不住。

那天我还吃到了作为下饭菜的扁豆干炒咸肉百叶丝，舌间萦绕着浓浓的乡土情思。

上海的青团一般是用艾草沤汁上色增香的，溧阳一带的风俗是用当地的毛鼻鼻沤汁，拌入糯米干粉揉捏成坯，裹馅心包成青团。馅心也别出心裁，大俗大雅，里面有土猪肉、螺蛳肉及荸荠丁，味道不错。日本人强调的“身土不二”，苏北人也做得很好。

溧阳人口中的“毛鼻鼻”野菜，学名叫做鼠麴草，俗称清明草，又名念子花、佛耳草、清明菜、寒食菜、绵菜、香芹娘。全株有白色绵毛，叶如菊叶而小，开絮状小黄花，一年生绿色开花草本植物。纯天然的呈色剂，于今难得。

记起来了，二十多年前在淮安采访，意外吃到了茵陈。小时候发烧、呕吐，曙光医院的医生让我喝茵陈蒿汤，三天就好了。但茵陈凉拌后当菜吃，还是第一次知道。焯水，挤干水分切碎，加盐、糖、麻油就行，如果淋点醋也可以。微苦，有清香。当地人还用茵陈烧粥，加糖，给得黄疸肝炎的人喝，效果不错。后从《本草纲目》里得知："今淮扬人二月二日犹采野茵陈苗，和面粉作茵陈饼食之。"

今年的香椿芽比往年来得早了点，春节刚过就出现在盒马、叮咚等平台，但是价格令人咋舌，两百多一市斤，甚至卖到三百！而据业内人士透露，它们从云南、广西空运而来，这叫得风气之先。我吃过一次，时间未到，香气不足。

据说香椿芽现在也关进大棚了，在人的意志下，只能长到一人多高，不超过两米，为的是方便采集，一年四季都能供货。伟岸的香椿树啊，从此只能屈膝求生了，悲乎！

"试寻野菜炊香饭，便是江南二月天。"今天一早太太去菜场买了几支竹笋，几支莴笋。莴笋粗壮的茎干刨皮后切滚刀块，与竹笋、咸肉、鲜肉、百叶结一起煮成一大砂锅腌笃鲜。莴笋叶子也不要扔掉，拣出嫩叶，用盐揉过，十分钟后挤去苦水，切碎后加点咸肉丁，烧成菜饭。红红绿绿，清香袭人，真是太好吃了。莴笋叶子烧盐卤豆腐，莴笋叶子要用老菜油煸透，多留一点汤汁，此菜有仙气。

人类的每次进步，都是以牺牲诗意为代价的。为了满足人口增长的需要，野菜渐渐失去了天赋野性，有的还要背井离乡，漂泊天涯；同时人类也一直在呵护它的健康，让它免受病虫害的袭扰。愿更甜、更香、更肥的野菜们四季常青，瓜瓞绵绵。

好在，竹子还坚持在野的立场，在山上的竹林里看到笋尖破土而出，往往喜不自禁。山谷老人有诗在先：竹笋才生黄犊角，蕨芽初长小儿拳。试寻野菜炊香饭，便是江南二月天。

春雨初歇的夜晚，独自一人踩着湿软的土路向着竹园深处走去，梦里的故乡便扑来眼前，泥土与腐叶的气息让我清醒而激奋，被脚步惊起的白鹭向着更幽深的地方飞去。突然感悟到：倘若没有婆娑的竹影，月光将是何等的寂寞！

清白传家辣白菜

如果就我们这一代的记忆而言，辣白菜在很长时间里担当了一个备胎的角色。

读者诸君不禁要问，你为什么要贬低一棵清纯的大白菜呢？其实不是我故意要这么八卦，只怪上世纪八十年代初的那一幕印象太深刻。无论婚丧嫁娶，酒席上还摆不开今天这般的豪华阵容，没有玻璃转盘，更别说电动的玩意儿了，一般是一个十二寸的什锦大拼盆咚地一下搁在食客面前，各色冷菜堆得小山样高，有熏鱼、白肚、皮蛋、五香牛肉、油爆虾、素鸭、叉烧等，运气好的话，顶上还会点缀一小撮肉松，远看像富士山。服务员刚转身，十几双筷子就雨点般地落下，一眨眼工夫盆子就见底了。那情景要说爽，也真够爽的。

年轻朋友可别笑啊，那个时候咱老百姓上馆子的机会少，逮着一次开大荤的机会就放开肚皮猛吃猛喝，别说一座小山，三座大山也照样给你扫平。

那年头的物价也相当友好，一桌酒席收你三十四十就相当狠心了，过了这个标准物价局也会找上门来。大师傅只得在冷菜热炒的原料上节约成本，还要保证让大家吃饱，最好是吃剩有余，主客双方都有面子。在这个指导思想下，大师傅想到了辣白菜。所以后来的什锦拼盆都以辣白菜为核心内容，先盘成圆锥形的一座小小山，然后将鱼啊肉啊贴上去，与今天给荒山秃岭突击搞绿化一个思路。客人放开一吃，辣白菜就浮出水面了。这玩意儿味道真有点辣，吃起来还不能狼吞虎咽，一不小心就叫你咳嗽打喷嚏热泪盈眶，得悠着点，筷头斯文些，多喝鲜橘水！

垫底的辣白菜虽然以实际行动诠释了“绣花枕头一包草”的老话，但也为上海人保持体面的吃相起到了关键作用。辩证法的灵魂就是一分为二。

酒店的这种思路也影响了上海人对家宴的设计，我就是在这种餐饮环境下学会做辣白菜的。选一棵好看一点的大白菜，色泽上，白要白得如山顶的千年积雪，不能带一点点绿叶子，但一掐就会出水的那种。外形上，得紧紧实实，剥一张叶子也找不到突破口，松松垮垮的不要。洗净，切丝，最好切直丝，切横丝容易走水，不脆。菜心留着煮汤。白菜心微苦，生食不是好出路。然后将菜丝倒在瓦缸里，下盐，揉匀，手势不轻不重，速度不快不慢。没有瓦缸木桶也行，千万不要放在铝盆里，那会留下一股很腥的金属味。拌匀后的白菜丝用纱布包起来，一时找不到纱布的话拆一只卫生口罩也成，打成小媳妇回娘家的那种包袱，上面压一块石头。一小时后，它会渗出不少水。

脱水还不那么彻底的白菜丝抖松后码在一只大海碗里，待用。洗一块生姜，刨皮，切成细丝堆在白菜上。熬油，看它吱吱冒青烟了，就将半碗辣伙倒下去，吱地一下锅内会飞出许多橘红色的油泡，到处乱窜。飞到邻居家中，王家阿婆就遭殃了，手扶门框不停地咳啊咳啊，真要把你这个“小棺材”骂个半死。所以熬辣油前得跟邻居打声招呼，什么是友好环境？这就是。

辣油熬成了，兜头浇到白菜丝上。对了，事先要搁些糖，搁多少，由自己的口味。然后等白菜丝冷却后再加点醋，多少也由自己的口味。不要加味精，辣的酸的菜，加味精就等于俏眯眼做给瞎子看，白搭。

装在稍深一点的白瓷盆里，堆高点，会看到边缘慢慢汪出红油，那是一种相当纯粹的色泽，赏心悦目。辣白菜小酸小辣，咸中带甜，吃口爽脆，是一道经济实惠的开胃菜，备胎地位难以动摇。大宴小酌之外，夹煎饼吃也不失为一个选项。

必须强调的是，本帮辣白菜基本上是白的，微微有点橘红色的辣油，不是红彤彤的，不要将它与韩国泡菜搞混了。有的饭店用卷心菜做辣白菜，味道也不差，但水分不够足。在百度上一查辣白菜图片，跳出来的全是韩国泡菜，真把我气坏了！辣白菜输给韩国泡菜，跟中国足球输给韩国队一样，是一种不可原谅的耻辱。

现在，在上海少数有情怀的本帮饭店里还有辣白菜供应，比如光明村、老饭店。不过今天的用工成本上去了，做起来毕竟也要费点工夫嘛，再说白菜价格也一路走高，卖价又比不上鹅肝或炝虾，大多数酒家就将它从菜谱中划去了。

绿波廊是做辣白菜的，那年美国总统克林顿访问上海时，在三楼廊亦舫和同僚们吃过一顿工作午餐，八只冷盆里就有一款辣白菜。结果他的大嘴女儿切尔西吃得手舞足蹈，一盆见底意犹未尽，服务员马上再上一盆。因为这顿饭的标准是每人一百人民币，这盆辣白菜也不再另收钱了，所以严格来说，是美国总统揩了绿波廊的油。

镇宁路上的夏味馆是一家风评不错的民营饭店，女老板夏东辉是划艇运动员出身，人高马大，嗓门也大，她做辣白菜的本领传之于夏家阿婆。她家的辣白菜以卷心菜为主，去掉叶子中间的菜梗，再加胡萝卜、苹果、柠檬、子姜片、腌过的小辣椒等，腌制四小时，然后取白醋的酸味，吃起来夸夸作响，生津醒胃提神。我每次去夏味馆吃饭，她都要让我带一盒回家。

咸肉菜饭老灶头

就像生煎、小笼永远不缺粉丝，菜饭也是人民群众喜爱的美味，冬去春来，它与我们不离不弃，常吃常新。云南南路曾经有一家小饭店（靠近金陵东路），环境简陋，一年四季吃客盈门，一个市头要烧两三大锅菜饭，那可是直径三尺左右的大铁锅啊。还有排骨、大肉、辣酱、素鸡、卤鸭等浇头，预先烧好盛在一只只搪瓷脸盘里。每天中午有许多货运卡车在云南南路找地方停下，驾驶员与装卸工人扑落扑落跳下来直奔主题，一大碗菜饭，加一份浇头，加上一碗免费的清汤，惊雷滚地，风卷残云。

福州路上的美味斋是老字号，也以菜饭立身扬名。饭粒晶莹，油光锃亮，蔬菜碧绿，芳香清新。浇头品种更加丰富，红烧排骨、红烧猪脚、八宝辣酱最为经典。我老爸兴致高起来，也会在休息天抱着钢精锅子乘 17 路电车去买几碗回来，再加两份辣酱两份猪脚，好言好语向师傅讨来的一勺肉卤浇在饭上，一路上被饭粒你争我夺地吸收，到家后已经胀开了，但这不会影响到我的食欲，照样摇头晃脑，大快朵颐。后来我听弄堂里的老爷叔说，美味斋最早开在汕头路上，这一带堂子里的花国小姐都是他家的主顾。他说这话时不安好心地嘿嘿笑着。

如今云南南路的这家小饭馆没有了，美味斋搬到汉口路上去了，生意继续做。在有些亲民的本帮饭店里，菜饭也是点击率很高的品种，大叔大妈点一碗分来吃，有点“大家乐”的亲热劲。现在上海人家都用上了智能电饭煲，保证你不会烧夹生饭，但是要它烧出老味道的菜饭，对不起，这个程序还没有研发出来。再讲在自己家里烧一锅菜饭往往要吃好几天，现在大家的胃口都小了。

是的，菜饭就是要大镬子烧出来才好吃，如果场景中出现乡下头的老灶头，味道就更加好了。

上周顾肖勇伉俪驾车载着我们夫妻俩去金山廊下郊野公园游玩，廊下镇是上海郊区最早开发旅游的“先行先试区”。多年前我去采访过，见过那个敢说敢当、名气响亮的女镇长，“无中生有”的开拓，泼辣不羁地体现了郊区农民的想象力和创造力，同时，打莲湘、农民画、莲湘糕等民俗载体也融入了时代的审美。

与郊野公园隔着一条公路的就是农家乐搞得风生水起的中华村，午饭时间到了，我们想去“落库饭店”尝尝农家菜。七转八弯到了那里，遥遥看见那幢村里“硕果仅存”的落库屋还在，我激动得哇哇大叫。

所谓的“落库屋”，就是青浦、松江、金山、奉贤等郊区遗存的旧式农民住宅，它有一个笼罩全局的庑殿式大屋顶，整个屋面由四个坡面组成，形成一条两端微微上翘的主脊和四条坡度稍缓的垂脊，所以这种造型的民居又被称为“四落檐”或“四落舍”。“落舍”与“落库”在上海郊区的方言中几乎一致。张家沙、王家沙，最早就是张家库、王家库。

我敢肯定，擅长中国画的朋友肯定喜欢这种古朴大方的落库屋，它就像宋元山水画中的点缀，依山傍水，春花秋月，默默“躺平”到今天。

走进落库屋，跟老板娘孙阿姨打招呼，得知他们现在不接待散客了，吃饭需要预订。“私房菜嘛，你付了定金后我们再去准备，买到啥就给客人吃啥。要是准备好了七冷盘八热炒，客人不来，我们又不能到村口去拉人！”

于是转到村口的锦江农家饭庄。这个饭庄我也在十年前去过，当时是跟金山旅游局去考察的，印象不错。它是上海锦江集团为配合新农村建设，联动当地政府、农民共同打造的一个集旅游、观光、休闲等为一体的新时代新郊区的项目，肖勇兄就是这个项目的开拓者和奠基者，短短三个月，在一片毛豆地上建成了这幢粉墙黛瓦观音兜的江南建筑。如果与市区商场里的餐厅来比，硬件可能要逊色一些，但食材新鲜，乡土气息，是他家最大的卖点。厨师与服务员都是从村里招来的，乡里乡亲，气氛和谐。企业还利用农民的空余房间办起了民宿，增加了服务项目，也增加了农民的收入，泥腿子由此介入现代服务业。

坚持走平民路线的锦江农家饭庄生意着实不错，几乎满座，跑菜的服务员面孔通红，额头滋出了汗珠。总经理王振华将我们带到后厨，大厨房旁边砌了一个三眼土灶，灶头画大红大绿，生动活泼。烧饭的是一位腰系土布围裙的老阿奶，有一张历经沧桑的脸庞，她说每天要烧两到三大锅咸肉菜饭，节假日翻倍。菜饭烧好后装在大海碗里上桌，饭尖顶了一块饭糍，色相诱人。我还特意弯到灶后看了一眼，引火的是毛豆秸，发硬火的是废旧木料。

王总说：新农村建设、美丽庭院都搞起来了，猪羊家禽都不能养了，家家户户用上了天然气，土灶推平了，柴火也无处买了，他就带领员工帮农民家拆猪圈鸡舍，清理庭院。拆下的废旧木料晒干后可以用个两三年。

以前听老前辈说农村坑棚间里踏脚的一根横木，又臭又硬，用它烧狗肉却是特别香。莫非真有道理?

我们吃了当地肥嫩酥烂的烫羊肉，还有刚刚从地里摘下来的晚毛豆，颗粒不大，酱油水一煮，倒是又香又糯。在老灶头煨了三个小时的粽箬扎肉，浓油赤酱，肥而不腻，入口即化，最对我胃口。XO酱焗百合火候到位，酥而不烂，香糯可口，我一口气吃了六枚。韭菜蒸黑鱼体现了厨师的新匠意，黑鱼开片后摆盘清蒸，上桌前浇上佐料，撒一把韭菜末，香鲜嫩滑，简单烹饪，却拓展了黑鱼的表现空间。廊下的莲湘糕也是大大有名的，与苏州的小方糕同工异曲，但是直到此时我才知道馅心用的是当地蚕豆，煮酥脱皮加老冰糖炒干，别有一番风味。

老灶头菜饭当然每个人都吃了，饭粒软糯，蔬菜松脆，咸肉丰腴，吃得每个人大肚圆圆，临走还带了两盒焦黄焦黄的饭糍，打算第二天一早烧菜泡饭！

一说茄子你就笑

上海人一说茄子就笑。拍个合影，男女老少齐声喊：茄子！你能不笑吗?

昨天上午老婆抱了一枚青皮茄子回来，算它圆茄吧，倒有一尺来长，说它长茄呢，又分明是个小胖墩。“没吃过的就要尝一尝。”老婆总是有理。

她将茄子刨皮，切蝴蝶片，夹肉末，挂面糊，入油锅炸至两面金黄，是谓“茄饼”。略有外脆里酥的意思，又挖了一勺朋友送的XO酱助兴，我给她面子，尝了一块，再不作第二块想。饭店里的藕夹，日料天妇罗里的茄子，我都兴趣不大。

北方多圆茄，南方多长茄；南方茄子以紫皮为正脉，北方茄子有紫有绿有黑，上个月在菜场还看到了花茄，红地而白章，堪为茄子部落的颜值担当。我吃过江苏溧阳的白茄，香糯软绵，有意外味。上海人吃茄子，无非冷拌、酱爆。冷拌宜选杭茄，条形细长，薄皮无籽，蒸熟后撕条，生抽、薄盐，再淋几滴麻油就行了。袁枚的《随园食单》里也有凉拌茄子：“惟蒸烂划开，用麻油、米醋拌，则夏间亦颇可食。”我的经验是不能蒸过头，一烂未免皮肉分离，最恨举箸拎起一袭臭皮囊。不过加米醋是个好办法，各位不妨一试，拌芹菜、拌黄瓜、拌萝卜、拌荡藕，加醋后再冰镇片刻，行到水穷处，坐看云起时。

《随园食单》里还有“茄二法”：“吴小谷广文家，将整茄子削皮，滚水泡去苦汁，猪油炙之。炙时须待泡水干后，用甜酱水干煨，甚佳。卢八太爷家，切茄作小块，不去皮，入油灼微黄，加秋油炮炒，亦佳。”前者是酱爆，后者是家烧，提携蔬菜界的庸常之辈，必须“无味使其入”，唯纯天然的秋油难得。

以前在大妈掌勺的居民食堂，酱爆茄子堪当平民恩物。茄子掰段寸半，大锅煸炒，浓油赤酱，装盆后茄皮上有无数个油泡泡吱吱作响，一口吞进，鲜汁爆浆，烫得舌尖打颤，话也说不囫囵，赛过“素汤包”！一盆茄子可送一大碗籼米饭。

后来小饭店里出现了肉末茄子煲，杀饭神器。无论绿肥红瘦，一经椒麻辛辣加持，便能让茄子大跳霹雳舞。稍见粗壮者以蓑衣刀法塑身，油锅一滚，盘成一圈，甜辣酱汁兜头一浇：“素黄鳝来啦。”这几年川湘馆子里的皮蛋擂椒茄子风评不错，家里也能做，不难。

梅龙镇里的酱爆茄子是饕客的心头好，我每去必点。他家取杭茄，去皮切条，先炸后炒，盆底不见一滴水。“条形分明，似酱无酱，糯香鲜醇，油而不腻”，这是国家级烹饪大师徐正才先生告诉我的成菜标准。我在家经常烧这道菜，晒到微信上赚口水，招待亲朋好友，也算一招鲜。

茄子可条可块，也可丁，我在吴江宾馆吃过徐鹤峰大师烧的八宝辣酱茄丁。受此启发，回上海就烧了扁尖圆椒茄丁、沙鳗鲞毛豆茄丁、蚝油牛肉茄丁，都好吃。此时圆茄也可以用，去籽、留皮、炝锅，少着水，让茄肉有点骨子，收汁要果断。上个月我买了一只很大的绿皮圆茄，刨皮后切成川菜中的二粗丝，煸香蒜末姜丝后再加点肥膘丁，油脂香气出来后下茄丝快速翻炒，加点甜面酱、XO酱和糖，切不可加水，起锅前淋点镇江醋，味道超好，我称它为素版鱼香肉丝。

汪曾祺在《昆明菜》一文中说到茄子酢，茄子切细丝，风干，封缸，发酵而成。“我很怀疑这属于古代的‘菹’。‘菹’，郭沫若以为可能是泡菜。《说文解字》‘菹’字下注云‘酢菜也’，我觉得可能是茄子酢一类的东西。”我去过云南多次，但没有吃到封缸发酵的茄子细丝，如果到乡下去的话或许能吃到。

邂逅美食是需要缘分的。

在万物皆可糟的盛夏，冰啤的标配有糟猪耳、糟凤爪、糟门腔、糟蛏子、糟鲜鲍等，其实蔬菜也可一糟，比如糟毛豆、糟茭白、糟豆芽，还有糟面筋、糟素鸡、糟茄子。

朱彝尊在《食宪鸿秘》记了一款糟茄："色翠绿（看来是圆茄——作者注），内如黄蜹色，佳味也。"蜹是一种长着双翅的小飞虫，背部呈深黄色，用这来形容加工后的茄肉，令人不大好理解。所幸作者用一段歌诀透了底："五糟六茄盐十七，一碗河水甜如蜜，做来如法收藏好，吃到来年七月七。"奥妙全在首句，五斤酒糟、六斤茄子、盐十七两。霜降前后，架上最后一茬茄子收下来，去掉茄蒂花萼，不可水洗，用软布擦干净，堆在陶盆里，按照歌诀中的方法拌匀。三天后挤去盐水塞进坛子，再灌进糟卤没顶，密封半个月后就可开吃。悠着点，能吃到来年牛郎织女鹊桥相会那一天。

我们可以"洗澡"，将茄子蒸熟后稍控水分，糟卤浸渍时间也不要长，半小时足够，冰镇更佳，临吃浇上糟油。这个糟油不是神龙见首不见尾的太仓糟油（那个其实就是糟卤），而是用精制油加酒糟熬炼的糟油。今春吴江庙港老镇源酒家的姜总快递给我一小瓶，雅香馥郁，拌面、拌菜两相宜。

《食宪鸿秘》里还介绍了蝙蝠茄和香茄，前者需要梅卤，后者用到陈皮和紫苏。将茄子推上风口浪尖的，就是曹雪芹。我在朋友开的饭店里试吃过红楼名菜"茄鲞"，大厨按照凤姐儿的说词一步步来。我不免暗笑，曹家曾经阔过没错，曹雪芹会做风筝也没错，但少爷不会去厨房卧底吧。我细嚼慢咽，假装骋怀游目，但始终没吃出惊天地、泣鬼神的感觉，而已而已。后来在高濂的《遵生八笺》看到了一款“鹌鹑茄”：“拣嫩茄切作细缕，沸汤焯过，控干。用盐、酱、花椒、莳萝、茴香、甘草、陈皮、杏仁、红豆，研细末，拌匀，晒干，蒸过收之。用时，以滚汤泡软，蘸香油炸之。”哈，曹公应该读过八笺，一时手滑，移花接木啦！

孙机在《中国古代物质文化》一书中说茄子原产印度和泰国，最早见于晋代的《南方草木状》，北魏的《齐民要术》里记载得更加详细。文震亨在《长物志》里说：“茄子一名‘落酥’，又名‘昆仑紫瓜’。种苋其傍，同浇灌之，茄苋俱茂，新采者味绝美。蔡撙为吴兴守，斋前种白苋、紫茄，以为常膳。”还真是，前几年我在嘉善就吃过白苋梗炒紫皮茄，软烂烫鲜，素面朝天，一上桌就光盘。对，我明天炒一盘让老婆大人尝尝蔡太守的常膳味道！

石涛、齐白石等大师画的茄子都是圆茄，胖乎乎才福态呀。白石山翁鲐背之年还在画茄子，不止有情趣，更有生活态度。

食粥致神仙，佳蔬抵万金！

一个逐臭之夫的真情告白

我骄傲，我是一个天生的、死不悔改的、鉴臭能力极强的“逐臭之徒”。

平时在饭局上，说起臭鲜之属，如果有热烈响应者，即引以为同调，恰似漂泊天涯的革命者听到了《国际歌》，拍案而起，捋袖敬酒，对视的目光坚定而温柔，真正一家亲！

我还发现，不少美眉也有此雅好，只是不好意思明说罢了。事实上，香奈尔香水与王致和臭乳腐是能够合演一出《货郎与小姐》的。

我与鲁迅、阿Q是同乡，小时候常跟着妈妈去乡下探望爷爷娘娘（祖母），趁大人说古道今时我就偷偷溜进厨房找吃的。厨房里堆满了稻柴，一缕阳光射进窗内，挂在横梁上的咸鱼引来苍蝇嗡嗡叫，最让我鼻孔扩张、口水汹涌的是一股腐败物质的特有气味款款飘来，那是菜橱里臭乳腐的味道——绍兴人叫做“霉豆腐”。

娘娘爱吃，妈妈爱吃，我也爱吃。

乡下的霉干菜焐肉要逢年过节才能吃到，霉干菜烧虾头汤、烧夜开花（地蒲）汤倒是经常吃的。绍兴霉干菜经过发酵，菜叶表面会结起一层盐霜，细嗅之下有陈宿气，微微有些臭，而这正是霉干菜的最佳呈现。现在的霉干菜都没有这股味道了，不好吃，在饭店里还一律写做“梅菜”，绍兴人表示强烈抗议！

平时吃饭吃粥，小菜无外乎酱焐茄子、酱焐扁豆、焐干菜、炒豇豆、盐水毛豆，娘娘高兴起来也会蒸二指宽一段咸鲞鱼，哦哟喂，筷头笃笃要吃到出蛆呢。三伏天头昏脑胀胃口差，则要请臭乳腐来救场。臭乳腐上桌，眼睛亮堂堂。

臭乳腐表皮呈青绿色，沾了一些石炭质结晶，论颜值毫无动人之处，但质地温润柔软，筷头一挑，舌尖托住，细细品味，不燥不烈，鲜中带甜，味道实在好。素面朝天拳拳心，臭乳腐是夏天的压饭榔头。

上海的酱油店里有白乳腐、红乳腐，玫瑰乳腐是乳腐界的劳斯莱斯。就像白玫瑰红玫瑰永远是情场的致命道具一样，乳腐是清贫人家餐桌上的最后慰藉。一到夏天，酱油店也会供应臭乳腐。糟坊（酱油店的俗称）里有臭乳腐啦！街坊邻居“喜大普奔”，拿着蓝边大碗去排队，一买就是一碗。老伯伯，谢谢你多浇点乳腐卤。小孩子端着大碗大摇大摆走进弄堂，正在洗衣服的亭子间嫂嫂捂住鼻子皱起眉，坐在门口剥毛豆的宁婆阿娘咯咯地笑个不停。在臭乳腐面前，整条弄堂里的人就分成泾渭分明的两大派。

臭乳腐只有麻将牌大小，棱角分明，色呈青灰，一角钱可以买一大碗，闻着臭，吃着香——特定时期有人形容资产阶级法权时，就用臭乳腐拿来说事。但是我要告诉你，在“越穷越革命”的荒唐年月，臭乳腐也不是经常能吃到的。

久居京华的周作人喜欢吃臭乳腐，这很自然。汪曾祺家乡在高邮，但也喜欢这一味，他在《五味》中写道：北京人说的臭豆腐是指臭腐乳。过去是小贩沿街叫卖的：“臭豆腐，酱豆腐，王致和的臭豆腐。”臭豆腐就贴饼子，熬一锅虾米皮白菜汤，好饭！现在王致和的臭豆腐用很大的玻璃方瓶装，很不方便，一瓶一百块，得很长时间才能吃完，而且卖得很贵，成了奢侈品。我很希望这种包装能改进，一器装五块足矣。

直到现在，一器装五块的臭乳腐我还没见到，要买就满满一瓶。

法国的起士（乳酪）据说有五百多种，其中的蓝纹起士臭名昭著，但与中国的臭乳腐相比就是小巫见大巫了。有一次在进口食品博览会上，我与一个老外比赛谁更能吃臭起士，在围观群众的起哄声中，法国人最终落荒而走。

讲句真心话，我也算吃过鱼翅鲍鱼海参燕窝鹅肝鱼子酱等等，但这些劳什子不过穿肠而过，最让我心心念念的还是家乡的臭乳腐。

臭乳腐“吾道不孤”，我家还经常吃霉千张、霉干菜、霉毛豆和海菜股。

暮春时节，就是孔夫子高度认可的“沐于沂，风乎舞雩”的美好时光，田里的米苋老了，妈妈就从菜场里扛回一捆干柴似的米苋梗，切成两寸段，撒盐，拌匀，装甏，压实，兜头浇下从绍兴籍邻居那里讨来的隔年臭卤，口中念念有词地封住甏口，挪到阴暗角落静置。等我差不多忘记有这回事了，她突然在我头上一拍：这东西好吃了！开启甏口，伸手掏啊掏啊，掏出满满一碗翠绿的、臭气冲天的苋菜股——在宁绍一带方言中也唤作“海菜股”。

淋几滴老菜油，上锅蒸，火苗上蹿，水汽升腾，海菜股的味道从灶披间到前厢房，从后客堂到亭子间，跌宕起伏，巡回环绕，像一首交响乐层层叠叠地进入高潮。邻居中有顶不住的，摔门而出，赛过逃难。大功告成，锅盖一掀，妈妈伸出食指往汤汁中一戳，塞在嘴里，眯起眼睛，如梦如幻。

糙米饭配海菜股，天下一绝！海菜股表皮坚硬如炮弹筒，中间却酥如骨髓，轻轻一吸，青白玉液应声窜入喉中，烫得我浑身颤抖，却又难舍难分，只好丝丝吸气，脸上哗哗地涂满了幸福。

海菜股还可以与豆腐共煮，满身细孔的老豆腐贪婪地吸收海菜股的臭鲜，肝胆相照，荣辱与共，既有弹性，又有滋味，碗底留下的汤汁淘饭吃，啊呀，真是没得说了。

知堂老人在《草木虫鱼》一文中写道："从乡人处分得腌苋菜梗来吃，对于苋菜仿佛有一种旧雨之感。……苋菜梗的制法须俟其'抽茎如人长'，肌肉充实的时候，去叶取梗，切作寸许长短，用盐腌藏瓦坛中；候发酵即成，生熟皆可食。平民几乎家家皆制，每食必备，与干菜腌菜及螺狮霉豆腐千张等为日用的副食物，苋菜梗卤中又可浸豆腐干，卤可蒸豆腐，味与'溜豆腐'相似，稍带枯涩，别有一种山野之趣。"

吃完海菜股，臭卤还不能倒掉，扔几个菜头进去，扔几个毛笋头进去，几天后又是一碗好菜。

妈妈说得对：臭卤甏，家中宝。妈妈还说，过去乡下新娘子出嫁，发嫁妆的队伍中就会有人捧着一口臭卤甏。

曾经在柯桥一家饭店里吃过一道菜：臭三宝。苋菜股、霉千张、臭豆腐在一口砂锅里三分天下，鼎足而立，热气腾腾，臭气熏天，同桌的美眉面露怯色，我却甘之如饴。

比海菜股味道更刺激的是臭三宝里的霉千张，也叫霉百叶，此物腐败程度更高。妈妈也会做霉千张，菜场里买来的百叶，卷成四五只"铺盖"，码在盘子里，用蓝边大碗倒扣密封，放进菜橱最里面避光，别管它。几天后掀开大碗，百叶变色了，一股霉臭冲天而起，撒点盐，上笼屉蒸，浇几滴麻油，开吃，入口时有一股强烈的"阿莫尼亚"味道。哈哈！我要的就是这个味。

我老爸也会做霉千张，但有一次掀开大碗一看，彻底傻眼，霉千张表面有活物朝气蓬勃地做运动——生蛆了。这不能怪他，他不知道有一天我偷偷地掀开盖碗察看里面的变化，事后没有盖妥，在碗与盆之间留下了缝隙，给苍蝇找到下蛆的机会啦。

要说霉千张的味道有多强烈，我举一个例子。国斌兄知道我好这一口，有一次从绍兴朋友那里给我讨来一包。他还算小心的，将此物层层密封，塞在轿车行李箱里带回上海。即便如此，车厢内的臭气总是挥之不去，在小半年里他太太不肯坐老公的车子。

妈妈还做过霉毛豆。新鲜毛豆剥壳，不可洗，堆在碗里，同样用一只蓝边大碗倒扣在盆子上面，用纸条封严了碗缝，置于无光处，几天后揭开碗：咦，异香扑鼻。淋几滴菜油加一小勺酱油，上笼蒸。毛豆仍葆有一抹亮丽的青翠，于软糯中款款渗出霉臭与清鲜，比霉千张雅驯多多。

能吃霉毛豆，就不会怕日本的纳豆。

还有臭灰蛋。鸭蛋在太阳下晒一两个小时，稍稍改变内部性状，然后在高浓度盐水甏里腌一个月，煮熟后磕开一看，蛋白是灰色的，蛋黄是黑的，一股臭气蓬勃升起。有许多人能吃海菜股，却在臭灰蛋面前丢盔弃甲。臭灰蛋是送粥妙物，空口吃也是极好的。臭灰蛋蒸臭豆腐干，臭上加臭，堪称双璧，让我如痴如醉。臭冬瓜是宁波人的专利，有酸叽叽的味道，绍兴人并不待见，我也只在饭店里意思意思，为什么？不够臭。

臭乳腐、臭豆腐、霉千张、霉毛豆、臭灰蛋、海菜股，还有臭鳜鱼、毛豆腐、螺蛳粉等等为什么特别鲜美？因为豆制品或肉类在发酵腌制或后发酵过程中，食物所含的蛋白质在蛋白酶的作用下实现分解，不同类型的硫氨基酸在水解后会产生一种叫硫化氢 (H_2S) 的化合物，这种化合物具有刺鼻的臭味。而蛋白质分解后会产生氨基酸，而氨基酸又具有鲜美的滋味，所以闻着臭，吃着香。

欧洲不止有臭起士，还有瑞典鲱鱼罐头、冰岛干鲨鱼，据说比中国臭乳腐还臭，我没吃过。日本的纳豆也有一定的挑战性，我是吃过的。臭鲜作为味觉享受的小确幸，永远不缺知味者。

孔子在《论语·乡党》中谈论美食时强调“十不”，其中有“……鱼馁而肉败，不食。色恶，不食。臭恶，不食。”就是说碰到食物变质，颜色与气味都不行了，他老人家是绝对不碰的。那么想象一下，假如颜回孝敬一瓶臭乳腐给他，他肯定要掀翻食案拂袖而去，一点面子也不给。孔子是贵族，没落贵族也是贵族，我们老百姓就不讲究了。

再告诉各位，世上有逐臭之夫，还有逐臭之妇呢！《浮生六记》里的芸娘就是，还有上海作家圈里的王晓玉、陶玲芬两位大姐，也是嗜臭如命的知味客，我见到她们特别亲。

对于北方人嘲笑浙江人嗜臭，知堂老人是这样辩解的：“绍兴中等以下的人家大都能安贫贱，敝衣恶食，终岁勤劳，其所食者除米而外唯菜与盐，盖亦自然之势耳。干腌者有干菜，湿腌者以腌菜及苋菜梗为大宗，一年间的‘下饭’差不多都在这里。诗云，我有旨蓄，可以御冬，是之谓也。至于存置日久，干腌者别无问题，湿腌则难免气味变化，顾气味有变而亦别具风味，此亦是事实。”

现在你到绍兴看看，润土不见了，孔乙己不见了，祥林嫂与夏四奶奶也不见了，奔驰在街上的私家车比上海人开的都要豪华，但绍兴人民对臭鲜的那份忠诚，鉴湖可鉴，柯岩可昭，海枯石烂永不变！

泡饭和它的黄金搭档

在上海人的食谱中，泡饭的定义很简单：隔夜冷饭，加热水煮一下，或者用开水泡一下，即食。有人从这个定义中读出了一个潜台词：寒酸。

没错，上海人的“寒酸史”相当漫长，绵延数代人。但寒酸不是上海人的错，相反，在上海人的记忆中，泡饭充满了温馨的细节，甚至可以说，一碗平淡无奇的泡饭，铸就了上海人的集体性格。

泡饭具有极强的草根性，是寒素生活的写照，是艰难时世的印记，但它与奶油蛋糕构成了一枚银币的两面。

银币的比喻，一定会招致外省人的讥笑：什么银币！充其量也只是“货郎与小姐”吧。其实，早就有人嘲笑上海人了，比如梁实秋在《雅舍小品》中写到，有一次他到上海投宿一位朋友家，早起后朋友请他与一家数口吃粥，四只小碟子，油条、皮蛋、腐乳、油氽花生米，“一根油条剪成十几段，一只皮蛋在酱油碟子里滚来滚去，谁也不好意思去挟开它”。上海人的寒酸，被梁实秋一笔写尽。不过，要是梁老前辈在世的话，我倒要告诉他：端出四只碟子来请你吃早饭，排场相当隆重呢！他若是在灶披间里看人家吃泡饭，一家老小围着一块红腐乳，筷头笃笃，有滋有味着呢！而放在今天，上海人请你下馆子是毛毛雨，请你在家里吃，并由老婆大人素手作羹汤，关系就进了一层，要是再请你吃粥吃泡饭，那就是铁哥们了！梁公，有呒搞错！

吃泡饭，并不是上海人的主动性选择。上海在从小县城向大都会快速膨胀的过程中，导入了大量移民，移民的涌入推动上海告别农耕社会，进入工商社会。在江南农村，像我的家乡绍兴，早上是吃干饭的，上海郊区的农民也是“忙时吃干，闲时吃稀”。而在上海城区，工人阶级一大早赶着去轧公共汽车上班，根本没有时间烧饭熬粥，大多数弄堂房子里也不通煤气，老清老早生煤球炉不仅麻烦而且浪费，那么当家主妇就会前天晚上多烧点饭，第二天早起开水一泡，让一家老小马马虎虎扒几口，嘴巴一抹出门，该上班的上班，该上学的上学。

当然，上海的工人阶级也可以到街头巷尾叫一碗阳春面，叫两客生煎馒头，或者买一副大饼油条再来一碗热乎乎的豆浆。但事实上，还是吃泡饭的日脚多。像周立波在脱口秀里所说的一根筷子串起十根油条的豪举，确实也值得在弄堂里秀上一把。

隔夜冷饭直接吃，既伤胃也伤心，在秋冬天里必须煮一下。再讲上海人虽然穷，也不会吃冷饭团，那是瘪三腔。煮过的隔夜冷饭变得又软又烫，一碗入肚，浑身热融融。在夏天，冷饭可以不煮，开水一泡也相当烫嘴，米粒颗颗分明，入口相当爽快。我要说明的是，冷饭一泡就吃，最好是大米饭，黄糙糙的籼米饭还是要煮一下才能被胃袋友好接纳。

计划经济时代的上海人自有一套生活秘诀，吃开水泡饭是值得小小夸耀的。当时，上海市区的常住户口每人每月只有八市斤的大米购买额度，余下的定量只能购买比黄脸婆的脸色更不招人待见的籼米（上海谓之“洋籼米”），谁家若是天天吃开水泡饭，要么他一家老小人人有只打不烂摧不垮的橡皮胃袋，要么他家有路道搞到计划外的大米。

彼时上海人家烧饭都用一口钢精锅，煮开后收水，最后小火烘干，这个过程会产生一层薄薄的锅巴，上海人谓之“饭糍”或“镬焦”，烧泡饭的冷饭中带几块“镬焦”，特别香，也有助消化。

接下来我要说，泡饭之所以成为美食，是因为有过泡饭的小菜，上海人的花头经就出在这里。过去上海几乎每条小马路都有一两家酱油店，旧时称作“糟坊”，店里有酱菜专柜，玻璃格子内琳琅满目。走近看看，一股酱香味扑鼻而来，萝卜头、大头菜、什锦酱菜、白糖乳瓜、崇明包瓜、糖醋蒜头、子姜片、腐乳、醉麸等，还有一种螺蛳菜，长不盈寸，中有螺纹，小巧玲珑，微胖而一头略尖，像上海人爱吃的小江螺蛳，咬口极脆，是酱菜中的小精灵。白糖乳瓜是酱瓜中的“爱马仕”，家里有人生病了，胃纳差，才会买点来过粥。每斤九角六分，经常吃是败家子行为。

上海人家吃得最多的还是腐乳，豆腐发霉长毛后实现华丽转身。这一家族分红白两种，方方正正，表面沾有点点酒糟，酥软鲜香，老少咸宜，这是经典版的白腐乳；红腐乳因为掺入红曲粉而有了豇豆红瓷器的颜值，红曲被称为“天然的他汀”，有助于降血脂。还有一种玫瑰腐乳，腌制过程中加入适量玫瑰花瓣，开瓶细嗅，花香袭人，售价每块一角，而工厂食堂里一块炸猪排也只卖一角，这也正应了一句老话——“豆腐肉价钿”。有一次我跟弄堂里的年长朋友登上一条海轮去看望他当了国际海员的同学，在船上蹭了一顿工作餐，每人一客饭菜，三荤两素，但更让我瞠目结舌的是每张桌子上放了一大瓶玫瑰腐乳，敞开供应，真想带几块下船。

父亲每次买来玫瑰腐乳，必定要撒点绵白糖、浇点麻油，算是改善伙食，但总要被一生节俭的母亲数落一顿，弄得他好生没趣。当然，争议最大的就是臭腐乳，能吃臭腐乳者，必定能吃法国起士。我就是臭腐乳控，臭腐乳上桌，鱼腥虾蟹统统退居二线。后来吃到起士，别人视为畏途，我赛过老鼠跌进白米囤，哪怕味道最冲的蓝纹起士，抄起来就是一大块，法国人见了也甘拜下风。

与腐乳异曲同工的是醉麸，烤麸切成骰子块，腌制发酵后以白酒增香，酒香沉郁，略微弹牙，价钱不便宜。现在有厨师用此物做菜，别饶风味。

在我读小学的时候，街头还留有一种简易棚屋，酱菜专卖，台板上整齐排列一只只钵头，上面盖一块厚玻璃，走过路过，就会带走一丝香气，每天早饭、午饭、晚饭准时开张。当时上海人吃泡饭是一种常态。

上海人中午、晚上也会吃泡饭吗？吃！有白米饭吃就很不错了！

后来生活改善了，首先在过泡饭的小菜上体现出来。除了酱菜，咸蛋、皮蛋也是泡饭的良朋益友，皮蛋以有松花者为佳，咸蛋以高邮出品者为上，夏天吃最爽口，磕出小洞，筷头一戳，红油吱地一下喷出来，什么叫幸福？这就是！

上海人还会自己做点过泡饭的小菜，比如干煎暴腌带鱼，干煎暴腌小黄鱼，还有一种骨刺很多、身板极薄的黄鲒，油炸至两面金黄，连骨刺一起嚼碎，满口喷香！祖籍宁波的上海人家还喜欢吃龙头烤，此物就是今天在饭店里现身的九肚鱼，半透明，肉中含大量水分，中间穿一条龙骨。渔民收获后下重盐晒干，送到上海南货店里出售，油炸，极咸，手指长一条即可送一大碗泡饭。

油氽花生米也是过泡饭的恩物，又是很好的下酒菜，上海人就此送它一个美名：油氽果肉。对了，花生米还可以与苔条一起炸，俗称苔条花生，那就更高级了，可以上酒席！蚕豆上市了，剥出玉色的豆瓣，温油氽过，撒盐，松脆，油润，过泡饭一流。

日子继续好过，就吃起了咸鲞鱼炖蛋。去南货店挑一条身板硬扎一点的咸鲞鱼，斩成头尾两截，加猪肉糜一小团，再敲一只咸蛋，旺火蒸透，筷头挑开，有说不出的鲜香。泡饭搭档，此物当列前三甲。咸鲞鱼我喜欢吃“三曝”，邵万生出品最佳，售价是凡品的三四倍。肉色桃红，肉质微腐而不烂，是咸鱼的最高境界。宁波人须臾不可离的新风鳗鲞、黄泥螺、醉蟹、醉螺、蟹糊、虾酱等，口味一个比一个重，均是绑架泡饭的“黑手党”。

善持中馈的主妇还会炒一些时令小菜犒劳家人。春天，笋丝炒肉丝加点豆腐干丝；莴笋上市时，凉拌莴笋浇麻油，生鲜而松脆。与竹笋嫩头一起做一盆拌双笋也是极好的。夏天胃纳稍差，榨菜炒肉丝赛过开胃良方。秋天萝卜干炒毛豆子，毛豆子要炸至皱皮，萝卜干以浙江萧山出产最佳，切丁共炒，再淋一点点酱油，加一小勺白糖收汁，吃时咕叽咕叽响，令人欲罢不忍。冬天新咸菜上市，炒肉丝冬笋丝，鲜香爽口……

今天，上海人的早饭有N种选项，生煎、小笼、小馄饨、菜肉汤团、锅贴、面筋百叶汤配烧麦、咖喱牛肉汤配葱油饼、葱开面配鸡鸭血汤、焖肉爆鱼双浇面、三虾面、全麦面包、牛奶蛋糕……但泡饭永远是上海人的“箱底”。小时候特别馋，盼望过年吃大鱼大肉，初一早上吃宁波汤团，初二早上吃八宝饭，初三早上吃糖年糕，到了初四早上就吵着要吃泡饭了，这就是泡饭的魅力！早些年，好几次我跟同事去旅游，坐在火车上，一路上那帮叽叽喳喳的上海女人，居然将数大盒冷饭带上车厢，饭点一到，开水一泡，再掏出几包榨菜，那还了得！大家扔掉面包蛋糕，抢来吃，开心得很呐。有些人很早出国留学，牛奶面包吃到吐，回国探亲最想吃的就是一碗泡饭。有些大老板身价数亿，有时候还会叫保姆用开水泡碗冷饭解解馋。这是上海人的味觉基因。

虽说今天已经到了吃啥有啥的好时光，但上海人还是守住了吃泡饭的底线。吃泡饭不宜大荤大腥，不宜浓油赤酱，不宜叠床架屋，像干烧明虾糖醋鱼，走油蹄髈咖喱鸡之类都跟泡饭不搭。泡饭有自己的朋友圈。过泡饭的小菜应该简约清洁、干脆利索，以咸鲜味为主，这才能将米饭香衬得清清白白。

如果要我列举泡饭的十大黄金搭档，那应该是：油氽果肉、油煎咸带鱼、咸鲞鱼炖蛋、绍兴腐乳、宁波咸蟹、新风鳗鲞、高邮咸蛋、油条、毛豆子炒咸菜、萧山萝卜干炒毛豆子。若有遗珍，多多包涵！作为一个被泡饭喂大的上海男人，在此先鞠躬致歉！

最后我要告诉大家，我有一个朋友，入行四十年的糕饼师，在烘焙协会举办的各种赛事上摘金夺银，威震南北，其气概不亚于当阳桥头的赵子龙。他做的奶油蛋糕无论巴洛克风格还是魔幻主义，都赏心悦目，香软适口，令人销魂，连法国、日本同行都要敬他三分。有一天我问他早上最喜欢吃什么？这位吃遍全球的糕饼达人斩钉截铁地蹦出俩字：“泡饭！”

看，泡饭造就了最好的奶油蛋糕！

“鹅黄豆生”与“糟蔬三彩”

中国是大豆的故乡。稻、黍、稷、麦、菽，组成了所谓“五谷”的朋友圈，是农业文明对华夏民族的养育，其中“菽”，专指大豆。《春秋·考异邮》中说：“菽者稼最强，古谓之尗，汉谓之豆，今字作菽……”在中国四千多年的大豆种植史和饮食史中，老百姓对大豆累积起深厚的感情。《礼记·檀弓》中记载孔子所言：“啜菽饮水，尽其欢，斯谓之孝。”菽与水，就是豆浆和汤水，指代寒素人家的日常饮食。承欢，特指侍奉父母使其饮食无虞而维持较高的幸福指数，后世常以“菽水承欢”这一成语来特指孝养父母。

成熟的大豆从晒干的豆荚中跳将出来，披了一身闪闪发光的金黄甲，所以中国人习惯上称它黄豆。豆油是用黄豆榨成的，豆腐是用黄豆磨浆点卤而成的，百叶、素鸡、油豆腐、豆腐干等都是豆腐的变体。煮豆浆时将表面的一层油皮挑起晾凉，就成了一张金光闪闪的豆腐皮，是豆制品家族中的贵族，杭帮菜里的炸响铃、本帮菜里的黄浆、苏帮菜里的素火腿，都是豆皮大显身手的节目。中国人饮食生活须臾不可短少的调味品或者食材，如豆豉、豆酱、酱油、腐乳以及双酿团制馅心所需的黄豆粉等等，都是黄豆的华丽变身。豆芽与豆腐、豆酱、面筋并列为中国食品界的“四大发明”，对世界饮食界的贡献也是有目共睹的，今天在欧美国家的超市里可以买到豆腐、豆酱、豆豉，在纽约的唐人街里还能买到广东普宁的黄豆酱。

黄豆有一位同门兄弟叫黑豆，近年来有人认为黑豆的营养更加丰富，所谓“含有花青素，是一种很好的抗氧化剂，能够消除体内自由基”等等，但你要每天吃，吃足一定的量才可能有点效果吧。至于说吃黑豆可以养颜美容甚至有助怀孕和丰乳，我觉得感情成分比较多，即使理论上成立也不等于实操可行。中医认为“黑豆的用药成分是黑豆衣，黑豆皮是入药的，它有养血、去风的作用，可治阴虚、盗汗、虚弱、烦躁、头晕眼花等”。有没有用黑豆皮做成中成药，我还不清楚，我所知道的是北方人常常用黑豆磨粉补充主食，做成菜肴极少。巴西盛产黑豆，我买过几包带回国，一路上赚了我不少汗水，结果你猜怎么着，水里一淘，掉色严重，口感与黄豆也无多大区别。

前不久《新民周刊》专为大豆做了个专题，大者涉及国家战略，小者传递平民情怀，记者阙政在《吃豆：最平民的分子料理》一文中历数中国人吃豆的种种方法，看得我直淌口水，感慨万千。她对豆浆只是点到为止，没有多作盘桓，因为她年轻，从小喝的是牛奶。在我小时候，弄堂里大妈大叔大清早见面时的第一声招呼就是：“豆腐浆喝了吗？”喝一碗有点烫嘴的豆浆，是庸常日子的打开方式，也是计划经济年代上海人获取蛋白质的主要来源。直至今天我在豆浆上还没“断奶”，隔三差五要去超市买几袋来过过瘾。

北方人等到大豆成熟后用来榨油或磨粉，炒熟后当零嘴的也有，林彪在指挥辽沈战役时吃炒黄豆应该是在东北养成的习惯。大豆在南方种植面积不广，但沐浴阳光雨露的时间相当充分，整个成长过程也就成了奉献过程。尚在青涩年华的大豆被叫作毛豆，阔大而肥糯者，上海人称之为“牛踏扁”。随园老人美称大颗毛豆为“香珠豆”。豆荚上金黄色的绒毛，豆荚内圆滚滚的毛豆子，为夏季的小菜场堆起一抹悦目的青翠。上海人家吃得最多的是盐水毛豆，还有毛豆子炒咸菜、毛豆子炒萝卜干、毛豆子烧臭豆腐干等家常菜肴。苏州人比较过分，毛豆荚里的一层白绒衣也不舍得扔掉，收集起来炖蛋汤，据说极鲜。我家祖籍绍兴，父母在世时经常做霉毛豆，那个鲜味真是百菜莫比。宁波人将毛豆结用盐水煮熟，晒干，晚上乘风凉时当小零嘴吃，韧纠纠的很有滋味。上海主妇炒油酱毛蟹，非要加一把碧绿生青的毛豆子不可。

黄豆芽也是上海人的恩物。在计划经济年代，它是在小菜场豆制品专柜出售的，当然也要凭票。有黄豆芽垫底，菜篮子就被撑起来了。今天我就跟大家聊聊黄豆芽。

黄豆芽见到绿豆芽，不免有瑜亮之叹。其实黄豆芽大可不必紧张，绿豆芽身材苗条，看上去白富美的样子，但黄豆芽更有救荒本草的本色，以粗壮的躯体和扎实的口感压绿豆芽一头。更重要的是烹饪简单，在锅里多待一分钟也无妨，而绿豆芽在锅里多滚几秒钟，立马形销骨立，软皮塌里。没错，绿豆芽在上海人吃冷面的时候一步三扭地进入高光时刻，但黄豆芽也有春风得意的时候，过年前家家户户都要买来黄豆芽与油条子一起烧一大锅年菜，还有一个讨喜的口彩——“如意菜”。就文化内涵来说，黄豆芽更具古风。

这倒也不是我胡编乱造的。在中国人的饮食江湖里，黄豆芽出来混的时候，绿豆还作为一种粮食，做成豆面或豆饼，算是细粮，偶尔吃一顿。在中国第一部中药学著作《神农本草卷》中，称豆芽为“大豆黄卷”。在一千八百年前，豆芽的发明可能为了疗疾，主要治疗风湿和膝痛。到了明代，李时珍称豆芽为“豆黄”，并介绍做法：“用黑豆一升，蒸熟，铺席上，以蒿覆之如酱法。待上黄（发芽），取出晒干，捣末收用。”这帖外敷膏药主治“湿痹膝痛，五脏不足，脾胃气结积”。药效如何不清楚，但豆芽在中医界的艰难探索中已经奋斗了一千多年，没有功劳也有苦劳。

在中国的科技史上，道士是一股不可忽视的力量，歪打正着的案例也不少。豆芽因为有“益颜色，补虚损”的作用，便被道家当作养生食品。豆芽作为菜肴食用，要到宋代了。

南宋的林洪，一般读者可能陌生，不过要说起他的祖上有一位以“梅妻鹤子”而名重士林的和靖先生，大家就明白了。林洪长期在江淮一带游历，享有清誉，他的两部著作《山家清供》《山家清事》，在今天已成为影视导演的案头必备。林洪是个不纯粹的素食主义者，在《山家清供》里记了一条“鹅黄豆生”。

《山家清供》里说的“鹅黄豆生”，与其说是一道清隽佳蔬，不如说是一个仪式。中元节前几天，用清水浸泡黑豆致使发芽，然后在盆中放上糠秕，铺上一层沙子，将黑豆苗插在里面，每天淋点水，晒一会太阳，等黑豆芽长到三四寸高，就用来祭祀祖宗。“越三日，出之，洗焯，以油、盐、苦酒、香料可为茹，卷以麻饼尤佳，色浅黄，名‘鹅黄豆生’。”“鹅黄豆生”这四个字，特指豆芽的颜色，亦仿佛《清明上河图》的店幌。

后来人们发现黄豆发芽更加好看，口感也佳，特别是在南方，黄豆芽被视为正宗，黑豆芽是偏门。前几年我在清美生鲜超市里看到有黑豆芽出售，我买过几回，炒后味道不如黄豆芽，稍嫌老韧。袋装的黑豆浆也是有，味道与一般的豆浆无异，唯颜色稍暗一点。但知道它的历史后，我就咂摸出了一丝古意。

在两宋的饮食世界里，黄豆芽一马当先，后面跟着绿豆芽、豌豆芽、赤豆芽，还有芽蚕豆——现在叫作发芽豆。宋人将豆芽与笋、菌并列为素食鲜味三霸，想象一下朱漆大方桌上的影青菱口盏或黑釉侈口碗，装了一把斩斩齐的黄豆芽，那是何等的雅致。

黄豆芽很鲜，这大概与豆芽里埋伏着的什么“素”有关。黄豆芽炒油条子、黄豆芽炒油豆腐都是寒素人家的家常菜。绿豆芽常与肉丝、鸡丝共舞，也可为鱼翅羹去腥解腻，玩疯了就去嵌火腿丝，但黄豆芽有独往独来的秉性，不需要荤腥来虚张声势，它总是垂着一颗大脑袋，却活得很有尊严。旧时苏州小饭店里有一道炒合菜，就是黄豆芽炒粉丝再加其他一些菜丝，仿佛是白什拌的“素颜版”。还有一道黄豆芽豆腐汤，价廉物美，是引车卖浆者流的下饭神器。

汪曾祺先生说“炒黄豆芽宜烹糖醋”，这大概是他的经验，我倒不赞成加糖，味道蛮怪的，但黄豆芽起锅前加一小勺醋，可进一步释放它的鲜味，屡试不爽。

汪老师还说“黄豆芽吊汤甚鲜”，还说素菜馆、供素斋的寺庙都用黄豆芽汤取鲜，这也是老例。上海城隍庙的春风松月楼就是用黄豆芽、卷心菜、冬笋头和香菇蒂吊汤的。黄豆芽花菇煮干丝、黄豆芽炒周庄阿婆咸菜，临起锅时浇几滴麻油，都是我家的招牌菜。

在万物皆可糟的夏季，我也会将黄豆芽焯熟后过冷水，在糟卤里浸渍半小时搛出装盆，配冰啤清鲜爽脆。如果再加几只剪开的油豆腐，颜色与味道就更上一层楼啦。瓷器中有“素三彩”，黄、绿、紫交相辉映，十分古雅，我用黄豆芽、茄子和油条子糟了一盘下酒菜，姑且称它为“糟蔬三彩”。

最后回到林洪先生，在关于“鹅黄豆生”的这段文字结束时跟了一句：“仆游江淮二十秋，每因以起松楸之念。将赋归，以偿此一大愿也。”每到中元节就因为这道豆芽菜想念家乡和家人，恨不得马上辞官回家。这造型拗得有点过力，豆芽菜与莼羹鲈脍相比，味道总要逊一些吧。不过古人对素食一事是别有怀抱的，陈继儒是明代的文学家、画家，松江府华亭人，他就说过：“醉醴饱鲜，昏人神志。若蔬食菜羹，则肠胃清虚，无滓无秽，是可以养神也。”也因此，林洪在《山家清供》中时不时地要强调一下宋人的生活美学，在今天也可称之为人文精神。而这，好比在我们煲饮食文化这个话题时，有了一锅清雅鲜美的底汤。

霉干菜的浓浓乡味

无风无雨的日子，泡一壶新茶，再从书柜里抽出《鲁迅日记》，翻几页，似乎成了先生的邻居，听得见他朗朗的笑声，灰布长衫的影子在阳台那边一晃而过。比起教科书里的横眉冷对，我更爱日记里的先生，呼吸平缓，体温正常，筋骨毕现，肌肉有恰当的弹性。“午在仁济药房买药中钱夹被窃，计失去五十元。”“晨亚丹返燕，赠以火腿一只、玩具五种，别以火腿一只、玩具一种托其转赠静农。”“晚季市来，并赠天台山云雾茶及巧克力糖各二合，白鲞四片。”“午后孔另境来并赠胜山菊花一瓶、越酒一罂。”“萧军、悄吟来，制葱油饼为夜餐。”还有，“出街饮啤酒”、“至北冰洋吃冰其淋”、吃大闸蟹、在青莲阁吃茶、“饮冰酪”、“往四而斋吃面”……一个礼拜内居然去知味观吃了两次。

“蕴如来并持来朱宅所送糕干、烧饼、干菜、笋豆共两篓。”朱宅馈赠不止一次，可堪玩味。“得母亲所寄干菜、芽豆、刀、镊、顶针共一包，分其半以与三弟。”读之心中怦然一动，大先生对故乡的霉干菜终究是念兹在兹啊！

不知道霉干菜在许广平手里会做成什么菜，霉干菜焐肉应该是标配。在绍兴人口中，霉干菜烧肉一律被叫作霉干菜焐肉。一个“焐”字，道尽了枕河人家对付寻常日子的心思。在我小时候，多次跟妈妈去绍兴柯桥探望卧病的爷爷，一日三餐全凭霉干菜主打，尖尖一碗，浇几滴菜油，等锅里的饭收水时埋下去，饭焖透，霉干菜也“摆烂”了。

霉干菜是时间与阳光的合谋，霉得透，晒得干，即便“独唱”，仍然如黄宾虹的焦墨山水，凭墨线造型，韵味又如杜诗，沉郁顿挫，搛一筷盖在白的饭上，赛过一幅对比强烈的木刻。只不过，霉干菜一味的咸，送饭有些单调，连吃几天不免又哭又闹。妈妈拗不过，去镇上割一条五花肉来，切成麻将块埋在碗底，顿时，霉干菜被魔杖点化，香气四溢，宝光照人。

爷爷去世后，娘娘（祖母）还经常寄来霉干菜。这是沈家老台门的堂房亲戚所治，整棵的大叶芥菜腌透晒干，不切碎，绞紧成束，像一只拖畚头，菜叶菜梗上留有点点盐花，嗅之有个性强烈的气息，那是有点腐朽的陈宿气，又仿佛自远古跋涉而来的旅人体味。这是会稽山的荷尔蒙。

霉干菜焐肉是我家的基础味道。在酱油与糖的辅助下，霉干菜与猪肉合作完成了一场丽歌，释放出断发文身南蛮子的野性，热情奔放，诚恳坦荡，教我铭记故土与风物，以及母爱。

吃透了霉干菜滋味的猪肉，不再像红烧肉那般油腻。尤其是韧结结的肉皮，在化与未化之间，一吮入口即为琼浆。沁色白玉般的厚膘肥肉与黄渣渣的糙米饭拌匀后，好比上了一层液体蜡。而经过脂肪浸泡过的霉干菜，则多了一分妩媚，两分柔弱，咸中带甜，鲜香迭出，总算等来了走秀的机会，收获了满堂掌声。在计划经济年代，霉干菜焐肉是对味蕾最温柔的抚慰。

霉干菜还可以烧汤，或加虾干，或加丝瓜，或加夜开花（地蒲），都有出色表现。丰子恺在一幅漫画里忆及他年少时与兄弟姐妹在大树底下以霉干菜虾头汤佐饭，桐乡的食俗与绍兴相近。丰家有一爿丰同裕染坊，日子过得还如此俭朴，旧时代的创业者大体如此。我们家经常烧霉干菜汤，妈妈说夏天喝这个可以消暑。从绍兴寄来的淡虾干有半个手掌那般大，也可空口白吃，味道鲜极。

读初一那年，有一天上午妈妈与老爸要去看电影，看完电影应该是中午十二点了，回家后再烧午饭就晚了。我自告奋勇："我来！"那是我第一次掌勺，清蒸小黄鱼、黄豆芽炒油豆腐之外还有一碗霉干菜夜开花汤，心急慌忙中，夜开花没刨皮就切片下锅了。老爸只得边吃边吐皮，妈妈则连皮带肉吃得津津有味，我满脸通红，从此不再犯这样的低级错误。现在我也常常捋起袖子冲进厨房把妻子挤到一边："我来！"我对厨艺的热爱，缘于父母的宽容与信任。

现在，绍兴霉干菜与儿时记忆差相益远。即使是霉干菜中的豪华版——干菜笋，也鲜有让人称心的佳品，不过我们家还会三差五地要烧一顿霉干菜焐肉，一解乡愁。夏天胃纳欠佳，或在完成长篇文章之后，就做一碗霉干菜虾干汤犒劳自己。一碗下肚，两眼放光，那简直就是我的“回魂汤”！

外面饭店里如有霉干菜烧鱼、霉干菜烧蹄髈、霉干菜烧虾、霉干菜肉馒头、霉干菜大肉粽飨客，我都会叫一份尝尝。去年霜降后几日，与朋友在一家绍兴风味的饭店里，吃到了味道非常纯正的霉干菜焐肉，卖得也不贵，饭后我就打包了一份。据厨师说，他家为了做好这道菜，选用宁海黑毛猪身上最好的一块五花肉，肥瘦适中带软骨。干菜笋取毛笋嫩头和菜心晒干，不仅鲜香，而且极嫩，没有泥沙。这种高品质的干菜笋是从萧山、上虞的农村一家一户收拢来的。他家的霉干菜鸭脯、霉干菜虾球、霉干菜油爆虾、霉干菜炒蛏子、霉干菜小龙虾等也是招牌菜。

受了厨师的“蛊惑”，我们又加了一份霉干菜炒饭。一尝，果然不同凡响，厨师向我透露秘辛：霉干菜加猪油蒸四小时，冷却后切细末，安昌香肠蒸熟后切丁，再加笋丁若干，饭一定要隔夜烧好，稍干一些，这样才吃得进卤汁。

可气的是儿子数典忘祖，对霉干菜敬而远之，对火腿、咸肉、咸鲞鱼、黄鱼鲞、鳗鲞、腊肉、腊肠、风鸡、风鹅、糟蛋、糟鸡、臭豆腐干、霉千张等等都一概不碰，媳妇学样，也不碰，像异乡人一样，那么我只能将传承故乡味觉基因的重任寄托在小孙女南南身上。

隔代亲还是有点道理的。前不久，儿子一家去绍兴旅游，在火车站候车返程时南南急得快哭了，原来玩得高兴，把我要她带一袋霉干菜的嘱托给忘了，最后儿子只得在候车室外的小店买了一袋，质量当然不会很好。

浓油赤酱的霉干菜烧肉上来了，南南吃了一口，菜梗有点柴，瘦肉有点僵，后浪的小蛾眉便八字型皱起：“爷爷，霉干菜有什么好啊？”我说：“我们的故乡就在这个味道里呀！”

诗和远方，苜蓿极望

在春寒料峭的时节，草头在湿润的空气中打开单薄的叶片，清风徐来，摇曳生姿，碧波荡漾，蔚为壮观。不由得想起一句唐诗“天意怜幽草，人间重晚晴”，李商隐笔下的幽草当然是人格的外化，与晚景乃至晚节相对应。不过在当下红尘滚滚的场景中，餐桌上的那抹嫩绿，无论油重还是油轻，仍以清高而脆弱的特质，给我们一份善意而凛然的提醒。

草头的学名叫苜蓿，在上海郊区又叫金花菜，因为草头开花时为金黄色。更具古意的叫法是“盘歧头”，苜蓿的叶子多歧生。

苜蓿来自西域，西汉开始大面积种植。《史记·大宛列传》：“大宛在匈奴西南，其土著耕田，田稻麦。有蒲陶酒，富人藏酒至万余石，久者数十岁不败。俗嗜酒，马嗜苜蓿。汉使取其实来，于是天子始种苜蓿、蒲陶肥饶地。及天马多，外国使来众，则离宫别观旁尽种蒲陶、苜蓿极望。”

一开始苜蓿就是用来喂马的，或者沤肥沃土。汉武帝从大宛国获得了能够长途奔袭的“天马”后，军事力量大大提升，最终将匈奴赶到了狼居胥山以远。

后来，在中国种植的苜蓿一般分为紫苜蓿和南苜蓿两种，紫苜蓿多长在北方的旷野和田间，至今还是作为家畜饲料或肥料。南苜蓿生长于长江以南，苏北人称为秧草，四五月间，秧草是红烧河豚鱼的黄金搭档，据说秧草有解毒的功效，有秧草垫底，再肥的河豚也不怕了。本帮菜中的生煸草头、草头圈子、草头春笋、草头乌参、草头河蚌、草头春笋等也很有人缘。草头本身足够清鲜，作为配菜也任劳任怨，尽心尽力，增香提味。在上海米其林榜单的絮絮评语中，我从未见过美食侦探对草头有过诚恳的关注。不能怪法国人，草头的文化内涵比较深厚。

在欧洲，苜蓿又被称作三叶草，是爱尔兰的国花。当地人相信如果找到长着四片叶子的三叶草，就能得到幸福。是的，四叶草不好找，十万株三叶草中可能只有一株是四叶的，所以这项“不可能完成的任务”就成了小孩子在野外的游戏。欧洲人种植三叶草也是为了喂马和肥田。在食材选取十分宽泛的法国菜里，几乎看不到苜蓿。

是的，草头顶端的叶片轻薄而水嫩，易熟，烹饪过程简直跟打仗一样讲究速战速决，稍一迟缓，全盘皆输，所以不少煮妇视生煸草头为畏途。我是这样操作的：草头摘嫩叶，如果特别需要讲究的话则只取顶端一茎三叶，洗净沥干后待用，草头上面事先撒适量的盐和白糖。一只碗内倒入两汤匙上好白酒，待油温升高后将草头并调味一起投入，快速翻炒几下后喷入白酒，锅子边缘起火也不要慌，紧接着熄火，让锅内的余温将草头催熟。草头装入浅盆内，中间稍稍拨开，防止焐老。整个过程就十几秒钟。

有人认为生煸草头一定要多放油，这是有道理的，但白酒也一定要放，生煸草头也叫酒香草头。上海郊区农家还有一种方法，锅内烧水至沸，倒些菜籽油使其浮于水面，投入草头后加调味，用筷子稍稍拨几下就可以出锅了，同样鲜嫩美味，同样碧绿生青。

国家级烹饪大师徐鹤峰曾经炒了一盘带茎草头给我品尝。他认为有些厨师煸炒草头只用顶上三叶是很可惜的，就将嫩叶下面长约三寸的茎也一并摘下，猛火爆炒后很嫩很爽，口感脆脆，清香浓郁。他甚至说："带茎的才叫金花菜，不带茎的只能叫草头。"

长乐路上有家私房菜馆的老板娘做了一次秧草包在网上叫卖，一下子成为网红，我马上下单了几盒。蒸得暄暖的秧草包，雪白粉嫩，一口咬开，一股清香混着酒香扑鼻而来。草头依然保持着碧绿的色泽，而且很嫩，不塞牙缝，酒香浓郁而不冲鼻，一切都是刚刚好。秧草包只能做一个月，不能一年四季卖。好花不常开，秧草包不常卖，同样道理。

老中医告诉我，苜蓿味苦、性平，有健脾益胃、利大小便、下膀胱结石、舒筋活络的功效。《本草纲目》中也说了：多吃草头“利五脏、轻身健人”。现代医学研究也证明苜蓿有降脂、抗动脉粥样硬化，增强免疫功能，抗氧化、抗癌和雌激素作用。因此，春天多吃些生煸草头有益健康。

但是小时候我不爱吃草头，因为轮到我家吃草头，已经老了，而且下的油也不会很多。更要命的是，妈妈不允许我多摘去老叶。可想而知，尝鲜这档事情到了我家就变成了吃草。直到上世纪八十年代，我家的草头才慢慢鲜嫩起来，空口吃也不觉得塞喉咙。

《淞南乐府》：“淞南好，斗酒饯春残。玉箸鱼鲜和韭者，金花菜好入粞摊，蚕豆不登盘。”旧时，上海城厢内外的老百姓在立夏那天会将收割的新麦挑进城里，供奉在城隍像前表示感谢。那天中午还要悬秤称孩子体重。讲究一点的人家要吃草头摊粞、麦蚕、酒酿、樱桃等。草头摊粞也叫草头搨饼，草头切碎，与一定比例的大米粉、糯米粉拌匀，搓成直径两寸的小团子，再用掌心一按成圆饼，油煎两面黄，外脆里软，乡味甚浓。

草头饼相传起源于新场镇，有历史记载出现在明初，方法很简单：苜蓿和以米面，油煎而熟。

其实也有讲究。南汇一位老太太告诉我：新割的草头要倒在木盆里，用手抄底轻揉几下，不可过重也不可太轻，揉过的草头拌入米粉后才没有青涩气。这个过程有点像福建茶农加工乌龙茶时的“摇青”，不能相差一两圈。

我在上海郊区及江苏同里、吴江，浙江南浔等地吃过几次草头摊饼，金黄间隔玉白，那是草头与糯米粉相间的效果，一口咬开，清香扑鼻，吃口软糯，回味隽永。前不久与太太一起去西塘游玩，发现河边有一老太太在卖草头摊饼，形状略近青团，包了豆沙馅，才卖一元一个。我们吃了一个，没走几步又回头去买了一个。

前不久我在上海闵行的马桥和太仓吃到了画风不同的草头饼，马桥的草头饼大小及厚薄恰如月饼，糯米粉掺粳米粉揉匀后做饼皮，草头切碎略炒一下，平底锅油煎至两面黄，一上桌大家便抢来吃。太仓的草头饼还要讲究些，草头切碎，加少许太仓糟油提鲜增香，包在八成粳米粉和二成糯米粉揉匀的饼皮中，做成圆饼后滚上白芝麻，在煎锅中慢慢煎熟。趁热上桌，一口咬破皮子，糟香夹着草头本身的清香一涌而出，谁也挡不住。在咀嚼中，还有无数颗饱满的芝麻不断将香味输送到鼻腔，实在令人愉悦。郑和六下西洋是从太仓浏河港出发的，随船厨师曾将草头饼带到南洋诸国，至今传为美谈——这当然是传说。

上海郊区农民还会晒草头干，入秋后用草头干烧菜饭，称之为咸酸饭，或与五花肉共煮，与吾乡霉干菜烧肉有异曲同工之妙。听朋友说他吃过草头粽子，哦，没吃过，想来别饶风味。

农家还会腌金花菜，先将金花菜（这倒真是带茎的）洗净，摊开晾干水分后放入干净的坛子里，撒上盐拌匀，腌四至五天后捞出，在太阳下晒至微干。另外取一口小坛，洗净擦干。在小坛内铺一层金花菜，撒一些炒香的花椒和茴香，再铺一层金花菜，再撒一些花椒、茴香，直至将金花菜塞得严严实实，用干净的稻草或麦秸塞住坛口。接下来将小坛子倒立于一口大一圈的瓦缸内，缸中倒入清水进行水封，约二十天后即可开坛。用筷子夹出来时多加小心，不能让生水进入坛中，否则金花菜就会变质。

金花菜呈现诱人的金黄色，暗香浮动。有一次我在某酒店里看到将金花菜当作冷盆上桌，有几位白领小姐从没吃过，不知所为何来。有一位试了一筷，马上尖叫起来。

小时候，最馋街头小吃摊的零食。有一老头，鼻尖架一副黑框眼镜，镜片厚似啤酒瓶底，每天下午放学时分背一口木框玻璃箱来了，在路边支起 X 形架子，搁好箱子。将各种吃食一一展览，左盼右顾，像魔术师那样故作神秘，此时一群孩子已得着消息，像小鸟一样奔出弄堂，轰地一下子围上去，仰着小脑袋听他拉长了声调吆喝："甜咪咪、咸咪咪，椒盐咪咪……"

椒盐咪咪的吃食中就有金花菜。乌漆墨黑的小手递上珍贵的一分钱，他就取出一张手心大小的纸，郑重其事地夹一筷金花菜，然后依次操起架子上的小瓶子一阵猛洒，里面有糖水、醋、辣油、花椒水等，反正是红红绿绿的，色素严重超标，好在挤出来的液体比顽童假哭时的眼泪还少，纯粹是“摆花板”。小孩子看在眼里，心花怒放，手指撮起来就往嘴里送，甜咸酸辣百般滋味一起涌上心头，所谓的椒盐大约就是对舌尖的狂轰滥炸吧。吃完了，很知足地环顾街景，等着大人来揪耳朵。

《山家清供》里写到“苜蓿盘”，引出一个故事。唐明皇时，太子身边有一位叫薛令之的幕僚，抱怨皇上提供的膳食太差，叫他苜蓿吃到吐，就随手在墙上写了一首诗：“朝日上团团，照见先生盘。盘中何所有，苜蓿长阑干。饭涩匙难滑，羹稀箸易宽。以此谋朝夕，何由保岁寒。”有一日唐明皇来到东宫，见到了这首牢骚诗，就提笔接了两句：“若嫌松桂寒，任逐桑榆暖。”薛一看只得卷起铺盖走人。《山家清供》的作者林洪由此叹息：太子身边的官员应该都是当时最优秀的人才，而在唐代许多有记载的贤才都曾经遭到贬谪。薛令之在诗中所寄之意也不仅仅为了这盘草头吧，而是怀才不遇才发出“食无鱼”的感叹，但皇帝竟然嘲讽他，逼他下岗，这也未免太薄情了吧。

了解中国历史的人都应该知道，太子身边虽然不乏才俊，但影子内阁对朝政往往构成潜在的影响甚至威胁，所以一朝混进太子党，风险也就随之而来。

最难忘，咸菜大汤黄鱼

江南黄梅时节，东海大黄鱼迎来了东风浩荡的汛期，渔民一网捞起三五吨不稀奇，来不及处理就暴腌风干，咸黄鱼油煎煎，过泡饭一流。对了，那是很早以前的事啦。

在我读小学那会，菜场里的大黄鱼真是白菜价，两三角一斤，弄堂人家经常吃。妈妈清理大黄鱼时会果断撕去头皮，让殷殷血水渗出，烧熟后腥气全无。妈妈喜欢吃鱼头，还会从嘴里吐出两块小石头，莹白如玉，煞是可爱。妈妈说：这就是鱼脑石，所以大黄鱼也叫“石首鱼”，这两块小石头也是一味中药呢。小黄鱼没有石头，小黄鱼就比大黄鱼笨。

后来我从一本科普读物中得知，大黄鱼靠鱼脑石来定位。有些渔民在作业时将碗口粗的扛棒频击船帮，在水下产生强烈振荡，方圆数里之内的大黄鱼不是晕头转向就是休克，呆头呆脑，浮出水面，渔民瞅准机会一网撒开，收获满满。在有些地方也叫“敲罟”，竭泽而渔，是今天大黄鱼沦为珍稀动物的原因。

上海弄堂人家过去有一句骂人的话：“黄鱼脑子”，特指那些脑筋不转弯的朋友。

大黄鱼的珍贵，还在于有绵软肥厚的鱼鳔，与整条鱼一起烧，在口感上与紧实的鱼子相映成趣。饭店里的厨师也会单独处理它，有一次我在八仙桥鸿兴馆的厨房里看到白瓷砖墙面上贴了几十条黄鱼鳔，慢慢风干成半透明状。师傅告诉我，等到年底揭下来，入锅炸至发泡，就可以做三鲜鱼肚羹了。

黄鱼胶又是做家具必不可少的黏合剂，读中学时心血来潮，与几个同学一起学做小木匠，手艺不行，胶水来凑。从五金店里买来黄鱼胶，装在旧饭碗里隔水蒸炀，抹在榫头上，用力碰紧，隔一夜，牢不可破。后来黄鱼胶没有了，只能用骨胶代替，再后来骨胶也断档了，只能用化学白胶。

在中国的海错图版中，黄鱼有大小之分，大黄鱼又叫大黄花、大金龙、大鲜、黄瓜，一般长度为四十厘米至六十厘米。小黄鱼又叫黄花鱼、小春鱼、小鲜，从长相上看，小黄鱼是大黄鱼的迷你版，长度不超过二十厘米。捕捞大黄鱼讲究时间，月朗中天时分，黄鱼出水后浑身披挂黄金甲，富贵而华丽，如果在白天捕捞就没有这般色相。捕捞黄鱼大多是夜间作业，很辛苦。

不过我发现，在古代，如果我们在宋代到清代之间划条延伸线，草木江南“不时不食”“闻汛而动”的江海湖三鲜里，除了刀鱼、鲈鱼，还看重鲥鱼、鲤鱼、鳜鱼、银鱼、鮰鱼、鲢鱼等，对大黄鱼好像并不在意，就连鲫鱼、鳊鱼、白鱼、河豚、鲳鱼、带鱼、马鲛鱼等庸常之辈，在古籍中露脸的机会也要比大黄鱼多。不信你可以去翻翻《随园食单》《鸿宪食秘》《尊生八笺》《闲情偶记》之类的“微型百科全书”，这几位才高八斗、睥睨天下的爷们对大黄鱼都装作没看见。

所以我有理由怀疑，大黄鱼在那个时代庶几归属俗物，落笔做文章时也就想不到给它一席之地。

大黄鱼俗吗？如果我们站在古人的立场上想一想，理由有二：首先，“每岁孟夏来自海洋，绵亘数里，其声如雷，若有神物驱押之者”（语出田汝成《西湖游览志馀》）。也就是说，大黄鱼逐流而来，兴高采烈，大呼小叫，浩浩荡荡，如乱民啸聚一般，场面相当壮阔。其次，大黄鱼离水即死，正值初夏时节，压在舱底很容易腐败，一般市民可以“忍臭吃石首”，文人墨客多半要掩鼻而走。不够冷静，又有恶臭，不是俗物是什么？

如果说还要找一条理由的话，也许就是大黄鱼的肉质稍见粗糙，纤维明显，鱼刺很少，味觉呈现直截了当。诶，吃起来方便难道不是好事吗？但是古人不是这样想的，剔抉爬梳太容易，进食速度不知不觉就会加快，人家慢慢剥一只大闸蟹要用一支香的时间，你一眨眼就将一条肥硕的大黄鱼吃剩一副骨架了，这般发配从军的吃相，村里的老童生见了不摇头才怪呢。

黄鱼易臭，“绿眉毛”渔船出海前要备足冰块。黄鱼进舱，马上撒一层冰块压住，所以在渔市上大黄鱼又有一个别名：“冰鲜”。一时来不及冷处理，渔民便作简单加工，从背脊处剖开后加粗盐暴腌，挂在桅杆上经海风吹两三日，就成了黄鱼鲞。不剖而制成的白鲞更加高级，称为郎君鲞，是鱼鲞中的白富美。

写到这里我突然想起，倘若时光倒流一百年，近水楼台的宁波人可以随随便便吃到从码头沽来的冰鲜，而在我家乡绍兴就只能吃到硬如檀板的黄鱼鲞了。上海老城厢靠近十六铺不是有一条咸瓜街吗？就因为聚集了数十家专营黄鱼鲞和腌腊的商铺而得名。“咸瓜”是浙东民众对黄鱼鲞的俗称，而不能想当然地理解为酱瓜。今天拜现代物流之发达，哪怕远在内蒙或云南，也能吃到冰鲜的大黄鱼了。

以前，在上海的宁波馆子里，比如西藏中路的甬江状元楼，咸菜大汤黄鱼是一款长销不衰的经典名菜。一斤多重的大黄鱼，治净后沥干，两面煎黄，加高汤两大碗，生姜片和葱结不能少，黄酒及盐适量，咸菜梗切成蝇头细，毛笋片象牙白，徐徐下锅，大火煮沸后转中火，十分钟后出锅，汤色奶白，黄鱼头尾不散，鲜香浓郁。

甬江状元楼除了咸菜大汤黄鱼，还有几道大黄鱼佳肴也极受欢迎，比如苔条拖黄鱼、特别黄鱼羹、莼菜黄鱼羹、蛤蜊黄鱼羹、雪花黄鱼羹等。上世纪四十年代，甬江状元楼在上海有几十家，比如盈记状元楼、四明状元楼、沪东状元楼、沪西状元楼等。上世纪六十年代末，甬江状元楼改名为宁波饭店，八十年代初又改回原名，我多次去尝过鲜，后来市政建设需要，拆了。

红烧大黄鱼、清蒸大黄鱼、糖醋大黄鱼、荠菜黄鱼羹，还有如今大筵小酌都要轧一脚的松鼠大黄鱼，都是经济实惠、风味卓绝、为上海人争得面子的飨客佳肴。但诸般身段，都在咸菜大汤黄鱼面前相形见绌。咸菜大汤黄鱼是上海弄堂人家的家常风味，在黄鱼菜谱中占据主导地位。雪里蕻咸菜似乎有一种魔力，最能提升大黄鱼的品质。咸菜大汤黄鱼的鲜，是热烈奔放的、无拘无束的、坦坦荡荡的、载歌载舞的，就像一个阅人无数的美女，本身已然玉树临风，又懂得如何在最有效的时间内用最简洁晓畅的语言、最生动活泼的表情来传递浓浓的感情。

很长一段时间里，咸菜大汤黄鱼就成了上海人家的一款基础味道,咸、香、鲜,鱼肉与浓汤,还有越嚼越鲜的咸菜梗子,都是一竿子插到底的享受，沉淀在碗底的细碎渣滓也不能浪费。每一汤匙送进嘴里，都给牙齿、舌尖以及食道无比妥帖的抚慰，悠长的回味可以一直持续到初夏静夜弥漫着栀子花香的睡梦中。

若干年后，思南路上的阿娘咸菜黄鱼面一炮打响，成了一款极具上海风味的国民小食，连米其林都郑重其事地给予推荐的评价。要是阿娘用红烧小黄鱼或糖醋小黄鱼来配一碗阳春面的话，能火起来吗？

由于过度捕捞，东海大黄鱼几乎绝迹，数十年后忽又显身江湖，养殖大黄鱼当仁不让地承担起接续香火的历史重任。随着围网养殖技术的不断提升，也出现了品质较高的品牌，努力追赶野生大黄鱼的风味。

端午那天，朋友请我去南丰城食庐餐厅赴会黄鱼宴，“魔都最帅大厨”兼老板朱俊，以新淮扬的烹饪理念与手段，对大黄鱼进行完美演绎，针对各个部位拿出最佳方案。

两块骰子般的冰镇鸳鸯鱼冻，白的是糟香味，用鱼皮鱼鳞熬制，以黄酒糟卤增香，表面用蚕豆瓣点缀，大黄鱼拆下来的肉碎由是作废为宝。红的是红烧味，鱼肉中嵌了一枚剥皮核桃仁，为浓油赤酱的底味增加了脆脆的嚼咬感。

热菜中的酸辣翅胶黄鱼羹看上去无风无雨，取鱼尾的活肉，切成丁，过油后加入笋丝、香菇丝、鱼翅、花胶、虾仁等，勾玻璃芡，滑亮温润，注于细瓷小盅位上，撒黑胡椒粉和香菜末，香气款款上升。口味上比川式酸辣汤轻一些，但基本味型没有改变，一盏落胃，味蕾被轻轻唤醒。时此再呷一口甘蔓，茶汤居然变得非常非常甜，很神奇。

胜木瓜献海宝。半只木瓜，填入木瓜粒和丝瓜粒（广东人将丝瓜称为“胜瓜”），一间埋了一块清蒸的黄鱼中段。鱼肉经过海盐的轻腌，又在木瓜的衬托下，滋味就有了层次。

排葱生焗黄鱼脯。终于轮到大黄鱼中段出场了，取鱼身中最为宽厚扎实的中背腹部，稍经暴腌后入烤箱焗至表皮松脆，保持嫩滑的质地，然后小葱一折为二，入油锅炸至微焦，排列整齐后，将鱼脯埋在葱段内，葱香四溢，给胃袋足量的充实。吃了这道菜，基本上就饱了，接下来都算加餐。

白芦笋三虾石榴球。豆腐皮稍作处理后使之变软变白，包裹煸炒入味的鱼肉粒和意面粒，加一枚焖至熟烂的独头蒜，扎成小巧玲珑的石榴包。再以分子料理的手法将意大利黑醋做成珍珠般的小颗粒，将白芦笋打成汁，与虾仁、虾脑、虾子一起煮成浓汤，浇在石榴包周边。这道菜融合了地中海沿岸的食材与风味，使大黄鱼在新的消费态势下有了更大的表现空间。

冷翡翠嘴封，光看菜名有点晕。嘴封就是黄鱼的嘴，其实就是下巴。朱俊强调，跟尾巴一样，下巴也是活肉，也是老上海看重的食材，本帮菜中的红烧青鱼头尾，就编织了上海老城厢的味觉基因。朱俊是这样处理黄鱼下巴的，将下巴用泡椒腌一下入味，然后挂糊上浆，滚上面包粉炸成外脆里嫩，装盆后一叶鱼鳍高高竖起，有旌旗飘飘的美感。垫底的蚕豆瓣又是一种味型，有清幽的椒麻香，盆子两边再堆一些碧绿细碎的芝麻菜增色提香。这道菜呈现轻奢主义风格，在色彩与口感的对比、照应上借鉴了西餐的范式，堪称完美。

我建议朱俊可以将此菜改名为“酥吻翡冷翠”。是的，当年徐志摩将意大利历史名城佛罗伦萨译作“翡冷翠”，难道就不能用来为翠绿而冷艳的豆瓣加持吗？至于酥吻，就是吃货对酥炸黄鱼下巴的倾情赞美啊。

朱俊听了大声叫好，从此这道菜就叫“酥吻翡冷翠”了。

主食是一盘炒饭，但不是大杂烩般的扬州炒饭，而是烤麸黄鱼炒饭。烤麸是上海人钟爱的豆制品，上海弄堂里当家女人端出来的四鲜烤麸各有千秋，用尽心思，咸甜并鲜。不过加盟一盘炒饭，倒是闻所未闻。

原来朱俊也下了很大的功夫，烤麸焯水后扯成比黄豆还小的随形小块，过油调味，再加入黄鱼粒、叉烧、香菇、竹笋、花生米、鸡蛋等，与饭粒一起旺火颠翻，彼此发生关联，但相互并不粘结。更叫人击节赞叹的是，为了提味，厨师还加了一点绍兴霉干菜的叶子，有画龙点睛之功！

饭店里的大黄鱼，在市场繁华的条件下不妨拗足造型，家常一路，还是咸菜大汤黄鱼来得实在。后来我在盒马鲜生超市买过几次网箱养殖的大黄鱼，每条在五百克以上，卧在晶莹剔透的冰屑上，闪烁着金子般的光芒。烧咸菜大汤黄鱼、暴盐清蒸大黄鱼、醋溜大黄鱼，筷头所至，“蒜瓣肉”纷纷落下，让我的味蕾沿着时光隧道回到了妈妈身边。

戴大师的砂锅饭店情结

本文要讲的戴大师，就是著名画家戴敦邦先生。不过，大师这顶金光闪闪的帽子，戴先生是不屑一顾的。好几次我看到有人称他为“大师”，戴老马上虎起脸来纠正：“我不是大师，我是民间艺人。”

这不是矫情，戴先生是认真的。在戴先生的画作一角，常常钤有一方闲章：民间艺人。这方闲章庶几可以成为鉴定作品真伪的一个关键。对的，如果老先生知道拙文取了这个标题，肯定要跟我急的。

在泡沫化时代，大师满天走，教授不如狗。有些起于蓬蒿的民间艺人在街头巷尾漂了十年八年，居然也敢自封大师，戴大师谦称“民间艺人”，绝对有腔调。

江湖上吆五喝六的大师，我也见过一些，本事不大架子大，别的不说，要是有人请他吃饭，没有燕翅鲍，没有茅台酒，或者没有漂亮小姐陪酒，他那尊贵的屁股是不肯落座的。但是“民间艺人”从来不装，一脚踏进金碧辉煌的豪华饭店，眯起眼睛，不停摇头，关照东道主：“小菜简单点，有盆鸡屁股吃吃就可以了。”

那么，今朝我来跟大家讲讲砂锅饭店。

砂锅饭店在建国东路上，属于太平桥地区，不过在房产中介嘴里，就属于高大上的新天地板块。我在“新天地板块”的崇德路上长大成人，中学时代，我们要参加学工劳动。锻炼人的地方就是老大昌的制糖车间，在僻静的斜土路上。我们去工厂要坐公交车，每天有一角四分的车贴。我们晓得“做人家”，乘四站路，走两站路，就可以省下六分钱。碎银子积到一定“厚度”，下班后就到太平桥小吃消夜，排骨面、菜肉馄饨、油墩子、鲜肉汤团，味道不要太好噢。

有辰光下了中班，穿过墨赤乌黑的小马路，来到建国中路，灯光就有点晃眼了，用现在的话说，这里就是“人间烟火”，而生意最好的就是坐南朝北的砂锅饭店，当时叫大庆饭店。两开间门面，“炮台”当街排开，两个师傅忙得满头大汗，一只只炒菜锅子在灶眼上转来转去，像变戏法似的。我们站在街边看一会，使劲地咽下一串串口水，暗暗许个愿：等哪天有钱了，进去涮一顿！

这个小目标实现起来也不算难，无非是多练练铁脚板。一个月后，我与两个同学就敢在大庆饭店坐下，不一会，热气腾腾鱼头砂锅来了，每人一碗白饭，加点辣伙大蒜叶，吃得酣畅淋漓。后来，我们又去吃过大白蹄，吃过全家福。大庆饭店的美食体验，成为珍贵的集体记忆。半个世纪后老同学聚会，提起这件事，少不了一阵狂笑，妙的是其他同学也有相似的经历，甚至，平时一开口就脸红的女孩子也去吃过！所以，有一次老同学聚会就安排在这里了。这天我们痛痛快快地点了好几只大砂锅：鱼头砂锅、什锦砂锅、大白蹄砂锅、咸肉豆腐砂锅、天下第一鲜砂锅……

今年春节前，我在上海电视台《寻味上海》节目摄制组当嘉宾，有一次拍到砂锅饭店，这集的内容就是上海人过年圆台面上的压轴大戏“全家福”。为了增加节目的厚度，我将戴敦邦先生请到店里来，请他讲讲与砂锅饭店的情与缘。

戴先生从小住在顺昌路永年路，并在那里成家立业。上世纪七八十年代，常有文化界朋友造访，聊到兴头上就要留饭，出门走几步就是砂锅饭店，白切肚尖、盐水毛豆、白斩鸡、猪耳朵、油爆虾、酱爆猪肝都可佐酒助兴，最后再来一只突突滚的鱼头粉皮砂锅，撒一把青蒜叶，一小碗喝下去，通体舒泰。

“味道好，价钱便宜，我最喜欢。”戴先生笔墨生涯超过半个世纪，寒来暑往笔耕不辍，盐齑白饭知足长乐。

在艰难时世中，砂锅饭店还给了戴先生及时的安慰。师母沈嘉华的外公在解放前是某丝织厂的股东，上世纪五十年代后期与另外几家丝织厂一起合并为上海第一丝织厂，作为资方代表的家属，师母享受到优先安排工作的机会，进厂从事统计工作。“史无前例”中，因为家里孩子大了，左支右绌，不免见肘，她就主动要求去第一线“三班倒”，这样就可以多收入几块钱。戴先生心痛太太，每逢她上中班，就要去17路电车站接她。从杨树浦回到顺昌路的家，要转两部公交车，路上耗时一个小时，灯火阑珊之时，正是风寒砭骨之际，师母辛苦，戴先生也不轻松。有一次师母问戴先生：“你现在来接我，以后还一直来接吗？”戴先生斩钉截铁地回答：“当然，一直接你！”果然，戴先生每天晚上十一点半就去车站接驾，暑来寒往，风雨无阻。

接到风雪夜归人，戴先生有时也会挽着师母的臂膀穿过马路，拐进大庆饭店买一碗菜汤面，两人分来吃，遇到发薪日，手头得宽裕，才会各吃一碗浇头面。一直到1984年，全家搬到田林新村，而此时师母也回到了统计岗位，不用“三班倒”，戴先生的接驾使命才告圆满。

也因为有两人合吃一碗菜汤面的“苦中作乐”，戴先生和师母对砂锅饭店很有感情，有时候也会带上四个孩子去那里吃面，或点几只价廉物美的本帮小菜，一家子其乐融融。

“小时候跟老爸老妈去砂锅饭店吃的本帮家常小菜，味道真的老灵额！”戴家门老三戴红倩见至今思之，仍回味悠长。

那天在砂锅饭店的拍摄现场，厨师烧了几道骨子老菜，有酱爆猪肝肚尖、八宝辣酱、响油鳝糊、椒盐排骨、雪菜墨鱼、松鼠鳜鱼、塌菜冬笋，还有作为拍摄重点大白蹄和全家福。为了应春节的景，还给每人上了一碗鲜肉汤团。戴先生吃得眉开颜笑：“今朝厨师卖力的，小菜只只入味。”

戴先生还说：从前砂锅饭店很小，厨房就在旁边，炒一只响油鳝糊，端到台子上还在滋滋作响。现在有许多饭店，装潢豪华，厨房整洁，硬件很好，但是小菜七转八弯来到面前，热气都跑光了，我只好不响。

夜幕降临，万家灯火，店堂里挤满了顾客，大家看到大画家来了，格外兴奋，都想挤进镜头里。看我们吃什么他们也点什么，“跟着大画家吃不会错，都是砂锅饭店的看家菜。”

最后，戴先生送了饭店一件书法作品，徐徐展开，条幅上赫然入目五个大字：砂锅好味道！

满堂喝彩。

听说建国东路已经进入动迁程序，那么砂锅饭店会不会从此消失？戴先生不免有些忐忑。富丽华集团的领导对戴先生的关切给出了明确的回应：砂锅饭店肯定要开下去，已经在马当路腾出了店面。

戴先生又跟上一句：汤卷会恢复供应吗？年轻的集团领导愣了一下，什么汤卷？没听说过。

也不能怪“80后”集团领导业务不熟悉，现在的小青年都不知道汤卷为何物，因为此款美馔人间蒸发已经有N年了。

汤卷，取江南水域的青鱼（最好是吃螺蛳的青鱼，因鱼背乌黑，俗称“乌青”或“血青”）的内脏——主要是鱼肠、鱼泡做成的汤菜。为了提味，厨师还要请鲢鱼头尾烘云托月。汤卷价廉物美，以前是坊间老吃客与引车卖浆者流的心头好。与汤卷对应的是红烧秃卷，也叫炒卷，不加头尾，改汤为炒，略勾薄芡，浓油赤酱，也是一款别有意蕴的送酒佳肴。

好几年前戴先生就跟我说过：“砂锅饭店最让我怀念的就是汤卷。”那个时候，只要砂锅饭店碰巧有汤卷卖，戴先生必定会叫一份解解馋。

我也是“汤卷控”，三十多年前的某一天，我假座城隍庙老饭店招待长春朋友，其中有一道汤卷，三个东北大汉面面相觑、不知所措的样子叫我开怀大笑。后来这道名菜在沪滨销声匿迹，我请教业内人士，都说汤卷做起来颇费手脚，现在市场繁荣，山珍海错琳琅满目，谁会在意青鱼肠子的长短？再说真正的老吃客不多了，备好货也不一定卖得出。

一旁的戴师母拉拉老爷子的衣袖说：都什么年头啦，老砂锅饭店如果重新开张，能保证亲民的价格，纯正的风味，就相当不错啦！汤卷只能成为过眼烟云，吃过就是你的福气。

秃肺、卷菜以及“爊鸟”

许多人不知道“秃肺”两字是什么意思，其实它就是一道用青鱼肝做的菜。

“秃”字，在老上海的方言中有“纯粹”“独有”“全部”的意思，秃肺，就是全部用鱼肝做的一道菜。上海不是还有一道很牛的秋令风味吗——“秃黄油”，全部用蟹黄蟹膏炒成一份，金灿玉润，红油镶边，拌上一盅雪雪白、晶晶亮的新米饭，吃得满嘴流油，飘飘欲仙。鱼的肺呢，其实就是鱼肝。木渎石家饭店不是有一道“鲃肺汤”吗，就是用鲃鱼肝做的。不过，青鱼秃肺在魔都怎么看都像是一个另类的存在，没办法，老上海就好这一口。

这道名菜是这样制成的：活青鱼（潜伏河底专吃螺蛳的“乌青”，或称“螺蛳青”，不是寻常的草青）宰杀后，剥取附在鱼肠边的鱼肝待用，每条成熟肥硕的青鱼才得两指宽这么一条，须凑足七八条鱼肝，厨师才肯接单。所以在城隍庙上海老饭店吃这道菜，得提前几天电话预订，店家每天只供应四五份，卖光算数。

此菜还受季节制约，每年秋分至来年清明前后，正值乌青的肥壮期，才可实现食材的终极价值。且每尾乌青的重量须在二千克以上，鱼肝太小，猫也不理，死鱼腥气，更不宜录用。

新闻界老前辈、《新民晚报》总编辑赵超构先生在老饭店品尝青鱼秃肺后著文写道："此物洗净之后，状如黄金，嫩如脑髓，卤汁浓郁芳香，入口未细品，即已化去，余味在唇在舌，在空气中，久久不散。"这是老文化人，也是老吃客的真切感受。

我好几次在老饭店招待客人，要么临时抱佛脚，要么季节不对，都没吃到这道名菜。后来听说刘国斌兄认识楼面经理，就请他帮忙，一只电话搞定。青鱼秃肺入口，不须劳动牙齿，舌尖往"天花板"上一顶，就溶为甘露浆琼，再进一杯古越龙山十年陈，俨然跻身老克勒行列了。

昨天中午，澎湃新闻的记者为做上海非遗系列报道，请我去老饭店当嘉宾。我特意点了一份秃肺，并与罗大厨聊起烹治秃肺的要领。他透露：烧秃肺时须加两次米醋，第一次并不直接浇在食材上，而是沿锅沿快速淋上一圈。吱吱声中，米醋化为缕缕青烟，起到除腥留香的作用。第二次在起锅前淋几滴，再次增香提味。

一盘秃肺卖出，余下的肚当和尾巴做爆鱼和红烧甩水，价廉物美，群众欢迎。现在私房菜不是很流行吗，能做好红烧甩水的几乎没见过。卤汁紧包、扇形排列的甩水从锅中跃起一个大翻身，趁此瞬间将盘子插进去妥妥摆平，没这手绝活，厨师还是别碰为好。

今天，一盘青鱼秃肺的售价是二百八十八元，比一条松鼠鳜鱼还贵。作为经典名菜的价值，或许就在于厨师对河鲜的完美诠释，可惜味道不如从前。清明前与吴越美食界前辈华永根先生说起此事，他说原因就在于野生乌青的生态环境不复存在。过去苏州几家老字号饭店也有此菜，取材野生乌青，味道绝对鲜美。

有一次我在永福路上一家装潢得非常豪华的饭店里看到这道菜，如他乡遇故交，马上点来一尝，却收获了一嘴腥味。鱼肝一碰即碎，不能成形。山东来的朋友本来听我吹得天花乱坠，吃了一口后就搁下筷子，叫我脸面尽失。

偏偏这家店，在去年米其林上海首秀时得了两颗星。美食侦探吃没吃过青鱼秃肺啊？倘若没吃过，或者吃不出其中的奥妙，回家卖红薯算了！

有人吃青鱼的胆，以为可以清火明目，不料一粒入肚，脸色立刻发白，一头撞入卫生间，耽误时间送医院的话，小命也搭上了。青鱼的肝无毒，可以吃。

本帮厨师有两个方面值得肯定，一是善治动物内脏，二是善用酒糟，糟钵斗、汆糟、煎糟、糟扣肉、糟鸡、草头圈子、酱爆猪肝、白切肚尖、炒虾腰、下巴甩水、青鱼秃肺……都成了经典名馔。

与秃肺同工异曲的还有卷菜。卷菜，小青年中有吃过者大概比买福利彩票中大奖者还要少吧，我也只吃过三四次，当初印象不佳，随着年龄的增长，越发思念。卷菜分汤卷和炒卷两种，前者取青鱼（草青、花鲢鱼等均可）的头、肝、肠、子，还有泡泡等下脚料，起油锅，眼看它吱吱冒青烟时下蒜头、姜片煸炒起香，鱼头两面煎黄，再投入其他辅料，加调味，加两勺鱼骨汤文火煨煮，最后下粉皮划散，装大碗后撒一把青蒜叶，农家风味，芬芳馥郁。炒卷单纯用肠、肝、子等，不加鱼头，油煸后加调味烧成，浓油赤酱，回味悠长。

华先生曾向我强调：汤卷本是姑苏风味。

读者朋友看到此处别去找度娘，度娘也不解风情！

还有一次我与陆康、忠明、继平诸兄专程去昆山巴城老街酒楼吃饭。老街酒楼的顾老板是我们共同的好朋友，雅好书画，风趣诙谐，待人绝对掏心掏肺的热忱，叫他当了衣服换酒给朋友喝也不会打个格愣。知道我口味奇葩，就关照老板娘烧了一道鱼子鱼泡上来。一只十二寸的粗瓷大盘，堆满了不上台面的“零部件”，硬结结的鲤鱼子，软糯糯的青鱼肝，韧吊吊的花鲢泡，浓油赤酱的口感丰富而扎实。食材新鲜，烧得用心，加上野蒜和老姜的鼎力相助，一点也没有腥味。

吃不停的节奏啊，最后相扶而醉。

但是这个老顾啊，不管谁埋单，也不管你刷卡还是现金，硬是不收。我们扔下一叠钱夺门而出，他大呼小叫一路追来，街边坐着闲聊的大妈们也不知怎么回事，个个惊诧。一直追到高高的石拱桥上，两个人你推我挡，像煞了“双推磨”，差点连人带钱一起掉进河里。此时又有一阵呼声从岸边传来，老板娘双手提着几只爊鸭，跑得满面通红。啊呀，白吃白喝还要让你带走，这对夫妻哪里是在做生意啊，简直就是败家！

对啦，这爊鸭也是昆山风物。“爊”是古法，据说早在春秋时期，将食材埋入灰火中煨烤至熟的烹饪方法叫作“爊”，以后演变为将鸡、鸭、肉等原料，调以五味加水用文火慢炖。在江南的嘉定、苏州、太仓、昆山等地也有爊鸭，但巴城的爊鸭却是用白汤煨制而成。白汤以猪蹄、老母鸡吊成，最后还须老卤点化。老卤是用三十多种芳香型中草药配制而成，当地中药房里有配好的药包，每副也就几元钱。当地人进得药房，朝柜台上喊一声：“来一副爊鸭！”店员就拉开抽屉取出一包草药来。

爊鸭选用散养的青头麻鸭，个头不大，皮下脂肪较薄，肉质鲜嫩，纤维适中，改刀后刀面呈浅浅的桃红，在口中盘桓，一股含有草药芬芳的肉香便在唇齿间发散。

与别处稍有不同，巴城人在做爊鸭时还会拿几只锦鸡、山鸡或鹌鹑埋入锅里提香增鲜（这与传说中腌金华火腿时每口缸里放一只狗腿如出一辙）。每次张罗我们吃饭时，老顾都要强调：是老板娘亲手做的。

巴城人将野鸡和鹌鹑一律叫做“吊”，这个字在《水浒》里有，写作“鸟”，读作“吊”，上海人听得懂，还窃窃地笑。老顾还说：“我喜欢单独做一锅爊鸟，有专门配方，我常到中药房去要一副来。”

想象着憨厚的老顾一脚踏进药房便朗声高呼：“来一只吊！”那不等于骂人吗？但店员还是乐呵呵地拉开抽屉，“看好了，你的吊！”嗖地一下，一个药包飞到他面前。老顾当然配得出爊鸟的方子，他去，无非是会会老朋友，递上一包红中华，说说镇上的消息。

白煨脐门与炒软兜

疫情期间，足不出户，错过了雨前茶、清明团、麦芽饼、脯鸡笋、豌豆尖、头刀韭、二月蚬、桃花鳜、菜花鳖，解封后可不能再错过端午粽、酒酿饼和樱桃、青梅了，还有风尾鱼、大黄鱼、塘鳢鱼、昂刺鱼、太湖三白、小龙虾。你看，黄鳝正在摇头摆尾呢！

沪埠素有“小暑黄鳝赛人参”一说。逢熟吃熟，本是饭稻羹鱼的江南黎民给自己寻找的饕餮理由，倘若错过最佳赏味期，一对不起造化，二对不起美食，三对不起自己。

黄鳝在中国人的饮食史中很早就现身了，《诗经》中有“匪鳣匪鲔，潜逃于渊”的描述，有人认为鲔就是鲟鱼，但也有人考证为鳝鱼。不过“潜逃于渊”倒跟黄鳝的习性很像，是世代相传的生存法则。与苏东坡一起成为北宋书法界 F4 的黄庭坚同学在《戏答史应之三首》中也提到了黄鳝：“岁晚亦无鸡可割，庖蛙煎鳝荐松醪。”在“无鸡可割”的情况下，田鸡和黄鳝就成了最佳替代品，味道不比走地鸡差，配松花酒“江江好”。

王安忆在她的长篇小说《一把刀，千个字》里写到一个名叫陈诚的厨师，漂在纽约法拉盛，有点秦琼卖马的味道，暂时还没铺子，专做私人定制，为了做好他拿手的淮扬菜，到处寻找原材料。干丝、熏鱼、糖醋小排、红烧甩水等都没问题，苦恼的是“软兜”。“大概只淮扬地方，将鳝鱼叫成‘软兜’。扬帮菜没了它，简直不成系。反过来，没有扬帮厨子，它也上不了台面，终其一生在河塘野游。……美国有那么多湿地，望不到边，飞着白鹭，照道理应该也有这种水生鳃科软体动物，可就是没有呢！……新大陆的地场实在太敞亮，鳝却是阴郁的物种，生存于沟渠、石缝、泥洞，它那小细骨子，实质硬得很，针似的，在幽微中穿行。”

后来陈大厨终于在曼哈顿发现了一家本帮馆子，菜单上赫然写着“清炒鳝糊”，邀请朋友一起去品尝，等到清炒鳝糊登席，“没动筷子，他就笑了。别的不说，那一条条一根根，看得见刀口，而鳝丝是要用竹篾划的。也就知道，这食材来自当地养殖，新大陆的水土，所以肉质结实，竹篾也划不动。”

王安忆老师在家烧不烧菜我不清楚，但在这部小说里倒是用了扎足的考证功夫，或许老一辈的厨师也对她讲了许多后厨秘密——后来读到她的一篇创作谈，得知三十年前她访问纽约唐人街时搜集了不少素材。

现在正是黄鳝大量上市的时候，你准备好了吗？

黄鳝经过冬春季节的滋养，进入夏季后呈现出蓬勃生长的态势，肉质也到了最肥最嫩的时刻，所以赶在黄鳝产卵期前品尝是最为适宜的。至于“赛人参”一说，那是因为黄鳝营养丰富，兼有补气养血等功效。

我有一亲戚，上世纪六十年代中期去苏北农村参加“四清”，正是青黄不接的日子，整天吃农民自家腌的老咸菜，半年一蹲，两腿粗成一对水桶，吃药打针也没用。后来趁回城汇报工作的机会，去老半斋吃了两盆清炒鳝糊，第二天你猜怎么着，腿肿就神奇地消退了。

在我读小学的时候，黄鳝在上海的菜场里绝对属于高档水产，偶尔到货，家庭主妇奔走相告。小菜场师傅将硕大的木桶抬到老虎灶，木桶里满满一桶黄鳝，焦躁不安地蠕动着，滚烫的开水兜头一浇，木盖一压，听得到里面噼噼啪啪甩尾巴的声音，真是惊心动魄。少顷，盖子一掀，一股腥臊的蒸汽升腾而起，木桶复归风平浪静，两个师傅再抬回菜场，交由一班阿姨嘻嘻哈哈划鳝丝。

我妈妈嫌黄鳝腥味重，从不让它进门。直到工作后我才在小饭店里点了一盆响油鳝糊，心里还有点忐忑。神往已久的本帮名菜终于来到眼前，鳝糊装盆，中央按下一个凹塘，葱珠一撒，热油一浇，滋滋作响，上桌后服务员再从怀里掏出一个小瓶子，撒上胡椒粉，筷子一拌开吃，烫、滑、鲜、嫩、烂。吃到盆底还留有一点芡汁，再叫一碗米饭拌来吃，初识鳝糊，印象深刻。

不过在三四十年前，一般上海人家不敢吃清炒鳝丝，小菜场里称半斤鳝丝，与绿豆芽或茭白丝一起炒来吃，算是吃时鲜货了。吃冷面，鳝丝炒茭白丝也是吃价钿的浇头。

后来随着黄鳝养殖面积迅速扩大，此货在菜场里成了主力军，个体户卖黄鳝致富者甚伙，这种形势让政治上已经翻身但经济上还没翻身的知识分子相当胸闷，故有“手术刀不如黄鳝刀”的酸溜溜说法。现在手术刀已经大大胜过黄鳝刀，社会进步了。

今天一般上海人吃黄鳝，除了本帮风格的响油鳝糊、竹笋鳝糊、五花肉烧鳝筒、咸肉鳝筒汤、蛋花鳝丝羹，还有苏锡菜、淮扬菜里的梁溪脆鳝、生爆鳝背、炒鳝鱼卷、炝虎尾、炒软兜等。杭州奎元馆的虾爆鳝也是不错的，过桥制式，一半佐酒，一半浇面；数年前在千灯古镇吃到一盆香菜梗炒鳝丝，有郇厨之妙。

我家邻居有一苏州好婆，在春天必定要炒一盆竹笋炒鳝糊，竹笋只取笋尖，鳝丝只取脊背肉，白烧，不加一滴酱油，胡椒粉也不加，盛在金丝边细瓷碗里，只有浅浅大半碗。鳝肚烧蛋花鳝丝羹。鳝骨和虾壳吊汤，沉淀后才能用，鳝肚在温油中滑过，加汤煮至微沸，鸡蛋液在汤里转出云絮状，薄幽幽地勾玻璃芡，装碗后撒香菜末和火腿末，又是一道美味。

有一次苏州美食大咖华永根先生请国斌兄与我在太监弄新聚丰吃饭，席中有一盆清炒鳝糊，倾国倾城，无懈可击。华先生说：“苏帮菜厨师对鳝鱼颇多讲究，制作鳝糊的鳝丝，需现划、现烧、现吃，一气呵成。清炒鳝糊使用的调料多达十余种，光是用油就分三种：煸炒鳝丝用猪油，烧沸后加菜油，收稠出锅时再淋一些麻油。服务员等在灶台边，厨师热油一浇，她就飞快地端到你面前，油泡滋滋作响。”

烫黄鳝要用沸水，烫至黄鳝开口即可。烫黄鳝的水腥味极重，上海人是一倒了之的，黄鳝的骨头也作为垃圾处理。但到了苏州厨师手里都成了宝贝，烫黄鳝的水与黄鳝骨一起吊汤，沉淀后清澄通透，味道极鲜，苏州面馆里的爆鳝面，必定要用这锅汤打底。后来我还得知，广东人做鳝鱼煲仔饭，也必须用烫黄鳝的水来煮米饭。

不过最好的黄鳝肴还是在淮扬。清代的徐珂在《清稗类钞》里说：“淮安多名庖，治鳝尤有名，……全席之肴，皆以鳝为之，多者可致几十品。”

汪曾祺在《鱼我所欲也》一文中也写到：“淮安人能做全鳝席，一桌子菜，全是鳝鱼。除了烤鳝背、炝虎尾等等名堂，主要的做法一是炒，二是烧。鳝鱼烫熟切丝再炒，叫做‘软兜’；生炒叫炒脆鳝。红烧鳝段叫‘火烧马鞍桥’，更粗的鳝段‘焖张飞’。制鳝鱼都要下大量姜蒜，上桌后撒胡椒，不厌其多。”

所谓的“烤”，也写作“㸆”，华永根先生给出的解释是：“炉火不急不温，转文火后慢慢烧至卤汁自然收稠。”

在淮扬地区，鳝鱼也叫长鱼。三十年前去淮安采访，在饮食店看到有“长鱼面”飨客，莫名其妙。其实早在唐朝就有“长鱼”这个雅号了，杜甫在《送率府程录事还乡》一诗中就有：“素丝挈长鱼，碧酒随玉粒。”

姚慕双、周柏春的独脚戏《学英语》让人笑痛肚皮，姚老师说外国人不吃黄鳝，英语没有“黄鳝”这个词。他发明的“洋泾浜”叫“捏不牢滑脱”，上海人都懂的。

数年前的一个初夏，朋友请我在一家淮扬馆子里吃饭，一道生爆蝴蝶片令我印象深刻，此菜是用活杀鳝片去皮后再上浆生爆成菜的。黄鳝表面附有黏液，姚老师叫它“捏不牢滑脱”是有道理的，将一层薄如蝉翼的黄鳝皮剥去，手势很重要，没有金刚钻，谁敢揽这个活？对了，以前在西藏中路岳阳楼吃过“子龙脱袍”，黄鳝也是剥了皮后再煸炒的。

还有一道淮鱼干丝，大概是扬州菜中大煮干丝的转身，鳝丝代替火腿丝与鸡丝，汤是用油炸过的鳝骨吊成乳白色，豆香浓郁，鳝味清鲜。

炝虎尾是上了《中国食经》的江苏名肴，我称它是“水淹七军”，相当考验厨师手艺。厨师只取鳝鱼尾部一段约四寸长的净肉（俗称虎尾），经开水稍汆捞起，加预先兑好的卤汁调味拌制而成，排列整齐后再兜头浇一勺蒜油，撒胡椒粉后趁热吃，香、嫩、肥、鲜四美并具。我在家试过几回，总觉得差一口气，后来遇到中国烹饪大师徐鹤峰先生，他告诉我一个秘诀：烫鳝尾时，一锅清水里除了姜片葱结，还要加点盐，可防止黄鳝肉裂开；还要加醋，可使黄鳝皮发亮，并能去腥。后来一试，果然柳暗花明。

与炝虎尾的规整不同，炒软兜有浓郁的乡土气息，厨师选黄鳝中的“笔杆青”，只取双背肉，掐成半尺长，焯水后捞起沥干水分。用熟猪油煸炒葱姜蒜末出香，投入鳝段翻炒几下，倒入事先调好的卤汁，转中火“烤”一会。待卤汁全部兜上后，淋入猪油推匀，起锅装盆，即成软兜。胡椒粉不厌其多，吃到一半时若再加点用鸡汤烧过的淮阴宽条线粉，就是软兜带粉了。

炒软兜是“火烧赤壁”，重的是火功。去年秋天在上海影城对面的鹿园餐厅吃炒软兜，帅哥唐总当着我们的面打火坐灶翻炒收汁，香气四溢，声动十里，鳝肉软糯而有适当弹性，鳝皮滑溜溜的口感奇妙。软兜炒好，我才相信淮扬菜“前度刘郎今又来”。

王安忆在《一把刀，千个字》里也写到扬州人划鳝丝，“一根竹篾子，削簿了。黄鳝甩上砧板，直往起跳，顺了身子捋，催眠似的，慢慢安静下来。篾片子从头到梢，从头到梢，转眼就是一堆。”这情景在镇扬等地的菜场里还能见到。上海人划鳝丝一直用牙刷柄，差的不止技术，还有情调。

去年初夏与国斌兄一起去苏州吴江宾馆看望在那里研发江南运河宴的徐鹤峰大师，他就以红烧马鞍桥、明月炖生敲、蒜茸鳝卷等鳝鱼名菜招待我们，贪吃的我还请他做了一道白煨脐门。这道菜不仅大多数上海人闻所未闻，就连扬州人、镇江人也睽违多年啦。

先来点科普。所谓脐门，特指鳝鱼的腹部肉，因靠近肛门，特别柔软，一条黄鳝只有三寸长的一段，炒一盆白煨脐门，需要十多条比较粗壮的黄鳝，每条八两以上才算合格。

炝虎尾、炒软兜用的是鳝背，鳝腹如何“千年走一回”，就凭煨脐门出圈。

借得宜兴砂锅一具，最好满身油垢。将鳝腹肉撕成长条，放入砂锅内加清水煮一会，待筷子搛起来两头下垂为宜，捞出沥水。炒锅洗干净，下猪油六十克，待油温八成热时投入拍碎的蒜头十数枚，煎成外型完整的金蒜，复将鳝鱼肉投入砂锅，颠炒几下后加淮安酿造的白酱油、白醋、黄酒，略炒几下入味，勾薄芡后再加六十克熟猪油，用勺子轻推几下即可上桌。也可盛在碗底垫有大川粉的大海碗内上桌飨客，撒白胡椒粉去腥增香。成菜宽汤，色白似乳，香酥软糯，油而不腻。白煨脐门是两淮鳝鱼宴的招牌。

白煨脐门在一般菜谱里已“失踪”长远，在上世纪五十年代由上海市政府机关事务管理局主编的《菜谱集锦》里倒是有记载——哈哈，这本书的实际操刀人是沈京似先生，天王级的老吃客。吃了这道江南珍馐，不得不佩服淮扬厨师对黄鳝这一食材的深刻理解与完善呈现。欧美人不吃“捏不牢滑脱”，吃遍全世界的米其林美食侦探恐怕也不谙此中真味，真是十足的洋盘，损失大了去啦！

我问徐大师白煨脐门的单价，他笑着说：吴江宾馆平时也不做的，你们来了我才露一手。

鱼鲞，叫我如何不想TA

在我小时候，西藏中路靠近汕头路的地方有一家甬江状元楼，百年老字号，苔条拖黄鱼、冰糖甲鱼、咸菜大汤黄鱼、燠鲨鱼、蛎黄炒蛋、白灼墨鱼蘸虾酱等等“宁波下饭”，至今思之犹垂涎三尺。1974 年，我们几个铁哥们送王文富同学去崇明农场战天斗地，在状元楼（当时改名为宁波饭店）为他饯行，五个饿死鬼，十瓶啤酒，一桌子菜，花了八元钱，吃到爬不动。

后来，西藏中路拓宽，甬江状元楼灰飞烟灭。曹家渡的沪西状元楼我也去吃过，味道不错，后来搬到古北地区，我又去吃了一次，除了鳗鲞和黄泥螺，“骨子老戏”都不见踪影。据服务员说周边小区里的顾客一进门，就吵着要吃松鼠鳜鱼、酱爆猪肝、八宝辣酱，强不过形势啊。我把菜谱从头翻到底，果然是本帮菜唱主角。一百多年前，宁波人成群结队来大上海打拼，成为上海最大的移民群体之一，上海工商业的数十个“第一”就是宁波人创下的。宁波帮中的鲤鱼跳龙门者，成了呼风唤雨的狠脚色，法租界的路名大都以法国人名字来命名，但至少有两条马路是以中国人命名的，一条是虞洽卿路，一条是朱葆三路，这两位大咖都是“老宁波”，牛吧！

所以上海滩上怎么可以没有宁波饭店呢。改革开放不久，魔都开出了汉通和丰收日两家饭店，宁波老味道，人见人爱，生意火爆，但最近几年似乎风光不再，竞争激烈是外因，内因是出品质量有点下降，比如我最最喜欢吃的臭冬瓜、海菜股，风味大不如前。清风鳗鲞干乎乎的肉头不滑，鲜味不足；至于黄鱼鲞烧肉，从来就没有供应过。我在宁波、奉化、象山好几家饭店吃饭，都能吃到带鱼鲞、鳗鲞、沙鳗鲞、青鱼鲞等，还有螟脯鲞——墨鱼鲞。宁波朋友说：宁波人一脚踏进饭店，怎么可以没有鱼鲞呢？

前不久，口碑一直不错的“源茂苑”搬到广灵一路的新址重新开张，朋友请我去尝新。因为跟林老板熟，我们就吃到了蒸鲜咸带鱼双拼、黄鱼鲞烧肉，喝嗨了，就吵着要吃乌狼鲞烧肉——这是林老板早几年就承诺过的。小林红着脸讪笑着，脸上赛过结起一层糨糊：“这货在宁波当地也断档好几年啦！”

乌狼鲞，就是河豚干。每至清明前后，河豚随汛而发，渔民趁势捕捞，一时吃不完，就将河豚治净，从背部剖开擦遍海盐，在烈日下暴晒十天半月，坚如檀皮的乌狼鲞就这样炼成了。乌狼鲞烧肉在饭店里不敢写进菜单，只有熟客光顾，老板才偷偷给他做一盘，吃货默默分享，两眼放光，连照片、视频也不能拍。

几年前我在徐家汇一家私房菜馆吃过这道菜，也是朋友惠赐的口福，浓油赤酱，卤汁紧包，与黄鱼鲞烧肉有得一拼。饭后老板还特地送我一袋河豚干，但两三月后老婆趁我不在家时扔了，把我气得吐血。

去年冬天与朋友在一家弄堂里的私房菜馆吃饭，一款沙鳗鲞炒芹菜给我留下不错的印象。今年夏天我在淘宝上买到了品质不错的沙鳗鲞，肉头紧实，无腥无沙，在家里切段清蒸、切丝炒芹菜，都是别有风味的下饭小菜。但最好吃的还是炒毛豆子，沙鳗鲞切小块，在油锅里煎至结皮捞起，用锅底余油煸炒毛豆子，然后复投沙鳗鲞，加点黄酒、生抽和白糖，焖一会后收汁就行了。沙鳗鲞韧纠纠，毛豆子有清香，这道菜宜在夏天吃，味道交关斩！

前年重阳节前，任辉兄邀我和忠明、军萍诸兄至延安中路一家旧款宁波饭店吃饭，单开间门面，上下两层，粉刷墙面，瓷砖地面，塑料椅子，塑料台布，装潢何其简陋！我喜欢这样的风格。经验告诉我：东床坦腹的腔势，往往隐匿着旷世美味。

任辉兄熟门熟路地点了几只菜：红膏炝蟹、臭冬瓜海菜股双拼、清蒸咸墨鱼蛋、墨鱼汁炒全墨鱼、苔条拖黄鱼……还有肉饼子蒸三曝咸鳓鱼。

咸鳓鱼，上海人称之为“咸鲞鱼”，加肉糜或加咸蛋一起蒸，是浙江籍人家的夏令清粥小菜，筷头笃笃，可以吃好几天呢。

作为咸鲞鱼的豪华版，三曝咸鳓鱼在偌大的上海滩，也许只有南京东路的邵万生和三阳有售，用保险膜包紧后塞在柜台一角，一般人看不到，就是看到了也不识。此货价相较凡品要贵上三四倍，不识货的朋友舍得这点铜钿银子吗？家父在世时，得着一点稿费，才会去邵万生买一条来，分作三顿吃。吃剩至咸鱼头一只，妈妈也舍不得扔掉，加一勺醋，开水高悬而下，冲成一碗汤，又是一道美味。有时候妈妈也会轻奢一下，单取咸鱼头烧汤，汤沸后切两根丝瓜下去，味道不要太好噢！

蒸熟的三曝咸鳓鱼，鱼身断面的颜色艳如桃花，但筷尖一戳就发现鱼肉接近腐败，并有强硬的腐臭味蹿起。而这，正是三曝咸鳓鱼的奥妙，令知味者如痴如醉，欲罢不能。

三曝者，是大海、太阳与郇厨的天作之合，取新鲜鳓鱼，埋进老卤甏中浸泡一个月，捞起暴晒一个月至石骨铁硬，再入老卤坛中浸泡一个月回软，再取出暴晒至色呈老檀皮，然后再次沉入老卤中完成最后的发酵醇化。三起三落的历练，需要半年以上，故而味道足够惊艳！

如果说苏州的虾子鲞鱼是林黛玉，那么宁波的三曝咸鳓鱼就是王熙凤了。

也有朋友视三曝为畏途，认为有臭味，可观不可亲。其实天下美味大凡都有缺陷，它是美的一部分。就像古今中外的英雄好汉，没有缺点就不真实，不好玩。我每至夏天必要买几次三曝，一条斩成三段，取一段置于碗底，敲咸蛋一只，与自斩肉末拌匀，姜葱适量，黄酒可多加点。有一次看到冰箱里还有半瓶酒酿，就挖了一小勺填进鱼肚子里，大火蒸。十分钟后，在咸蛋肉饼子的衬托下，四指宽的一段三曝咸鲞鱼，如蓬莱小岛浮于万顷波涛之上，截面色呈桃花，肌理又如写意山水，彰显王者风度。因为有酒酿的加盟，鲞鱼肉微有甜鲜，美妙无比，这是我对咸鳓鲞的致敬。

可惜的是，现在的咸货行也架不住时间成本一路高涨的残酷现实，不免偷工减料，苟活于乱世，那么三曝的腐败程度就不如从前。安放在舌尖上细细品味，就差一口气。

看我们吃得高兴，严老板慢慢踱来搭讪："再给你们上一道双鲞㸆肉如何？用我自己晒制的黄鱼鲞和螟脯鲞烧黑毛猪五花肉，味道一流。"

我当然有兴趣。黄鱼鲞我已经写过文章，这里不赘。螟脯鲞，就是墨鱼鲞，用墨鱼腌制晒干而成，这也是一道浙东古法美食。明代郎瑛在《七修类稿·辨证·伪墨艾纳》中有记载："乌贼鱼暴干，俗名螟脯。"《中国歌谣资料·最新醒世歌谣·宁波谣》中也记了一笔："潮汛一到南风凉，陈前会泊处，螟蜅甘且香，供食有余运输将。"

这段类似竹枝词的文字要用宁波话来念才有味道。

喝到十点多，店堂里的顾客差不多都走了，老板像变戏法似的上了一道菜，我一看，几乎要叫起来：这不就是我心心念念的乌狼鲞烧肉吗！浓油赤酱风格，卤汁紧包，油光锃亮，五花肉与河豚干同在一口砂锅中经受长达两小时的历炼，修成正果。搛起一块，伸出舌头接住，肥肉瘦肉俱在口中融化，唯有乌狼鲞丝丝缕缕地让牙齿感到轻微的抵抗，并在咀嚼中释放野性十足的鲜味，这才是乌狼鲞应有的风骨！

严老板说："这道菜是菜单上没有的，算我请客了！"

黄鱼鲞烧肉

十多年前就是这样了，倘若你与一帮酒肉朋友糊里糊涂闯进本帮馆子，我说的是那些打着本帮旗号的小馆子，打开酱油迹渍滴滴答答的菜谱，红烧肉的照片就一下子跳到你眼前。小时代顶顶没有出息的上海男人，看到两样东西会忘乎所以、口水满地，一是美女，一是红烧肉。怎么办呢，其他菜都可以随便，红烧肉一定要有。

而且，在有些善于攻心的饭店里，红烧肉前面还要冠以“外婆”两字，似乎老板娘立身扬名的红烧肉，直接得自外婆的闺阁秘传。再往深里说，“外婆”一词，在上海人的嘴里，真比“祖母”或者“阿娘”“阿奶”还要亲切，更非“姥姥”可同日而语。在外婆面前，小外孙撒起娇来简直可以乾坤颠倒，横行不法，一旦闯了祸，亲生爷娘捋起袖子兴师问罪也无所畏惧，外婆就是你的保护神！所以小外孙要吃红烧肉，外婆还不赶紧使出浑身解数，将满满的爱融入一锅肉里！

因此，在上海人的概念里，外婆红烧肉一定是天下最美的味道，一定是体现巨大情怀的调和鼎鼐，一定是对自己身份的有力确认。甚至，就算你是身价几十亿的富豪，亲驾豪车飞驶而来，在小饭店前一个急刹车差点撞翻一只老酒甏，这些都不算新闻；但要是你点了一份外婆红烧肉而且吃得连酱汁也不留，那就直接上头条了。

外婆红烧肉里的“外婆”，是老板娘的外婆，更是普天之下所有人的外婆。吃外婆红烧肉，就是对我们共同的外婆的致敬、追思、怀想、纪念……

一块肉吃到这个分上，你还能说上海人没有文化、不重感情、自私小气吗？

好了，闲话少说，红烧肉来了，装在紫砂锅里，堆得尖尖高，下面点灯保温，浓油赤酱风格，一块块四角方方，肥瘦相兼，层次分明，卤汁四周还要汪出一圈明油。正看得出神，服务小姐猛拍一下桌子：大哥您看，红烧肉抖起来了！

一块烧得恰到好处的红烧肉确实会颤抖的，诚如袁枚在《随园食单》里对这货的期待：“以烂到不见锋棱，上口而精肉俱化为妙。”在化与不化的瞬间，颤抖就是最佳图式。接下来，入口即化，无筋无渣，油脂在舌尖引爆，一股猪肉的本香袅袅升起之类的夸张字句，可以随意添加在你的微信里，颤抖，颤抖，柔指轻滑，收获点赞呜啾啾。

本人也爱吃红烧肉，但一般只吃一块。懂得适可而止，是一个成熟男人的基本素养。另一个原因是，值得我吃第二块的红烧肉也似乎不多。倒不是外婆的秘方失效，而是在今天的生态环境下，你即使将年迈的外婆抬进厨房，她老人家也烧不出当年做小媳妇时的味道了。

确实也有些饭店很想践行匠心精神，花了极大的代价请农民饲养黑毛猪，放在山林里吃杂食。我认识的一个饭店老板甚至在浙江包下整座山来请人护养一千头猪。但是散养、两头乌、小耳朵、黑毛猪等概念流行了一阵后，现在似乎不再有预想中的吸引力。

只能怪我们的嘴巴刁了。

后来，有些饭店在红烧肉里加百叶结，加蛋，自觉走转改，外婆的身影一路逼近。这也是对勤俭持家好家风的传承，以前石库门里外婆烧的红烧肉就是会根据季节变化加芋艿，加栗子，加茨菰等等，红烧肉有了香蔬的帮衬，就可以多吃几顿了。

红烧肉加墨鱼，可以称之为“墨鱼大㸆”，这款宁波菜差不多就是红烧肉的5.0版。以前上海石库门房子里经常蹿出这种复合型香气，杀伤力所向披靡。在我小时候，妈妈也经常做墨鱼大㸆，肉板光溜溜的墨鱼有一种汉白玉的色泽，裹携着浓烈的大海气息，每只比巴掌还要大，还足够厚实，不切块，不切丝，连头带须，统统埋进砂锅里，与已经煮到七分熟的猪肉一起慢慢煨。一刻钟后，墨鱼吸收了肉汁，无比丰腴。墨鱼的纤维很清晰，可以撕成一条条来吃，有嚼劲，也很好玩。

现在有些饭店也恢复了这道家常菜，但是墨鱼金贵了，厨师必须切成小块才能鱼龙混杂，吃客下箸时又未免会产生沙里淘金的挫折感。再不济，就用墨鱼仔来虚应故事啦。退而求其次的话，那隐隐约约的大海气息也足以慰人。

更豪的店家，红烧肉加鲍鱼！每人一只小砂锅，一块红烧肉、一只鲍鱼、一头刺参、一朵羊肚菌，下面衬一层晶莹透剔的米饭。上桌后，服务员再给你刨几片据称来自意大利的黑松露，弥漫在森林月夜的奇香如交响乐缓缓升起。此时此刻，发抖的不再是红烧肉，而是买单的东道主了。

有一次，我在饭店里吃到了黄鱼鲞烧肉！天啊，我当场大叫起来，天地作证，即使看到旧日情人我也不曾这样激动过啊。那天我们吃到的黄鱼鲞烧肉，论色相，也是浓油赤酱一路，但那种古早味一下子唤醒了童年记忆。

接下来，本大叔要摆摆老资格了。

话说上世纪七十年代末和八十年代初，对中国人而言是一段特别温馨的记忆，在汹涌澎湃的大时代洪流中，不时会溅起属于个人的感情浪花，有点甜蜜，有点紧张，有点惆怅，有点伤感，还免不了有点粗糙。特别是当春节来临之际，大街小巷群情兴奋，摩肩接踵，“十月里，响春雷”的豪迈歌曲和大甩卖的吆喝混杂在一起，每个人的脸上书写着解脱与企盼。

如果家里有知青自远方归来，有亲戚自故乡进城探访，年菜就可能体现乡土气和多元化的特色。比如我家祖籍绍兴，在鸡鸭鱼肉之外，还有几样美味是必不可少的：一大砂锅水笋烧肉，一大砂锅霉干菜烧肉，一大砂锅黄鱼鲞烧肉。这三大砂锅年菜在小年夜烧好，置于窗台风口，让砂锅表面凝结起一层白花花的油脂，色泽悦目，香腴甘肥。有三大砂锅垫底，节日期间有不速之客踩准饭点光临寒舍，妈妈也不至于在锅台边急得团团转了。

水笋烧肉和霉干菜烧肉，久居上海的市民都吃过，不属于本帮菜，却比本帮菜更有渗透性。唯黄鱼鲞烧肉不一定有此口福，即使吃过一次也不一定有格外的关切。绍兴靠近浙东沿海，以前大黄鱼是寻常食材，一时吃不完，就要用古法腌制妥善保存。腌后并经曝晒成干的大黄鱼就是“黄鱼鲞”，堪称咸鱼中的至尊宝。如果少盐而味淡者，加工更须仔细，晒干后表面会泛起一层薄霜样的盐花，被称作“白鲞”，是黄鱼鲞中的劳斯莱斯。

黄鱼鲞烧肉，是绍兴人从小吃惯了的“下饭”。鱼与肉是中国美食中两大阵营的统帅，素来井水不犯河水，但绍兴人有大智慧，将两大阵营一锅焖。想来它们先是泾渭分明，骄矜自恃，但在柴火的作用下，从分歧达成共识，从对抗走向联合。故而黄鱼鲞烧肉，吃口奇谲，鲜美无比，犹如罗密欧与朱丽叶的旷世奇恋，超越偏见，冲破门户，你中有我，我中有你，最终融于一体。

黄鱼鲞烧肉，对黄鱼鲞的要求比较高，否则易腥，也有损于肉味。袁枚在《随园食单》中也写到了黄鱼鲞："台鲞好丑不一。出台州松门者为佳，肉软而鲜肥。生时拆之，便可当作小菜，不必煮食也，用鲜肉同煨，须肉烂时放鲞，否则鲞消化不见矣，冻之即为鲞冻。绍兴人法也。"

台鲞在中国地方菜谱中是老资格。鲞冻肉是黄鱼鲞烧肉的冷处理状态。而在袁枚那会，黄鱼鲞是可以生食的。

周作人寄居京华时写文章怀念鲞冻肉："我所觉得喜欢的还是那几样家常菜，这又多是从小时候吃惯了的东西，腌菜笋干汤，白鲞虾米汤，干菜肉，鲞冻肉，都是好的。"

"绍兴人法也"的"鲞冻肉"，也是我家的招牌。妈妈将烧好的黄鱼鲞烧肉盛在大碗里，第二天就结冻了，覆在盆子里就像一只八宝饭，横竖改几刀便于下箸，膏体鲜红恰如琥珀，配一壶热黄酒，乡情十分感人。现在野生黄鱼几乎绝迹，人工养殖的黄鱼肉质松软，鲜味淡薄，做成鲞后味道大逊于前。

不过我还是经常在淘宝上购买黄鱼鲞，认准品牌，挑价格最贵的下单，心想你敢开出这个价，应该不会差到哪里去吧。收货后，先挂在阳台上吹几天，然后买来上好的五花肉，切成一寸半见方的大块，焯水后漂净，肉皮朝下油煎定型，加黄酒、老抽、生抽、冰糖等调味，慢火煮至八成熟，再下事先泡软去鳞后切成大块的黄鱼鲞，由中火转大火收汁，海陆两种食材在同一时间抵达光辉的终点。执箸先尝，猪肉中渗进了黄鱼鲞的野性鲜味，黄鱼鲞被猪肉的油脂徐徐滋润，我觉得与数十年前妈妈烧的味道最大限度地接近了，它极大地安慰了我的味蕾与胃袋，并让我产生一种错觉：整个魔都最好的黄鱼鲞烧肉就出自沈府。

后来还在朋友的会所里烧过一次，猪肉、黄鱼鲞以及葱姜、五年陈的古越龙山，都是我带去的。小试牛刀，大获全胜，等我端上桌后一个转身去烧第二道拿手菜酱爆茄子时，已经光盘了。记得我选的黑毛猪五花肉的肥膘足足有两寸厚，猪皮的厚度也接近美国总统防弹轿车的车门了。上海人对红烧肉的热爱程度令人叹为观止，而且是可以兼及黄鱼鲞的。

行文至此我突然想起《食宪鸿秘》里写到“鲞粉”：“宁波淡白鲞，洗净，切块，蒸熟。剥肉，细锉，取骨，酥炙，焙燥，研粉，如虾粉用。”从这一系列干脆利落的动作中看得出浙江人对黄鱼鲞的运用已达到炉火纯青的境界，并大大拓展了它的功能。黄鱼鲞与虾粉、海肠粉一起，成为中国调味品市场的拓荒者。我有一位亲戚在饭店里工作，他向我提供一个经验就是将未经染色的白虾皮进一步晒干后投入粉碎机里打成粉末，以此代替味精，其味也鲜，绝对有机。

最后容本大叔再噜苏一句，在万恶的旧社会，红烧肉是不上台面的。不管你是本帮还是苏帮、徽帮，只有拆炖、酱汁肉、樱桃肉、松子酱方或者走油蹄髈等，家常一路的红烧肉，拿到饭店里去赚吃客的银子，多半会引起老上海的哀叹——“觚不觚，觚哉觚哉”。在《中国食经》之类的典籍中根本没有红烧肉的影子，前不久中烹协发布了三百四十道“中国菜”，在上海十大名菜中也没有红烧肉的份。当然，好吃是硬道理，好吃是GDP。红烧肉漂在江湖，混到浓油赤酱的段位，最后登堂入室，粉丝多多，光耀中华，单凭这央视风格的励志故事，就值得我们穿越大半个中国去爱它。

冷饭一炒百菜免

“乡下人，到上海，上海闲话讲不来，咪西咪西炒冷饭。”

这是一首童谣。人到中年的上海人都记得，说不定还嘻嘻哈哈地唱过。我们小时候在弄堂里做游戏，一边追追打打一边唱，心里很痛快，并不知道这里面含有歧视外来移民的意思。玩过了，“炒冷饭”这三个字也深深地印在了脑子里。

“炒冷饭”其实是一种尴尬状态的写照。隔夜剩饭，一副死气沉沉，因为没有像样的小菜，只好将就点，做一碗油炒饭。在炒锅里倒几滴油，将冷饭拨碎，倾盆而下，听炒锅弱弱地吱一声，再加点盐，加点葱花，不停翻炒，等香气逸出，就算大功告功。此时再冲一碗酱油汤便是锦上添花，碗底朝天后犹觉不足。有时候不速之客在饭点过后光临，主妇实在拿不出可供招待的餐食，好在锅子里还有一砣冷饭，便哗哗哗地打两只鸡蛋，切两棵小葱，少顷，一碗香喷喷的蛋炒饭就上桌了，燃眉之急便在双方略带歉意的相视一笑中冰消雪融。

冷饭一炒百菜免，生活的道理常常从窘迫中来。

供应匮乏的年代，炒冷饭是寒苦人家的居家快餐，也是父母犒劳孩子的奖品。

上海人都看过《七十二家房客》这部滑稽戏吧？天寒地冻，穷人家的孩子睡到半夜被活活饿醒，吵着要吃东西，老爸拗不过孩子，就说："喏，还有半碗冷饭，去炒热了吃。"孩子说："没有油，怎么炒啊"。老爸说："用蜡烛头炀了去炒吧。"这只小包袱一抖，观众席上一片笑声。蜡烛油炒冷饭，也只有上海人想得出，听得懂。

今天，《七十二家房客》偶尔还会应个景，在节假日演两场，上海人视同鸡肋，无非是"炒冷饭"。是啊，滑稽戏好久没有出新剧目了。

"炒冷饭"在上海人的口语中是一个使用频率较高的词，现在多用于文艺评论。

在物质层面，"炒冷饭"还不失为一种值得念想的美味。

当我上中学后，普通人家也可以经常吃炒饭了，还能变着法子将冷饭炒出新意来，蛋炒饭就是油炒饭的升级版。具体操作是这样的：将油锅烧热，将两个鸡蛋打散加适量的盐和味精，倒入锅内，迅速划散，再将冷饭倒入，不停翻炒。香气随着翻炒的节奏渐渐溢出，从灶披间飘至弄堂口。蛋炒饭比素面朝天的油炒饭当然美味多多，如果切一根香肠在里面，档次就上去啦。

懂点执爨之道的人都知道，蛋炒饭有"金包银"和"银包金"之分。前者是先炒饭，然后倒入鸡蛋液快速翻炒，使黄澄澄的鸡蛋液包住每一颗米粒。还有一种炒法更省事，事先将饭粒与蛋液拌匀后同时下锅，这样更容易炒出“金包银”的效果。后者是在锅内先炒蛋，在鸡蛋液大致凝结后，快速分割一下，倒入冷饭后大幅度翻炒，直至鸡蛋碎成与米粒相仿的小颗粒，与白玉一般圆润的饭粒势不两立，但吃起来味道更爽些个，这就是“银包金”。

唐鲁孙在文章里曾经回忆，早年家里请厨师，试工的时候要求厨师做一道汤、一道菜、一道炒饭，汤是清鸡汤，菜是青椒肉丝，炒饭就是鸡蛋炒饭，“大手笔的厨师，要先瞧瞧冷饭身骨如何，然后再炒，炒好了要润而不腻，透不浮油，鸡蛋老嫩适中，葱花也得煸去生葱气味”，“要把饭粒炒得乓乓响，才算大功告成”。

就是这位美食文章写得活色生香的唐老前辈，据西坡兄讲，曾创造过连吃七十几顿蛋炒饭的纪录。他还有一位朋友更是十几年如一日地痴迷蛋炒饭，每天的早餐就是油腻的蛋炒饭，西坡兄说：“我帮他算了一下，这得连吃四五千顿才行！不知道吉尼斯世界纪录有没有给他颁发证书？”

再录一段妙文，这是郑逸梅先生在《先天下之吃而吃》一书中写到的：“蛋炒饭，乃寻常食品，不知其中亦有烹调艺术在。旧时福州路有一肴馆，名大西洋，以六小姐饭著名，所称六小姐者，乃一名校书梅茵老六，精于烹调，亲自指导厨司制蛋炒饭，该馆以此号召，居然生涯鼎盛。我也在此就食。这饭色香味三者俱全，且松软殊常，为之朵颐。

梅茵老六据说在旧上海名气乓乓响，而春宴楼里的三太娘，郑老在另一篇文章也有提及，是从《康居笔记》中摘录的：“绍兴郡城有酒楼曰春宴楼者，以三太娘蛋炒饭著于咸同间。三太娘者，楼主而当炉，饭遂脍炙人口。其女阿三则鬻歌，擅三弦，李慈铭侍御纳之为妾，为改名亚珊。”李慈铭以《越缦堂日记》鸣于世，吾乡绍兴人氏。

当然，历史的书写，精彩之处往往就在偶然性。在餐食史的书写上呢，又妙在携带了三分娱乐性。改革开放后，将扬州炒饭炒热炒香炒成全世界吃货都知道的，实则是广东厨师，香港厨师也功不可没，他们在炒饭中除了加鸡蛋，还加虾仁、青豆、胡萝卜、瑶柱、鲜贝、火腿等，一切由着心情来，打破常规，适口者珍，吃客点赞是王道。

没承想，时机一到，扬州厨师像半路里杀出的程咬金，弯道超车，轻轻松松将扬州炒饭申报为非遗，还与隋炀帝南巡江都时吃的“碎金饭”联系起来讲故事。当听众一个劲地咽口水时，他们又像模像样地制定了扬州炒饭的技术标准。当民间故事升格为官方叙事，就不好玩了。

前几天我与几位餐饮业大佬聊天，他们异口同声地说：“扬州炒饭就是什锦炒饭，是广东厨师让它威震天下走四方。”

新雅粤菜馆的姜介福是一位业界牛人，退休后在小南国担任行政总厨，为了给员工培训增加点趣味性，就策划了一场蛋炒饭比赛。“我们要求用泰国香米来炒饭，泰国香米属于籼米，煮成饭后硬中带软，颗粒分明，用来炒饭最好。我们的扬州炒饭要求每颗米粒都不能粘在一起，作为辅料的虾仁、香菇、火腿、胡萝卜等都应切成米粒大小的丁。最后颠锅时，每颗米粒都在跳舞。”

广式炒饭中有一道生炒牛肉饭，比之扬州炒饭更加考验厨艺。姜大师向我透露秘辛一二如下：取新鲜牛肉参以蚝油牛肉之法切片上浆，再斩成颗粒，下油锅煸炒断生，捞起后待用。净锅下油，下蛋液炒之凝结成块，再下拨散的冷饭快速翻炒，加牛肉粒和调味料后即可起锅。

姜大师曾在荷兰工作数年，这道生炒牛肉饭也是欧洲人吃到撑的美味。

三十多年前，我在新雅粤菜馆吃过一道咸鱼炒饭，至今唇齿留香。看上去并不复杂，就是用绯红色的咸大马哈鱼去皮切成丁，加鸡蛋与米饭一起炒香即可。但咸鱼的前期去腥拔咸与翻炒时的火候掌控必须多加留意。现在有些饭店为降低成本，改用腌过的海鲈鱼干了，但要比肉质不够紧致的青鱼干略胜一筹。

姜大师看我对炒饭有兴趣，又教了我一招：咖喱炒饭。

前几道步骤与扬州炒饭相似，也可以随个人的口味加一点鲜贝或鲜鲍，在即将起锅前，匀匀地撒适量的黄咖喱粉，炒匀后就行了。这样一道金灿灿、香喷喷的咖喱炒饭，对于孩子来说不啻是一场新奇古怪的味蕾刺激。

姜大师告诉我：旧上海的富贵人家为了让蛋炒饭更加好吃，先用老母鸡和蹄髈吊汤，然后用这个高汤去煮大米饭，这样的蛋炒饭简直跟《红楼梦》里的茄鲞有异曲同工之妙了。不不不，我们普罗大众不能这么奢侈吧！我还是选择咸鱼炒饭、香椿炒饭、咖喱炒饭，吃了没有罪恶感！

原老饭店总经理任德峰也认为蛋炒饭的先决条件是烧饭，饭烧好，成功一半。他也说伊斯兰人喜欢吃素的蛋炒饭，菌菇炒饭在世界上受欢迎程度是国内吃货无法想象的。我一直以为，菌菇入油锅一炒就容易出水，与米饭一起炒，一不小心就炒烂了。

“告诉你，菌菇一定要焯水，焯水后它就一直保持原状，有骨子，也不会再出水了。”任大师又教了我一招。

接着，任大师向我介绍了一款非常原乡的猪油炒饭。哈哈，我是猪油控，这个对我的胃口。

五花肉肥瘦都要，切丁后，先将肥膘粒下锅炸至又香又硬，瘦肉丁滑一下锅盛起待用，然后下鸡蛋液与米饭翻炒，最后再下瘦肉丁，加调味即可装盆，顶上撒些葱花。猪油最能突出蛋炒饭的香味，而且饭粒油光锃亮，诱人食欲。

还有一道老饭店风格的菜炒饭，也不是随随便便能吃到的。风干老咸肉蒸熟后切片。青菜用盐揉捏一下，控去一点水分，上海人管这叫“暴腌”，能够保持蔬菜的碧绿生脆。起油锅煸香青菜，净锅后再下油炒蛋液和饭粒，然后加青菜和咸肉片一起翻炒，色泽好看，吃口更好，过去浦东农民家里经常做。

酱油炒饭，上海老饭店曾经供应过，在老吃客的印象中也是一道不可多得的美味。看上去与扬州炒饭相似，也有虾仁、胡萝卜、香菇，但酱油炒饭顾名思义是要加酱油的，浓油赤酱是本帮特点，在炒饭这档事上也是海枯石烂心不变的。

“告诉你，一般家庭做蛋炒饭也喜欢加点胡萝卜丁，颜色好看，但吃口有点梗，原因就在于事先没有焯水。焯了水，胡萝卜仍然保持脆性和色泽，但不会有梗的感觉了。”任大师强调这个关节，就是厨师不会告诉你的秘密！

平时我也喜欢吃炒饭，白蟹炒饭是本人的得意之作，取两只新鲜肥硕的白蟹，煮熟后拆出蟹肉蟹黄。坐锅烧热，倒少许精制油，将蟹肉略微煸炒一下，不可多炒，否则会走水成渣。净锅后炒鸡蛋（也可分蛋清和蛋黄两种分别炒），再下蒸过撕丝的干贝，以及米饭，下调味，翻炒后再下蟹肉蟹黄，最后撒一把芹菜白梗，装盆上桌，在饭尖尖上堆两小勺黑松露酱，吃时拌开，味道也是相当好的。

我还做过鹅肝酱炒饭、干巴菌桂花蛋炒饭、三文鱼炒饭、松仁鸡肫炒饭、榄仁牛肉炒饭、鸡腿菇猪油渣炒饭、洋葱肉末炒饭、蒜香小龙虾炒饭……太太就怕我炒饭，一吃炒饭胖三斤。

我对炒饭的兴趣大约是受了邻居大叔的蛊惑。这位大叔平时不爱说话，休息天唯一对自己的犒赏就是炒一盆蛋炒饭，哗哗哗吃完，然后呼呼大睡到下午三四点钟。大叔还有一个讲究，无论哪种炒饭，最后总要打开玻璃瓶，捏出一小撮甜津津、油汪汪的福建肉松放在碗尖上，据说味道更好。我的榄仁牛肉炒饭就是他教的。那会儿南货店里没有榄仁，就用临安小核桃肉代替，真正吃到榄仁是在上世纪八十年代初的时候了。

有一次我问他一生中哪顿炒饭吃了最香，他想了想说："在朝鲜战场上，有一次，一场恶战过后，雪地上一片死寂，村庄尽毁，硝烟未散，美军败退后丢下无数军用物资，其中就有罐装黄油和鸡蛋，还有大米、饼干和威士忌，我用美国大兵丢下的钢盔当炒锅，做了一顿黄油蛋炒饭。那个香啊，把团长、政委都吸引过来了，毕竟十多天没吃到热饭热汤啦。哈哈！后来团部开庆功大会，就派我去指导炊事班做这个黄油蛋炒饭。"

炒饭在上海，是一款家常美食，是一份生活智慧，更是一种生活态度。

哈密瓜是甜的

这一天已经很热了，阳光灿烂，热气蒸腾，锣鼓声从四面八方传来，时轻时重，让我激动，也让我惶恐。这天一大早，二哥去新疆生产建设兵团，爸爸妈妈，好像还有姐姐，都去北站送他，家里只剩下我一个人。我跑到弄堂口，希望看到二哥穿着草绿色的军装，威武雄壮地向我挥手作别。但是我从街的这头跑到那头，汗流满面，还是追不上欢送的队伍。

中午，爸爸直接去厂里上班，妈妈回家了。妈妈对邻居们说：欢送的场面真是热闹，街道的陆书记也去欢送了，还拍了照，我们很光荣。关了门，锅里的饭是冷的，菜是前一天剩下的，我看到妈妈的眼睛又红又肿，她刚刚哭过。

二哥一心想考大学，他文科极好，完全有这个能力。妈妈在里弄生产组绣羊毛衫，每天领一大包生活回家，二哥是她的得力帮手，复习迎考的时间都花在飞针走线中。有一次他的班主任来家访，楼下有人一声喊，他马上从书包里找出课本作复习状。二哥没考上，他将失望深埋在心底，准备第二年再搏一记。可是居委干部三天两头上门来动员妈妈，大道理翻来覆去地讲，还讲到上海人未曾见识的哈密瓜，如何如何的甜。来一次，妈妈就要哭一次，我也觉得烦。最终，二哥报名了，大红决心书贴在弄堂口。我仰头傻看，结结巴巴地念出声来。

我从二哥那里学会了一首歌《我们新疆好地方》，我知道了哈密瓜和葡萄干，但从来没有吃过，歌声一起我就不由自主地淌口水，像巴甫洛夫做条件反射实验时的狗。

二哥来信了，邮截上刻着阿克苏三个字。他第一次出这么远的远门，一定是太激动了，写抬头时居然把妈妈忘记了。妈妈哭得很伤心，想多了，叫我代笔写封信去教训他。这让我非常为难，我刚刚读一年级，识字不多，再说……妈妈不容我强辩，开始一把眼泪一把鼻涕地口述……从此，二哥写信再也没有出过差错。

有一次妈妈被居委会请去看一部关于新疆军垦农场的纪录片，电影里果然出现了哈密瓜和葡萄，还有欢快的维族歌舞，但很快狂风大作，斗大的石头被吹得满地滚，成排的兵团战士像芦苇一样倒下，只好在戈壁滩上爬行，爬到地窝子朝下面一钻，煤油灯也被大风吹倒了。妈妈看到这里，眼前一黑，不省人事。

妈妈被人抬回家，我不知所措地看着她苍白的脸，默默祈祷。

后来二哥隔三差五寄照片回家，一会儿拉手风琴，一会儿拉二胡，这是他装出来的，他根本不会拉琴。他在信里一直宣称“形势大好”，但连我都能读出字句背后的严酷现实，主要是副食品和日用品严重短缺，于是家里经常要想办法熬些猪油，托回上海探亲或出差的同事带过去。妈妈还做过牛肉干、鱼松、笋脯豆，这些美味在晾晒时，我负责在阳台上照看，防止野猫偷袭。还有肥皂、衣服、文具、书籍等也要不时救济。这个情况直到七十年代中期，他已经在塔里木农垦大学和新疆大学读书了，还没有大的改善。我经常跟爸爸去邮局寄包裹，我打包水平是一流的。

按规定，兵团战士每隔四年才能探亲一次，后来有所松动，可小小突破一下。但天山太远，塔里木河常枯，交通极不方便，火车下来搭卡车，最后换拖拉机或马车，至少要折腾三四天，脱皮蜕壳骨头散架。新疆知青一说起这个，无不长叹蜀道之难。

后来二哥写起了小说，沈贻炜在新疆也算个文化名人，他的同事来我家探访，都引以为骄傲，“秀才”的绰号就是他们起的，并一直沿用至今。有一年二哥回来带了不少葡萄干、哈密瓜干和杏干，这是我第一次吃到条状的哈密瓜干，甜得我浑身颤抖。

八十年代，根据有关政策二哥二嫂分别回到原籍绍兴（还不能回上海）和上虞，当了教师，过了几年“两地书”的日子，后来又双双调到杭州，仍然吃粉笔灰。二哥写作很勤奋，小说诗歌双管齐下，还涉足影视剧本，得过华表奖。再后来他的颈椎病越来越严重，影响到了腿脚活动能力，虽然在上海华山医院动了手术，但病情仍不可逆转，行走变得越发困难，还常常摔倒，现在只得以轮椅代步。今年清明我与妻子去杭州给父母扫墓，照例去看望他和二嫂，临走时他要搭我的车子去一个创作中心与导演谈一部电视剧的拍摄细节，我看二嫂出门时提了一只火腿，以为是送我们的，马上表示谢绝。二嫂说：这是他的扁马桶呀，他要在那里过夜的！

今年，是上海知青进疆五十周年。二哥去新疆（1965 年）那天的情景仿佛就在眼前。但是这个时间长度，似乎比人的一生还长。回上海的新疆知青大概有好几万，都是满头白发的老人啦，他们也想“致青春”，搞个活动叙叙旧纪念一下，但我最怕听到“青春无悔”这样的大话。看看二哥这个样子，他即使像当年那样豪情万丈，我也会哭的，因为那天上午我没有送成他。也不要跟我说哈密瓜是甜的，我早就吃过了。

夏三冻

读初中时在课堂里高声朗读大先生鲁迅的谐趣杂文《夏三虫》，满教室的捣蛋鬼都情不自禁地摇头晃脑起来："夏天近了，将有三虫：蚤，蚊，蝇。"最后三字，抑扬顿挫，响遏行云。

捣蛋鬼为何觉得有趣？我想夏三虫即使在大上海，即使在爱国卫生屡掀高潮的年代，也被我们惊愕地亲历，它们吃我们的血，我们全城通缉它们，不共戴天，你死我活。再想想伟大的文化斗士也深受三虫之苦，不免有点幸灾乐祸了。

白驹过隙半个多世纪，上海人的居住条件大大改善，爱国卫生运动也大见成效，偌大的上海，蚊蝇虽然还在苟延残喘，但要找一枚快乐的跳蚤，比抓小偷更难。于是，铿锵有力的《夏三虫》从大脑内存中移出，也情有可原。

现在，夏天又来到人间，行走在骄阳下，不免想念旧时上海人在夏天的消暑妙品，比如"夏三冻"：冰冻地栗糕、冰冻绿豆汤、冰冻酸梅汤。读者诸君或许会噗哧一声笑出来：这三样算什么东西？土得掉渣！是的，我关注的吃食都是寻常之物，价廉物美，老少咸宜，这是我一贯的立场与态度。

你再想想，今天的冷饮市场，差不多被可口可乐与哈根达斯瓜分，传统的冷饮难道不应该缅怀一把吗?

先说冰冻地栗糕。地栗，就是荸荠，也叫马蹄。扬州名菜狮子头，细切粗斩的肉糜里就加了马蹄粒，故而松软鲜美。地栗是植物中的蝙蝠，算它水果吧，却冷不防地在菜场里冒下泡；算它蔬菜吧，又时常在超市的水果档走个秀。地栗在深秋上市，父亲往往第一时间就会买来，煮上一锅，先让我喝汤，有点甜，据说可以清火。我不大爱吃熟地栗，嫌啃皮麻烦。到了西北风刮起，我们家就要吃风干地栗了。做法也省力，买来后不必洗，放在竹篮里挂在屋檐下，一个星期后就可以吃了。风干后的地栗甜度是增加了，但去皮更麻烦，得用小刀削。

大先生也喜欢吃风干地栗。萧红在文章里回忆，她在大陆新村二楼后间的藏书室里看到这样的情景，墙上拉着一条绳子或者是铁丝，系了小提盒或铁笼之类，风干荸荠就盛在铁丝笼里，好像还不少，因为那根铁丝几乎被压断了似的弯着。江南风物及食俗在萧红眼里，应该是别样的风景，而在她敬爱的鲁迅家里，又被染上了特别的暖色调。

冰冻地栗糕则是另一回事。大热天，它是点心店里的白富美。记得小时候在八仙桥一家点心店享受过。冰冻地栗糕连汤带水盛在小碗里上桌，半碗冰冻薄荷糖水中沉着几块浅灰色、半透明的地栗糕，送入口后，给牙齿一点轻微抵抗。块状物中间嵌有粒粒屑屑的白点，那是切碎的地栗（夏天不是地栗的收获季节，可能是罐头货）。但更大的甜度来自它的糖水，薄荷味有股渗透力很强的凉意，在齿间徘徊片刻后直沁脑门。服务员教导我说：这是用薄荷煎的汤。

后来我在家里也尝过邻居老太太送来的自制冰冻地栗糕，那时谁家都没有冰箱，自制的凉意就不如家店供应的那般扎足。当然，美味当前不必客气。再说邻居老太太还将自制冰冻地栗糕的秘诀传授给我了，那表情，犹如江湖上的武林高手将衣钵相传一样庄严肃穆。我认真听，牢牢记。关键是一种叫作洋菜的东西。但洋菜不是蔬菜，只在南货店里有卖。它到底是什么？老太太的知识在这个当口不幸穷尽了。后来我果然在南货店里看到了洋菜，它被学术性地叫作“琼脂”，样子像干粉条一样毫无姿色，价钱倒不便宜啊。后来有人为了控制成本，索性用马蹄粉来做糕，加汤不加汤两可。

上中学后，我有一同学家境较好，也讲究吃喝，我得着一个机会就将知识产权化为成果。事先还通过查词典得知，琼脂是从一种海藻中提炼出来的。那会儿市场上没有地栗，我就用西瓜的白瓤替代，切粒代用，琼脂用水煮化了，倒在铝质盘子里冷却——那时候普通人家没冰箱。一小时后凝结了，用小刀切块。同时，薄荷水也煎好了，加很多糖。几块糕盛一碗，加薄荷水，吃吧。薄荷味照样直沁脑门。

我在同学家做过好几回冰冻地栗糕，名声大噪，同学的家长也夸我做得好，并不吝啬糖。

要到十多年后，冰冻地栗糕的2.0版——果冻，才横空出世。

冰冻绿豆汤，上海人家都会做，加红枣、莲子，加百合更合时宜，消暑败火，功效一流，但味道都不及店家里的好吃。何也？当然自有秘辛。饮食店里的绿豆汤，绿豆选优，拣去小石子，浸泡两三小时，先大火再转小火，煮得恰到好处，颗粒饱满，皮不破而肉酥软，有含苞欲放的撩人姿态。沉在锅底的原汁十分稠密，呈深绿色，一般弃之不用。这掐分掐秒的技术活，没三年萝卜干饭是拿不下来的。

夏令应市，细瓷小碗一溜排开，绿豆弹眼落睛——只是嫌少，淋些许糖桂花，再浇上一勺冰冻的薄荷糖水，汤色碧清，香气袭人。如果汤水浑浊如浆，就叫人倒胃口了。冰冻绿豆汤不光有绿豆，还要加一小坨糯米饭。这饭蒸得也讲究，颗粒分明，油光锃亮，赛过珍珠，浸泡在冰水里仍不失嚼劲，使老百姓在享受一碗极普遍的冰冻绿豆汤时，不妨谈谈吃吃，将幸福时光稍稍延长。

加糯米饭的另一个原因，今天的小青年可能不知，在计划经济年代，绿豆算作杂粮，一碗绿豆汤是要收半两粮票的，但给你的绿豆又不够二十五克的量，那么加点糯米饭，以凑足数额。在以粮为纲的年代，必须对消费者以诚实的交代。

我有同学中学毕业后在西藏中路沁园春当学徒，我有一次去看望他，正好一锅绿豆汤出锅，他汗涔涔地将绿豆盛在一只只铝盘里摊平，用电风扇吹凉。他师傅从锅底舀了一勺煮绿豆剩下的汤汁给我喝，又加了一点薄荷味很重的糖浆，口感虽然有点糙，但相信是大补于身的。

前不久在苏州吴江宾馆品尝运河宴夏季版，喝到了冰冻绿豆汤。这碗盛在玻璃盏里的绿豆汤不容置疑地证明：至少点心一类，苏州要比上海讲究得多。汤里不仅加了金橘、陈皮、松仁、瓜仁、红枣、红绿丝、山楂糕等，绿豆还是煮至一定程度后脱了壳的，露出一粒粒象牙色豆仁，那要耗费多少工夫啊！

最后说说酸梅汤，一提起此物，老上海就会说：噢，北京有信远斋，上海有郑福斋。

不错，上海的酸梅汤是从北京引进的。

民国那会儿，徐凌霄在他的《旧都百话》中对北京的酸梅汤有过描写："暑天之冰，以冰梅汤最为流行，大街小巷，干鲜果铺的门口，都可以看见'冰镇梅汤'四字的木檐横额。有的黄底黑字，甚为工致，迎风招展，好似酒家的帘子一样，使过往的热人，望梅止渴，富于吸引力。昔年京朝大老，贵客雅流，有闲工夫，常常要到琉璃厂逛逛书铺，品品骨董，考考版本，消磨长昼。天热口干，辄以信远斋的梅汤为解渴之需。”

梁实秋在客居台北几十年后还对信远斋的酸梅汤念念不忘，他在一篇文章里写道：“信远斋铺面很小，只有两间小小门面，临街的旧式玻璃门窗，拂拭得一尘不染，门楣上一块黑漆金字匾额，铺内清洁简单，道地北平式的装修。……（信远斋）的酸梅汤的成功秘诀，是冰糖多，梅汁稠，水少，所以味浓而酽。上口冰凉，甜酸适度，含在嘴里如品纯醪，舍不得下咽。很少人能站在那里喝那一小碗而不再喝一碗的。”

上海地处江南，天气更加濡热，更有理由喝酸梅汤了。那么北京的酸梅汤是如何南下沪滨的呢？上世纪三十年代，南派猴王郑法祥搭班子在大世界演戏，大热天没有酸梅汤解暑，不堪忍受，于是拉了三个合伙人在上海大世界东首开了一家郑福斋。老报人陈诏先生曾在一篇文章里写道：“想当年，大世界旁边的郑福斋，以专售酸梅汤闻名。每当夏令，门庭若市，生意兴隆。花上一角钱喝一大杯酸梅汤，又甜又酸，带着一股桂花的清香，真沁人心脾，可令人精神为之一爽。如果再买几块豌豆黄之类的北京糕点，边喝边吃，简直美极了。”

我在小时候也喝过郑福斋的酸梅汤，味道确实不错。骄阳似火，行道树上的知了拼命地叫着，我和几个哥哥躲在树荫下喝。钱少，凑齐一只角子买一杯，几张嘴轮着啜，那个寒酸劲，如今想想比酸梅汤更酸，但也俨然成了一份可贵的记忆。

一到冬天，酸梅汤就没了，郑福斋只卖糕点和糖果。有一种福建礼饼，百果馅，压模而成，形如月饼，但大的如锅盖，小的如烧饼，一只只叠起来，用彩丝带扎成宝塔状，是福建人馈赠亲友的上佳礼品。我吃过，味道甜而不腻，身子还算酥软。不过郑福斋的北京糕点不行，就拿月饼来说吧，干硬干硬的，扔地上也不会碎，跟杏花楼不是一个级别。

上世纪八十年代，酸梅汤在市场上基本绝迹，洋饮料大打出手，争霸天下。

前些天约了三五知己到镇宁路上的夏味馆吃饭，看到邻桌每人前面放了一杯深红色的饮料，而且是杯身带棱的那种老式玻璃杯。一问服务小姐，才知是酸梅汤。我要了一杯，一咂嘴，那种熟悉的冰凉的酸甜感一下子滑入咽喉，直沁肺腑，浑身舒坦。于是大家伙每人都要了一杯来喝，也像我一样尖叫起来。

据女老板夏东辉说，酸梅汤的独门秘技得益于她祖父传下来的秘方，绝对是“古法炮制”。他家每年从定点的供货商那里收购上等青梅，在毒日头下暴晒数天，直至皮皱收汁，然后加冰糖和山楂干、陈皮等熬制乌梅汁。冷却后的乌梅汁沉郁墨黑，放在缸里散发着清香。每天根据天气状况兑成一定量的酸梅汤，冰镇后出售。有些老顾客就为喝这一口来这里吃饭，有些小青年肚量大，可以豪情满怀地一口气喝三四杯。

一杯饮料带动佳肴美点齐头并进，在上海滩并不多见。再说，在洋饮料一统天下的餐饮场所，大隐于市的酸梅汤为中国人保留了一份难得的记忆，也为中国的饮料保存了一份可以品尝的档案。

“夏三冻”远去矣，老上海还在时时想念它们。在它们的长长影子里，不仅有色彩缤纷的果冻，还有冰咖啡、冰可乐、冰镇的鲜榨果汁等等，还有刨冰、冰霜以及更加靓丽的冰沙，但“夏三冻”所代表的，是一个古典主义时代。

最后，让我们一起以朗读《夏三虫》的腔调致敬“夏三冻”，它们是：地栗糕、绿豆汤、酸梅汤！

“坦克”里的透心凉

三十多年前，谁家开后门买到一台立式电风扇（最好是华生牌），绝对是特大新闻。空调？那是做梦也不敢想的！上海的弄堂在上世纪七十年代后违建增多，堆放益乱，密不透风的环境里还有种种自发性气味暗中弥漫，赤日炎炎的高温天持续一星期，叫人气也喘不过来。这个时候，唯有一只在井水里泡上半天的西瓜才能抚慰痛不欲生的灵魂！

这个时候饮食店里不止供应花色冷面，还有刨冰！卖刨冰，要在店堂里搭建一间类似手术室一样的小房子，玻璃窗揩得一尘不染，用广告颜料写“刨冰”两个美术字，模拟冰天雪地的效果。这活我干过，知道雪花都是六瓣的。为了通风，还得留一面安装绿纱窗。

做刨冰要有类似钻床的机器，一块四角方方的食用冰放在机器平台上，按下转盘，钉住冰块，开关一按，转盘徐徐旋转。不锈钢平台挖出一条窄缝，四寸长的刀口上抬一毫米，冰块被刨成雪白松软的冰屑，哗哗落下，被下面的脸盆接住，很快就成了一座微型雪山。服务员戴着口罩露出两只大眼睛，辫子塞进帽子里，抄起一只搪瓷杯子将冰雪压成一团，蜕出后往一杯赤豆汤上面一盖，消暑神品就这样出笼了。顾客用勺子挖来吃，浑身大汗，顿失滔滔。

上海人中有一些贪小的朋友，吃了刨冰不声不响就将铝制小勺顺走，日积月累，生产资料损失严重，为防微杜渐，店家就在小勺子底部钻一个小孔，这样一来，吃刨冰就未免拖泥带水，十分狼狈。今天，上海人富起来了，哈根达斯吃一杯带一杯，但切莫忘记这个丢人的小勺子啊！

盐汽水作为防暑降温的饮料从工厂车间里流到弄堂里，后来自制冷饮也成为潮流。食品店里有浓缩的酸梅糖浆出售，加冰水调一调，味道直逼陈福斋的酸梅汤。冰水有零拷，三分钱灌一热水瓶。

储存冰水的是一只外观笨拙的圆桶，两米多高，直径超过一米，接通一台制冷的压缩机，保温没问题，老上海叫它“坦克”，洋泾浜英语。桶身下部安一个龙头，小师傅穿老头衫，趿海绵拖鞋，叼一支烟，神气活现，好像他掌控的不是“坦克”龙头，而是核按钮。

大人们也有乐子，喝冰啤酒就是一个节目。瓶装啤酒供不应求，桶装啤酒就应运而生，一角一分一杯的价格相当亲民。我家崇德路与普安路的转角上有一家食品店，兼卖坛装酒，到夏天就卖桶装啤酒。厂家提供一只白漆木柜，里面坐一只胖墩墩的罐子，与液化气罐相仿，老师傅将一根紫铜杆插进顶端的口子，得马上把卡口拧紧，不然的话受“啤气”压制太久的酒液就会冲到天花板上。

紫铜杆顶端装有龙头，老顾客知道此时不要去买啤酒，一杯啤酒半杯泡沫。我有个英语老师，大肚皮，和蔼可亲，在里弄食堂吃好午饭就踱步到转角上喝一杯啤酒，杯子是那种特别结实的漱口杯，金黄色的酒液反射着午时的阳光。他背靠柜台，呷一口，与营业员聊几句，再望望街景。我有时被妈妈差去拷黄酒，看到他这副懒散样未免有点难为情，他却乐呵呵地问：Have you had lunch yet?

我的英语一塌糊涂，但他总是夸我：你的花体字写得好！

比桶装啤酒更亲民的是散装啤酒，有些规模大一点的饮食店会卖，散装啤酒也是贮存在“坦克”里的，但也不是每时每刻都有。看到啤酒车驾到，橡皮管接通“坦克”，大家奔走相告，一大群人提着热水瓶蜂拥而至，灌满一瓶也所费无多，而且是冰冰凉的！

斜阳西下，暑气渐消，弄堂里的水泥地坪用水一泼，大人孩子短裤赤膊，小方桌上渐次摆开糟毛豆、糟鸡爪、油炸臭豆腐干、炒螺蛳。散装啤酒味道确实差一点，但泡沫一样诱人，看它从杯沿往下流淌，赶紧的，嘴巴凑上去吮一口！

食品店的散装啤酒供应有限，饭店里倒是有货，不过要搭卖熟菜，这让群众很不爽。但你也要想想，如果把饭店的啤酒全买空了，正儿八经去吃饭的顾客喝什么呀？

卖散装啤酒跟卖刨冰一样，食品卫生也十分要紧，隔三差五会有卫生防疫部门的干部来明察暗访，那时候我还在饭店工作，对外接待成了我的职责之一。有一天来了一位卫生防疫站的爷，检查完毕，塞给我一只塑料桶，再摸出几张毛票，“照规矩办，买啤酒搭熟菜”。我说这点钱不够，那位爷一愣，又哈哈一笑：你看我，漏了一张。随手补了一张“黄鱼头”（面值五元的钞票）。第二天检查报告送到总经理手上，这个违规，那个超标，责令停业整改。总经理微微一笑很淡定，蜻蜓点水给了我一个字：傻。

错误和挫折教训了我，使我比较地聪明起来。以后防疫站这位爷来检查工作，仍然由我全程陪同，公事结束捎带私事，两大包熟菜，满满一桶啤酒。最精彩的环节是“银货两讫”，收下他的钱，再找零。一般是这样的，他给我三元、五元，我找给他三十、五十，卷成一卷夹在指缝里，握手时塞到他手心里，神不知鬼不觉，这剧情跟间谍交换情报有一拼。

“天热了，食品安全是一切工作的重中之重，务必放在心上！”送他出门时这位爷一再叮嘱，我极诚恳地点头，心里却恨恨地说：老家伙，祝你上吐下泻，手脚冰凉，烂心烂肺烂肚肠！

江南水色，中秋佳味

现在商家重视包装，月饼盒子也做得十分精美，创意迭出，佳构妙制，令人作买椟还珠之想。去年留了几个，放瓷片、印章、颜料、扇骨。眼睛一眨，中秋节又到了！明月几时有，把酒问青天。不知今年月饼，又有多少花头！

上海老男人都说小时候吃过的苏式小百果、小苔条味道最好，这几乎成为一种信念。老味道之所以令人怀想，一半缘于彼时体内脂肪薄瘠，一半凭借时间慢慢沉淀。一位英国作家说过：过去的时光都是美好的。美好的想象和落空的小确幸，不经意为往事罩上一层金色光芒，于是，外婆红烧肉就占据了餐桌C位。

长大后吃到新雅的玫瑰细沙、奶油椰蓉和杏花楼的上等五仁，方知天外有天，小街南货店里酥皮斑驳的小月饼不能望其项背。但老男人聊天时一提到他俩，仍然激动得哇哇大叫。风水轮流转，作为“国民记忆”的五仁月饼近来常被吐槽，叫人很生气。做一款五仁月饼有多烦你知道吗？光是将上好的果仁、瓜仁召集拢来就是一项大工程。再说舌尖享受，层层递进，惊喜连连，中老年粉丝对它不离不弃，亦是对匠人精神的礼赞。本人跻身“糖友”队伍后不敢为所欲为，但月圆之时还是要尝一小块五仁，否则就不好意思举头望明月啦。

上等五仁“饼老珠黄”，说明喜新厌旧是年轻消费者的习性，而物质供应的充裕也容易把人宠坏。近年来市场竞争激烈，月饼花头翻得也真快，无论传统媒体还是网络平台，都将一年一度的“月饼秀”当作重要新闻来张扬，从小龙虾到芝士培根，从腌笃鲜到流心奶黄，载歌载舞，彩云追月。但聚焦多在馅心，饼皮不大有人提及。其实，馅心与饼皮君臣佐使，方能成就一款丰赡华滋的节令美食。现在月饼新秀的馅心大多出自珍馔佳肴，与饼皮一起入口是否更加好吃，吃过才晓得。今年我吃到一款由汕头老朋友寄来的手作月饼，饼皮分一酥一软两种，馅心也是双拼，栗子与豆沙、绿豆与老香黄（佛手）的组合，形态优美，轮廓清晰，格调清雅，味道隽永，真诚地诠释了月饼的本质。

中国人喜欢通过咀嚼某些食物来纪念一个节日或时令，这是农耕文明代代相传的文化指令。在市场繁荣的美好期待中，刺激消费、拉动内需仍然符合广大群众的意愿，所以我们心里要有谱，除了月饼，秋高气爽之际还有许多风味值得领略。

比如毛豆、芋艿，盐水一煮，最能体味时蔬的清香软糯。毛豆以“牛踏扁”为佳，香糯软绵胜出同类多多。糖芋艿现在不大有人吃了，过去是老阿奶的专利。芋艿子煮至半熟后剥皮，回锅煮至酥而不烂，加红糖提味上色，装碗后再浇一小勺糖桂花。老阿奶郑重其事地端到小孙子面前，脸上的每一条皱纹似乎都在咏唱童年歌谣。随着岁月的流逝，这张脸便会在小孙子的记忆中化作青铜浮雕。

荷塘飞苍鹭，橘绿兼橙黄。满身长刺的芡实出水后，果实比石榴还大一圈，午后小镇，坐在河边廊棚下的老太太小心翼翼剥出珠玉般的鸡头米，装袋待沽，不小心剥碎了，自己留着吃。有些游客嫌贵，挑便宜一点的干货，这是标准的“洋盘”。新鲜的鸡头米的弹性、糯性及款款清芬，是其他食材无法替代的，与甜豆、河虾仁一起炒，红、白、绿三色赏心悦目，口感清雅，一年吃一次就满足了。《杨妃传》：“杨妃出浴，露一乳，明皇曰：软温新剥鸡头肉。”以芡喻乳，千古艳语。

晒干后的鸡头米在香气与口感上均逊于时鲜，只能烧芡实粥，烧绿豆汤，或者做芡实糕。芡实糕也是嘉湖细点一种，但在自己家里不易做好。有一次在兴国宾馆吃到一款芡实糕，以糖腌渍秋梨丁入馅，蜕模后字扣爽煞，滑入一小碟桃胶羹中，只一枚，仿佛蓬莱仙境再造。后来国家级烹饪大师徐鹤峰大师也做了一款鸡头米糕请我品味，洁白的山药泥糕体，嵌了珍珠般的新鲜南荡鸡头米。徐大师说：“古镇上有卖芡实糕，但这是用鸡头米粉加工的，只有以新鲜鸡头米为材料，才能称鸡头米糕。”

吃了虾子茭白、油焖茭白、糟油茭白，塘藕、菱芰、荸荠也接踵而至。小时候当令水果没有条件经常吃，老爸会从菜场抱两节老藕回家，洗净刨皮，切片装在高脚碗里。一边看书一边吃，蛛网般的细丝常会牵绕在嘴角，这就是“藕断丝连”呀。生藕片不很甜，但在生脆上胜过秋梨，汁液在牙缝中进出，颇得闲趣。藕节整支填进浸泡过的糯米，焐熟后切厚片，有如玛瑙嵌白玉，浇桂花糖油，可以入席。

藕以一节为佳，但市场上售卖的多为两节以上。切开断面，可以看到大多为九孔。九孔就是塘藕，也叫白花藕，如果是十一孔，就是田藕。也有七孔的，叫红花藕，特别珍贵。藕与梨、甘蔗一起榨汁，是一款清热消渴的饮品。

“陂塘鲜品，秋来首数及菱”（郑逸梅语）。红菱有尖角，苏州人俗称“水客”，《酉阳杂俎》认为，有两角者为菱，有三角、四角者为芰，后人混称为“菱角”，生吃与塘藕一样清新可爱。剥菱后手指被染得红艳艳的，到第二天才能彻底洗清，但是乡间小囡乐此不彼。周作人写过一篇《菱角》，是旧式文人想入非非的印迹：“水红菱形甚纤艳，故俗以喻女子的小脚，虽然我们现在看去，或者觉得有点唐突菱角，但是闻水红菱之名而‘颇涉遐想’者，恐在此刻也仍不乏其人罢？”“补白大王”郑逸梅也有文章写到：“旧时妇女，竞尚纤趺。窄窄于裙底者，辄以水红菱相况。及天足盛行，无复有斯语矣。”

藕、菱、荸荠等也可以请甜豆、茭白、黑木耳等加盟，做一盘时鲜小炒，不大送饭，佐加饭酒倒有清逸之气。

还有一种菱要长老后再吃，也叫老菱，浅褐色，扁扁的，有盔甲般的硬壳，左右挂两只“牛角”。男孩子喜欢吃老菱，拦腰咬开硬壳，挤出壳里的雪白菱肉，很粉，甘甜。烧熟的老菱也叫酥角菱，西北风呼呼刮起，店家当街叫卖煮熟的老菱，大铁锅上盖一条棉被保暖，热气从缝隙中逸出，构成温馨的冬日街景。女孩子吃老菱真叫人肚肠发痒，她从头上拔下一枚发夹，从老菱的肚脐眼里戳进去，掏出一点耳屎般的菱肉来吃，可以消磨一个下午呢！

此时莲蓬也下来了，剥莲心吃，是女孩子们嘻嘻哈哈的闺阁游戏。莲心微苦，唇齿留清香，舌底有回甘。我会买几株带柄莲蓬，晾干后转成紫黑色，插在长颈花瓶里左顾右盼。三九严寒，窗外北风呼号，读书至夜半，忽听客厅里有玉珠落盘的声响，莲子干缩后从开张的莲蓬孔洞掉下来，像挣脱羁绊的顽童，不知滚落到哪里去了。

辛弃疾《和赵晋臣送糟蟹》诗：“人间缓急正须才，郭索能令酒禁开。一水一山十五日，从来能事不相催。”梅尧臣《吴正仲遗活蟹》诗："年年收买吴江蟹，二月得从何处来。满腹红膏肥似髓，贮盘青壳大于杯。" 入秋后，江河湖泊水温渐凉，大闸蟹也完成了最后一次蜕壳。

没错，持螯赏菊诚为古代文人墨客打开秋天的优雅方式，但我有一个感觉说与各位，这大闸蟹真是越吃越没有味道了，无论清蒸还是水煮，无论号称来自太湖还是阳澄湖，抑或来自遥远的新疆博斯腾湖，甚至俄罗斯的贝加尔湖，蟹香全无，蟹味尽失。听说阳澄湖即将禁止人工养殖，为保护环境计，早该如此。我不免泡一壶六安瓜片，对着一丛菊花吟几阕宋词吧。

再说，江南的秋天从来不缺河鲜，白鱼、白虾、鳜鱼、鲫鱼、鲈鱼、青鱼、鲢鱼、甲鱼、鳗鲡……不也是很肥美的吗？我想念妈妈的清汤鱼圆和粉皮鱼头汤。

入秋后，又有一波水果嬉笑登场，苹果、梨子、桔子、橙子、芦柑、石榴、芦粟……我在街头叫住挑担的小贩，选三五枚模样俊俏的佛手，回家放在朱漆盘里，雅香满室，一年后就风干成手把件，稍经摩挲，便起包浆。

过中秋节还要买一只肥鸭，加芋艿、扁尖、火腿煲成一锅老鸭汤。现在老鸭可贵啦，三年以上的老公鸭索价两百元。褪毛后再要拔小毛，亦即成语"秋毫无犯"中的秋毫。小时候，妈妈在拔鸭毛这档事情上相当矛盾，没有小毛，要怀疑来路不正，小毛一多，又要嘀咕。瓶底似的眼镜架在鼻尖上，高兴起来瞪我一眼，后来这把镊子就传到我手里……

今天好不容易买到一只绿头老公鸭，加一块火腿，一把扁尖，关照太太煲足三个小时。饭点将至，给住在“一碗汤距离”内的儿子、媳妇微信：吃饭喽！偏偏，要么暴雨突至，要么回复“手上有事”，其实他们刚刚叫了外卖。老鸭汤热气袅袅，青梅酒冰镇凛凛，父母来到阳台，月亮爬上了楼顶。

明月几时有，把酒问青天。除了月饼，我们还有许多美好的事物要分享。当我们进入IT时代，更要强调人与大自然的关系，通过节令美食来体悟与传承中华文明，感恩改革开放的伟大时代。当然，此时此刻，凭栏仰望最大最圆的月亮，会发现月球表面的斑疤也特别明显。

真实的世界就是这样，我们真实的生活也是这样。

宝塔街上的麦芽塌饼

苏州是人间天堂，锦绣之地，万商云集，人文荟萃，经过千百年的熏陶，苏州人炼就了一条金刚不坏之舌。珍馐美馔之外，姑苏糕点也驰誉九州，在唐宋年间已蔚成大观，进入明清更是百花齐放，有麻饼、月饼、巧果、松花饼、盘香饼、棋子饼、香脆饼、薄脆饼、油酥饺、粉糕、马蹄糕、雪糕、花糕、蜂糕、百果蜜糕、脂油糕、云片糕、火炙糕、定胜糕、年糕、乌米糕、三层玉带糕等。王仁和、野荸荠、稻香村、桂香村等百年老店也各据一方，称雄江南。

糕点店小本经营，须搭准市场脉搏，根据时令推出花色品种，比如正月初一供应糖年糕、猪油年糕、糕汤圆子，正月十五供应糖汤圆子，清明节供应青团子，四月十四供应神仙糕，端午节供应各色粽子，六月供应绿豆糕、薄荷糕、米枫糕，七月十五中元节供应豇豆糕，中秋节供应糖芋艿、糖油山芋、焐熟塘藕，重阳节供应重阳糕，十月供应南瓜团子，十一月冬至供应糯米团子，临近过年则供应各式年糕。冬去春来，花开花落，一块糕一只团，时时抚慰着苏州人的胃袋与灵魂。

苏州人注重礼节，糕团店就根据四时八节推出各种糕团礼品，老年人做寿，它有寿团、寿糕供应，姑娘出嫁了，它有蜜糕、铺床团子供应，小孩满月和周岁生日讲究吃剃头团子和周岁团子，入学有扁团子，新屋上梁和乔迁之喜有定胜糕等。蜜糕是苏式糕团中的贵族，薄薄一片，和田玉般滋润的糯米糕中嵌了百果，每咬一小口，就会有惊喜的发现。据说在科举时代，童生参加考试，须准备考食，以蜜糕为大宗，所以在苏州一带，考试也被称为“吃蜜糕”。

苏州所辖的吴江区，地处吴根越角，太湖东南，典型的水鱼之乡，吴江下面的震泽以丝绸贸易而繁华，对古吴风俗传承得特别仔细。震泽古镇宝塔街的东端有一座高高的石拱桥，据说大禹治水时曾经路经此地，故名禹迹桥。老街西端则有南宋砥定桥遗址，现在预备重建。距砥定桥才几十步的仁昌顺，是清同治年间创设的老字号。与所有糕饼铺子一样，以前店后工场模式起步，历经迭代，老而弥新。我每次去震泽古镇游玩，必定要去仁昌顺买几样茶食带回上海。

仁昌顺虽然规模不大，但铺子的式样与宝塔街十分相谐，像只笃定泰山的八角亭，有一种邻里之间的亲近感。营业员是穿戴整洁、举止得体的中年妇女，一口软糯的苏州话，“阿要带点回去让家主婆搭仔小人一道尝尝味道呀！”

仁昌顺常年供应袜底酥、定胜糕、炒米糕、巧果、麻饼、百合酥、芙蓉酥、桑葚糕、耳朵饼、玫瑰水晶糕等数十种糕点，春暖花开时节还有麦芽搨饼、酒酿饼等应市。

上海与苏州地域相近，语言相通，人文相亲，风俗习惯也如出一辙。上海人乔迁新居，会买许多定胜糕分送芳邻。定胜糕腰细而两头大，形状如木匠师傅拼接木板而用的腰榫。“定胜”与“定榫”谐音，像榫头一锤敲定，寄托着在新环境里长居久安的美好愿景。定胜糕要蒸软了吃，糕体依然松软，细如流沙的豆沙馅一直甜到心里。

传统的定胜糕体量较硕，上下两只合璧为一对。以前胃口大，吃一对或许意犹未尽。现在是一只入肚，晚饭吃不落哉。仁昌顺的定胜糕与常规制式相比，瘦身不止一圈，但因为精耕细作，玲珑可爱，制作精良，托在掌中盈盈可握，松软适口，冷热皆宜，风味不逊观前街上几家名店的出品，有人认为反而有所胜出。我在吴江、上海好几家宾馆、饭店都吃到了这款迷你型定胜糕。

他家的麦芽搨饼、酒酿饼、笋尖团子等也乡情可亲，并且也是迷你版的，精确地界定了茶食的体量，对应了现代人在茶席上的消费态势。

春节以来疫情继续兴风作浪，先是苏州带星，接下来上海带星，沪苏两地走动不便。雨水过后，桃红李白，吹面不寒杨柳风，陆小星总经理快递了一包糕团让我尝尝春味，有撑腰糕、麦芽搨饼、酒酿饼等。

震泽的撑腰糕与上海松江、青浦所产等略有不同，印糕模子里蜕出来，腰子形，两分薄，芙蓉白的糕体上撒了桂花或玫瑰花，平底锅里一煎，香糯软韧，花香绕鼻，真是好吃极了。仁昌顺的酒酿饼与我小时候吃过的大不同，平底锅内排列整齐，小火两面煎黄，内有实足的豆沙馅，更让我为之颠狂的是中间不声不响地嵌了一块糖油丁，水晶般的剔透，一口咬破，脂香与酒香混合，令人欲罢不能。

苏州的麦芽搨饼与上海郊区的不一样，上海郊区的搨饼里会加些切碎的草头，所以也叫草头搨饼，生坯搓成团子，再用手心揿扁，薄悠悠的，边缘不甚光滑，倒也别有一番风致，一般没有馅心，可甜可咸。在西塘、同里、周庄等地吃到的搨饼也是同样画风，蒸热后上桌，糖水兜头一浇。不过仁昌顺的麦芽搨饼就高级了，大小、厚薄像只青团，两面拍满白芝麻，嵌了豆沙瓜仁馅心。

儿时的美食记忆最终演化成一项事业，这样的事例在陆总身上也发生了。在他小辰光，每年清明前半个月，农村里的亲戚便开始为制作搨饼准备材料了，先挑选一些颗粒饱满的麦粒，在水里浸泡过夜，使之发芽。待芽头出齐后，摊在竹匾里，放在阳光下曝晒，等干燥后，便可磨成细粉，过筛备用。发了芽的麦粒能产生麦芽糖，也能使米饼变得柔软。

这个辰光呢，田头溪旁的野生鼠曲草(又称佛牙草，俗称紫念头)也刚长出嫩枝新芽。大人会叫家中儿女去采摘，这也成了陆总童年时光的美好记忆，三三两两结伴而行，可与大自然亲近一番，真有“莫春者，春服既成，冠者五六人，童子六七人，浴乎沂，风乎舞雩，咏而归”的况味。采回后，连篮带嫩芽在河水中漂洗干净，回家旺火焯熟，或用滚水烫一下也行，沥干后切碎待用。

麦芽搨饼可以冷食，甜润清凉，咀嚼时可清晰地体验到齿缝舌尖的鼠曲草纤维，香气清雅。粗纤维也有助于肠胃蠕动，促进消化。

陆总还说：鼠曲草性平味甘，本草集记载其有祛痰止咳之效，堪称“保健食品”。早年间因麦芽搨饼的制作受到季节限制，在仲春时节的个把月里可以供应，入夏之后，鼠曲草茎叶变老，难以入料。现在随着时代进步，仁昌顺通过物流冷链及先进的保鲜储存技术，妥妥地解决了这一问题。

如此说来，麦芽搨饼一年四季都能吃到了?

麦芽搨饼本是长江三角洲农家的土仪，但各地制法各异，规格不能统一，市场化程度很低，流通性稍差。现在仁昌顺不嫌简陋地将此做成精美的茶食，就为这一古早味的传承定下了规矩，也一跃而起登堂入室了。

现在许多小青年喜欢吃西饼、蛋糕，一只网红蛋糕卖到两千多元，还心甘情愿为它排队。中老年人还是对传统糕团怀有深厚的感情，这里面有儿时的回想，有苦涩而甘美的乡愁，有农耕文明积淀的时序风俗，有对诗和远方的眺望。

“古老而鲜活的味道，有穿透时空的力量，它携带个人情感和群体记忆，潜行于每一个平凡的日子。”这是《风味人间》第三集里拍到仁昌顺一节时的深情旁白。我想要是再加一个本人大口咀嚼麦芽搨饼的不雅镜头，有可能再提高0.1个点的收视率。

老婆大人闹“罢工”

无风无雨的日子，阳光照进阳台，花架上有那么点姹紫嫣红的意思。我在电脑前坐下，稍稍整理一下思路便重返规定情景，昨天写到一半的文章要在午饭前搞定。太太将泡好的茶端来，我喝了一口，道声谢谢。

这是我们的日常。退休后，脑子里的写作机器刹车失灵，惯性推着我一路滑行，每天要搬千把个汉字来砌墙，其余时间看看闲书画画扇面。偶尔也会倚着栏杆发发呆，向小区里荣枯有常的绿化行个注目礼，但不会超过十分钟，一寸光阴一寸金的道理我从小就懂。有时候太太会叫我切切年糕、剥剥毛豆、斩斩肉丝，思路被无辜打断，却不敢违抗太后懿旨——这是她是有意安排的“课间休息”。

但是这天的情况有点异常，临近中午，厨房那边万籁俱寂。我问：“中午吃什么？”在躺椅上的她揣着手机窃窃地笑，“急什么，饿不着你”。冰箱里剩菜剩饭回锅热一下，我也能甘之如饴，但至少要炒一盆绿叶菜吧。我瞄了一眼厨房，从菜场买来的蔬菜还没浸泡清洗，难不成老婆大人要“罢工”了？她不理我，电影进入到了小高潮，啪的一声，塑料美女抽了帅哥一巴掌。好像是韩剧。

半小时后，太太换了一身出门衣服站在我面前："走，吃饭去。"

这天中午我们在外面吃了生煎和双档。生煎是我的心头好，但是充当午饭未免"僭越"。回家路上她大叹苦经："几十年如一日天天围着灶台转，我已经累了，厌倦了，你再看看我的一双手，伤痕累累，不堪回首！是改变游戏规则的时候了。"

"你的意思是我来烧饭？"说实话，平时太太出门办个事，和闺蜜喝个下午茶，烧饭的任务我就接过来了。本大叔天生爱做家务，调和五味的水平也不在她之下，不过老婆大人总是不让我进厨房。一是照顾我，二是怕我把厨房弄得像战场，最终还得她来收拾。也起过念头请保姆掌勺，但我们吃不惯别人做的菜。中午一顿，晚上一顿，儿子媳妇下班晚，往往是我们先吃，等他们回家还得重新做两道。为了讨好两个上班族，做得还格外用心。有时我也会走进厨房陪她说说话，递个碗，拍头蒜，顶多两三分钟，又被她轰出去。结婚几十年，老婆大人身为贤内助，任劳任怨，偶尔闹点小情绪，可以理解。

"对，你至少一周烧两天饭。"太太说，"我烧三天，周末两天在外面吃。"

老婆大人平时节俭得很，在饭店里还没坐定她就发“条头”：“不要浪费，够吃就行。”而现在她居然决定一周在外面吃两天，看她手里的基金和股票也没怎么涨嘛，韩剧的作用难道真有那么大吗！

我家附近有不少小馆子，但二十年来极少涉足，像样点的餐厅在两公里外的凯德晶萃，去坐公交车，回来步行消食，时间成本有点大。再说两个人的中餐比较难搞，一不小心就多吃，于是我们就选日料定食、披萨套餐、港式午茶。有一天误打误撞拐进一家小餐厅，拿一个餐盘跟着别人在餐柜前取菜，有荤有素，有干有湿，有煮有炸，最后转到收银台扫码。两个人吃了个扶墙，不到五十元。有好几对老年夫妇吃完后顺便将晚餐一并打包，通过交流得知他们是附近居民，已经吃了五六年的社区老人餐，若想换换口味，出门走几步就行。

有一次我们在大光明看了午场电影，散场后到凤阳路找吃的，最后也是在一家食堂里解决。干煎带鱼、红烧大排、鱼香茄子、麻婆豆腐等家常菜吃出了单位食堂的味道，蛮乐胃。还有一次我们去华山路踩落叶，特意拐到国际礼拜堂后面的天平街道邻里汇吃午饭，虽然不能享受当地居民的优惠，但所费也足够便宜，简约版佛跳墙每盅只要三十八元，每人一盅，再来一份清炒豆苗，很乐胃啦。“66 梧桐院”里还有一幢由邬达克设计的红砖小洋楼，疫情前我在那里喝过咖啡。

不少餐厅的午市，客人主要有两拨，一拨是写字档里的白领，他们选择靠窗位置，两至四人拼个小团，在大众点评上预购午市套餐。一拨是大妈大叔，他们要包房，十人一桌，大多是老同学、老同事、老邻居聚餐，笑语喧哗，气氛热烈。也有四五人的小团，微信一点，说来就来，大妈今天不烧饭，嘴巴一抹各自 AA。

现在，我们在外吃午饭的次数明显增加，老婆大人的“厌厨情绪”慢慢平复下来，也有更多时间弹弹钢琴，写写毛笔字，下午接孙女回家脚步就更轻快了。我每周下厨两天的计划倒要无限期推迟了——谢谢太太照顾。自己当然也要识相，近来跑超市和菜场的次数明显增加。所以，真希望多开一些社区食堂，环境敞亮，清洁卫生，食材安全，烹调有味，收费合理——与以前弄堂里的居民食堂相比，应有“连升三级”的呈现。如此，在老龄化背景下的上海市民就能从厨房里脱身出来，每周解放两三天也行，让大家有更多时间融入公共空间，听听音乐，看看会展，上上网课，逛逛公园，做做运动，与自己的另一半静静地喝完一壶茶。

“退休以后什么最宝贵？健康的身体、愉快的心情、充足的时间！”老婆大人的这句话不知是从闺蜜那里听来的还是自己原创的，反正与她擅长的家烧鲳鱼加年糕一样，味道正。

我的三次酒醉

绍兴人肯定会吃酒——这几乎成了铁律。饭局上，初次见面的朋友端着酒杯来敬酒，我惶恐不安地起身，双腿在颤抖，他看不到，我有感觉。“你是绍兴人？肯定好酒量，来，一口闷。”新朋友一饮而尽，笑眯眯地盯着我，同桌的老朋友知道我素不善饮，却故意起哄。

喝还是不喝，是一个问题。

绍兴是举世闻名的酒乡，绍兴人家三口缸：酒缸、酱缸、染缸。所以我肯定会喝酒而且酒量一定不错，这个推论的逻辑性很强，不容置疑。但万事总有个例外，我就是例外。我祖父祖母、我父亲母亲，包括七大姨八大姑甚至堂兄弟表姐妹等等，都是好酒量。小时候家里来了老家客人，妈妈将一个特大号搪瓷茶缸交给我，差我去街角的食品店买零拷黄酒。“加饭，拷满。”妈妈再三关照，我晃晃悠悠地捧回家，大概两斤左右，晃出在茶缸外壁的酒液有点黏手，妈妈在厨房里哐哐炒菜，两盆菜还没吃完，茶缸已经见底。

偏偏我天生不会喝酒。记忆中第一次喝酒，实出顽皮，在绍兴后梅老家的柴房里，趁大人不注意，站在小板凳上从

“七石缸”里舀了一勺黄酒喝，凉飕飕，甜滋滋，不知不觉就倒在缸下呼呼大睡。第二天爷爷找出一只彩瓷小酒盅送给我，画面上，一个头戴幞巾、美髯飘飘的老夫子拥着一坛佳酿酣然入睡。奶末头孙子能喝酒，爷爷很高兴：“喏喏，太白醉酒噢。”

这一幕童年即景如此清晰，只因为此生唯有这么一次接近诗仙李白。等到我身渐蹿高，可与父母一起温酒对饮时，这酒不知怎么就变得“凶”起来，无论黄白红，稍一沾口，面孔必定红成猴子屁股。而且，历史的经验值得注意，喝啤酒，必头痛；喝黄酒，必手臂一片红疹；喝红酒，必心动过速加胃痛；喝白酒，头痛加心动过速加胃痉挛加红疹潮涌。后来又发现，假冒伪劣白酒入口，立竿见影的头痛欲裂，喝正宗茅台、五粮液、古井贡酒等，潮起潮落很快，胃也挺得住，头痛概率低。当然也不敢多喝，三钱杯，三杯为限，四杯到顶，再喝，脚底踩棉花，舌头转不过来。

不过我备受催残的痛苦经历并不能说服热情好客的朋友，不会喝酒可不是一个好作家噢。很多场合之下，我只能有节制地抿两口，感觉差不多了，捋起袖子展示“血染的风采”——手臂上已然“万山红遍”，小脓包蚁聚蜂攒。“那你就多吃菜吧！”朋友将我拍倒在座位上，算是大赦，那目光，说不上是怜悯还是不屑。

于是我只顾闷头吃菜。我之所以成为所谓的美食家，恐怕得益于“不善饮酒”。

也因此，我的醉酒经历屈指可数。当朋友豪迈地回忆起自己醉酒的种种表现时，越是荒唐不堪，奇拙怪样，越能引发我的敬仰。有人说我性格内向，不喜浮夸，其实我也想疯狂一把，指点江山。但低头一想，一杯薄酒就能将我淹死，我又如何与人争锋？

每次填写个人履历表，在籍贯栏前毫颖生涩，我真羞与孔乙己在同一家咸亨酒店啜饮啊！

不过也有三次醉酒的经历值得一说。二十多年前参加一家杂志社的草原笔会，一干人来到希拉穆仁草原，骑大白马，睡蒙古包，晚上篝火熊熊，与内蒙作家联欢。主人杀了两只羊，白水煮熟后堆在大盘里端上来，大块羊肉上插了十几把尖刀，这就是汪曾祺先生在文章里写到的“手把肉”。但是我还没把一块羊肉剔净，身后就响起了激越的歌声，虽然我听不懂蒙古语，但从旋律上感悟应该是歌颂家乡与爱情的。当地风俗，用歌声与美酒欢迎远方的来客，敬酒从唱歌开始，客人若不起身，蒙古族姑娘就一直唱到天亮。我其实就想这样坐着一边喝酥油茶，一边听她一支支地唱下去，但我又不敢如此无赖啊，慌忙起身“应战”。仔细一看差点吓晕，这杯，就是胡松华在歌里所唱“高举金杯把赞歌唱”的那种银质镀金高脚酒杯，满满一杯至少有四两，而且是“塞上茅台”——53度的宁城老窖！

但是箭在弦上，只得依古法将手指蘸酒向身后弹三下，接过金杯一饮而尽。知根知底的上海朋友赶紧将我扶下，吃手把肉，喝羊杂汤，等大家纷纷冲出蒙古包活蹦乱跳时，我已经朝天躺倒了。等我醒来，从蒙古包顶端的天窗朝上望，那真是星河浩瀚，一片灿烂，是都市里不可能看到的壮丽景象！

至今觉得为如此壮丽的景观醉一回，值！

还有一次在贵州，也是团队活动，上海作家记者组团去黔东南采风，在一个苗族村寨的风雨桥内吃长桌饭。苗家风雨桥跟汉族廊桥相似，上有顶棚，两边类似美人靠，可供旅人小憩。桥面比较宽阔，不单可走人畜，小型车辆也可通行。长桌饭，顾名思义就是用十几张桌子拼成特殊的席面，主客面对面坐在小板凳上进食，敬酒、交流都很方便。在重大节日，苗家的长桌饭可以排到一百多米长呢！我们一行有三十多人，开吃场面也相当壮阔，大碗喝酒大块吃肉对对碰，有点梁山好汉的豪迈。

长桌上叠床架屋地摆满了老腊肉、白斩鸡、酸菜土豆、红烧牛肉、凉拌蕨菜、折耳根、酸汤鱼、小米鲊、糖水南瓜等苗家传统美食，还有浅红色的杨梅酒和归作白酒类的青酒，度数都不低，口感有点冲。才吃了几口，四五个头戴银饰的苗家姑娘就不知从何处冒出来，围着我们唱起了敬酒歌，曲调高昂清丽，歌词率直热辣：“阿表哥，来看妹，阿表妹，来端酒，管你会喝不会喝，都要喝。你喜欢，喝一杯，不喜欢，喝三杯。不管喜欢不喜欢，都要喝……”

我架不住她们的热情相劝，满满地进了一杯。但也没完呢，接下来还要敬菜，一个姑娘夹起一块白花花、颤巍巍的大肥肉狠命地往我的嘴里塞，刚想张口咬住，她的筷子又缩回去了，让我扑了个空，真真恼人！如此者三，将我逗得像个贪吃的小孩，狼狈不堪。最后我假装生气，不吃了，那姑娘却不由分说地将大肥肉塞进我的嘴里。那滋味，真个火辣！

过了三五分钟，我就在风雨桥上烂醉如泥，头痛欲裂，心脏就像一只高速动转的引擎，朋友将我抬到大巴上凉快凉快。叫我醉倒的，真不知是米酒还是肥肉呢。

要说这两次醉酒可堪回味，还有一次倒令人伤感。那是三十年前，我参加《上海文学》杂志社组织的一个活动，去山西某大型国营煤矿采访。煤矿出钱，上海作家帮他们写稿，杂志社编成专集后大约可以赚个十几万。那时候，全国文学期刊的黄金时代提前结束了。我还年轻，容易冲动，想法也多，完成采访任务后犹有不足，提出去矿工宿舍看看，负责接待的矿务局宣传部门干部面露难色，于是我就自个儿摸上门去。

矿工们住的房子相当简陋，砖根黄泥墙，甚至有木板墙的，瓦楞板房顶也大多破裂，用砖压着，小路上坑坑洼洼，辙坑里的脏水反射着惨淡的日光。不时有女人的嘤嘤哭声从黑暗处传出，据说矿工酗酒、赌博、打老婆是极普遍的。

我随机进入一户矿工家，说明来意后主人十分热情地接待了我。这位矿工四十多岁，面容憔悴，本是四川资阳农民，来山西已有十多年了，娶当地农村姑娘为妻，有两个孩子。屋里一片昏暗，看不清有什么家具，电视机、冰箱都没有，桌子上立着半瓶劣质白酒，一包花生米就是下酒菜了。矿工大哥刚下班，喝酒喝到一半。

前几天我下过矿，知道这个矿的设备都是从波兰进口的，在当时也算是先进的了，矿上二十多年也没有发生过事故。但是综采设备转起来，粉尘还是相当凶猛的。矿工们升井后，个个都像黑包公，只有一对疲乏的眼睛还在闪闪发光。

这天我与矿工大哥聊了两个多小时，在本子上记了十几页，直到矿务局的干部找到我，客客气气地将我接去吃晚饭。这个时候我已经与矿工大哥喝光了大半瓶白酒，脑子里一片空白，当我被四五个矿工抬上车时，一颗脑袋就像快爆炸一般。

后来我相当克制地将这块内容写进文章里，最终还是被删掉了。我当然也去参观了矿务局专门为管理层建造的别野群，每人一幢。他们还请了德国的建筑师来设计，有独立花园，有敞亮的回廊，有红瓦大坡顶，有眼睛似的小天窗，宛如童话故事里的背景。

十多年后，这家矿务局成了上市公司，实力越来越强。我也欣慰地得知，矿工们终于住进了集团公司新建的廉租房。那位矿工大哥应该退休了吧，愿他有一个幸福的晚年！

我很想与这位矿工大哥再喝一次，直到醉。

薄荷香

青豆泥与爱的传说

复兴公园，最早是私人所有的顾家花园，上海开埠后被法国人买下改做军营，再后来改建为向市民开放的公园，上海人叫它法国公园，现在还保留着大量的梧桐树和喷水池的轮廓。在它的北门有一家川扬馆子洁而精，外立面简洁内敛。入冬后的傍晚，店门口黄叶满阶，灯光突然像水一般涌了出来，似乎为人间戏剧的开场做准备。

这是一家有故事的饭店，我今天单说一个与爱有关的故事。在洁而精斜对面的南昌路上海别墅里住着一对老夫妻，先生李九皋曾在华侨广播电台担任英语播音员，在他的无数粉丝中有一位小姐名叫陈素任，亦是上海滩第一批女飞行员，她被李先生富有磁性的声音迷住，天天收听节目，后来鸿雁传书，互诉衷肠，最终成了李太太。1937 年，这对新人在衡山路国际礼拜堂走上了红地毯。

著名摄影家郎静山曾经为陈素任拍过一张照片《陈素任女飞行员》，照片上的陈小姐端庄秀美，眉宇间凝结着那个时代的端庄优雅，一看就知道老上海的大家闺秀是怎样的风采。1949 年后李先生被分配到北京外贸学院任教，从此劳燕纷飞三十年，南雨北雪，日日牵挂，南甜北咸，夜夜相思。海晏河清之际，李先生重回沪滨，江鸥竞飞，梅开二度。两人感情弥笃，对生活、对生命也有了更高一层的理解。

李先生退休后在学校、企业发挥余热，老当益壮，精神抖擞。每天黄昏，霞光染红树梢，老夫妻从弄堂里走出来，如初恋情人一般手挽手穿过马路，走进洁而精，在服务员特意留好的那张小方桌前坐下，点几道菜，谈谈吃吃，享受着夕阳红的灿烂时光。二十多年如一日，天天上演《金色池塘》的剧情。

后来服务员与他们达成默契，进门左边第二根圆柱子旁边的那张小方桌就是老夫妻的“专座”，节假日生意大好，其他客人也不能随随便便占这个位置。如果他们有一段时间没去，洁而精的员工就会上门探望。

一个“规定动作”，坚持二三十年不走样，要么出于坚定的信仰，要么出于忠贞的爱情。这对老夫妻的爱情，真可与水晶、与钻石一样晶莹剔透并流传恒久远了。后来，他们将一张张积起来的一千六百张点菜单据郑重其事地送给了洁而精。

这些单据如果还在洁而精的话，我希望能陈列在爱情博物馆里——如果中国真有这样的博物馆。

上周我与朋友去洁而精吃饭，一半也是为了品尝“爱情的滋味”。不过回到形而下的口福之欲，我对洁而精的几道名菜还是有期待的，比如鱼香肉丝、生爆鳝背、干煸牛肉丝、回锅肉夹饼等等。好像是前年，有位朋友在那里请客，我吃到了久违的青豆泥，在质地和味道上略有欠缺，不免遗憾。1990 年秋天，我吃过吕正坤大师亲自炒的青豆泥，执匙初尝的惊艳，被我收藏在心底。

风云际会，世事无常，半个多世纪以来，在洁而精的顾客名单中，有刘海粟、钱君匋、吴湖帆、赵丹、白杨、黄宗英、张瑞芳等文化名流，还有费孝通、苏步青、谈家桢等科学家，现在洁而精的客人多为大叔大妈，老同学、老同事、老邻居、老朋友把酒言欢，这里就是极好的社交平台。为应付这种局面，饭店也引入了几道老年人“吃惯了的”本帮菜，比如青鱼划水、鸡骨酱、松鼠鳜鱼、八宝辣酱、小葱肉皮、糯米扣肉等。许多老顾客对服务员说:“请关照厨师，不要太辣噢！”在一家老牌川扬馆子里，这种“无理要求”居然也得到了响应。

因为朋友与店经理熟，这次我吃到的青豆泥就大不一样，碧绿生青，不枯不泻，执匙一尝，甜度适中，质感细腻，与我领教过的吕大师手艺大幅度地接近了。

青豆泥是扬帮菜中的一道甜点，很考验厨师的功力，如今已不常见。洁而精能够薪火相传，功莫大焉！从选豆、浸泡、加碱煮酥、筛网过滤、去除豆壳、装袋沥干，再到小锅翻炒，加糖点盐，忽大忽小的火候掌控，真是马虎不得。手艺高超的厨师才能真正做到“三不粘”：不粘盘子、不粘调羹、不粘牙齿。而且必须是堆起来的一坨，有相当的质感。当年上海电影界的男一号赵丹，也喜欢这道软烂甜润的甜点。

今天有些饭店不肯用功，青豆泥炒得搭僵，坍在盆子里就像一摊混杂了青苔的“烂污泥”，临上桌浇一罐椰奶遮丑，还画蛇添足地加几颗血血红的枸杞子，美其名曰：“红宝石椰香青豆泥”。

以前按行业标准应该用熟猪油炒的，我喜欢这股渗透力极强的腴香。现在许多人一见猪油怕得要死，只好改用素油。我还向吕正坤再传弟子、国家级烹饪大师童纯正先生建议：青豆泥上桌前，可以撒一些坚果，比如松仁、腰果碎、巴丹木碎，甚至炸至松脆的茉莉花，可增加口感与香气。童大师摸摸下巴，认为值得一试。

中餐厨师常常将块茎类或豆类蔬菜做成泥，比如蚕豆泥、土豆泥、山药泥、百合泥、芸豆泥等。八宝芋泥是闽菜中大大有名的甜品，有一则与林则徐有关的故事家喻户晓。前不久在吴江一家饭店吃到桂花芋茸团团圆，厨师取无锡清水油面筋，一剪两半，填入桂花糖芋泥，一口一只，味道不错。

李先生与陈小姐应该也吃过吕大师的青豆泥吧。

也谈起火老店

夜读张中行先生所著《负暄续话》，内有一篇《起火老店》，说到他前几年与朋友一起游云冈石窟，夜宿大同旧城内的起火老店。所谓“起火”，就是有炉灶和油盐酱醋供投宿者掌勺做饭，嗜好什么，口味如何，全在自己掌握之中。张老先生说他和朋友怕麻烦，也不擅此道，就去高级饭馆吃了。结果吃了几天“难以下咽”的饭菜，怀抱着未能在老店起火或由服务员大嫂代为操持的遗憾而“自西徂东”了。张老先生在文章中把这个类型的老店戏称为正牌的，还有副牌的，就是旅客毋需下厨，由店里的伙计执爨。他忆及少年时第一次合伙进城，就在这种起火老店投宿，印象颇佳。步入暮年后，张老先生对这种古风犹存的老店仍念念不忘，希望类似“夜雨剪春韭，新炊间黄粱”的美好体验能够再来一次。

这篇文章写得幽默亲切，我是感同身受的。这不仅因为我对饮食文化有浓厚兴趣，还在于我很想告诉张老先生，在他居住的北京城内，至少还有一家“副牌”的老店在热热闹闹地“起火”。上世纪八十年代末的一个春天，我带着妻子和像小狗那样撒欢的儿子搭了单位集体旅游的便车，兴冲冲地去北京看看天安门和故宫。二三十人的团队被导游安排在正阳门外珠市口南边一条小胡同的旅馆里。那时的北京还保持着故都的纯朴风貌，大街上十分热闹，但拐进胡同，仿佛来到另一个世界。宁静而闲适，自然还有些旧气，门面很小的小铺子点缀其间，推开门才知道里面卖的是什么，如果有蒸汽或油烟从窗子逸出来，那就是烧饼铺子了。肩荷担子的叫卖声还能听到，远远传来，却不见人影，仿佛旧时代的回响。老北京的胡同比上海的弄堂还宽，马车照样通行无阻。儿子对陌生的景观很有兴趣。

这个旅馆有一个大天井，上有天窗，投下日光，四边一圈回廊，叠着三层客房，楼梯、地板、门窗全是木质的，走起路来咚咚作响，回声很大，和电视连续剧《那五》中的旅店一个模样。底层附设食堂，供应中午、晚上两顿饭。当天晚上我们却被同事拉到前门附近的天宫酒家去吃，很一般的菜，花了好几百（那时大家的工资也就六七十元）。第二天我们几个不敢随便花钱的人就在食堂里吃了。

餐厅不大，二十几个平方，黑板上写着当天供应的菜码，有红烧瓦块鱼、番茄炒蛋、咖喱牛肉、京酱肉丝等十几样，还有米饭、馒头、炸酱面和啤酒。厨房连着餐厅，一块油滋滋的门帘一撩，一盆菜就出来了。鼓风机嗡嗡作响，锅勺的磕碰和厨师的吆喝交织一片，有人看到座位已满，便端了酒瓶和菜盘回客房慢酌细饮。来自山南海北的旅客互相打个招呼，仿佛早就认识一般，气氛祥和愉快。我们四五个人点了五六个菜，花费不过十几元，量足，味道也不差。

在这个老店住了五六天，吃了好几顿晚饭。足不出户就能果腹，吃饱了躺倒便睡，开水管够，就像在家里一样随意，唯一缺点就是食堂地处低洼，门槛砌得很高，儿子迈不过去，我一把提起他，直接拎到桌子边。端盘子跑堂的都是腰圆膀粗的大妈，京片子说得亮堂，见了小家伙特别喜欢，今天递个苹果，明天送罐酸奶，以至于我们跟她们开玩笑，把儿子寄养在旅馆里算了。“宾至如归”这个成语在这个小环境里得到了最生动的注释，这与张老先生的体会是相通的。

1992 年到北京参加全国青年作家代表大会，下榻在刚刚建成的二十一世纪饭店。饭菜当然很好，但没有啤酒，又是十人一桌，以精壮汉子为主，吃相上未免狼吞虎咽。我们南方人没问题，北方作家意犹未尽，这桌光盘后又去另一桌扫荡。有一年我去北京采访，北京朋友请我吃饭，饭店订在朝阳门外，我在 798 采访结束赶过去倒也不远，可是朋友从法源寺那边开车过来，在路上足足堵了一个多小时。我从饭店二楼包厢的窗口望出去，大街上居然还跑着马车，跟当年在亮马河边看到的一模一样！

我为此就格外想念正阳门外的起火老店。重温了张老先生的文章，又回忆起那几天愉快的投宿，那老店里的食堂，还有被炉火映红脸庞的厨师。

没法得到的永远是好的。这也是张中行先生的体会。

公交车站周边的美食

生活在都市，从少年时代起可能会经历两件事：一是做完了回家作业或干脆赖着不做，独自坐到窗台上发呆。其实也没有什么心事，就是想放空自己，享受片刻的孤独与宁静。直到落日西下，霞光将黑沉沉的乌云镶上一圈金边，屋前那排高大的杉树，在微微颤动中迎接倦鸟回巢，听任它们叽叽喳喳乱叫一阵。二是独自挤公交车，要么是受大人的差遣去“远方”买一件不那么重要的物件，要么去公共图书馆借书。坐公交车的好处是可以近距离地观察各式人等，疲惫、兴奋、麻木、紧张等表情在车厢内似乎格外鲜明，两三个女人放肆的笑声也会造成某种压力，但如果此行的目的是为着去吃一杯刨冰或一客生煎馒头，这个就可以忍受了。

人间烟火，草木葳蕤，有寂寥孤独，也有嘈杂喧闹，孤云野鹤般地坐公交车与心心念念的美味约会，在个人的成长记录里肯定是铭心刻骨的细节。不要轻易批评好吃分子从小就对口福之欲的执着追求，这难道不是都市生活向我们提供的便利和苦中作乐的小确幸吗？

十多年后读到并喜欢张爱玲的文章，就是因为上海人熟悉的烟火气。她在《公寓生活记趣》一文里写道：“我喜欢听市声。比我较有诗意的人在枕上听松涛，听海啸，我是非得听见电车响才睡得着觉的。”她那时住在陕南公寓，“我们的公寓近电车厂邻，可是我始终没弄清楚电车是几点钟回家。……但是你没看见过电车进厂的特殊情形吧？一辆衔接一辆，像排了队的孩子，嘈杂、叫嚣，愉快地打着哑嗓子的铃：‘克林、克赖，克赖，克赖！’吵闹之中又带着一点由疲乏而生的驯服，是快上床的孩子，等着母亲来刷洗他们。车里的灯点得雪亮，专做下班售票员生意的小贩们曼声兜售着面包。有时候，电车全进了厂了，单剩下一辆，神秘地，像被遗弃了似的，停在街心，从上面望下去，只见它在半夜的月光中袒露着白肚皮。”

在与电车发生关联的不止是面包，还有她想象中需要“用丝袜结了绳子，缚住了纸盒，吊下窗去”从小贩那里买来的汤面，还有油炸臭豆腐干……

张爱玲在这类文章中，都市生活的活色生香是蓬蓬勃勃的，胀发开来的，水银泻地的，当然，那种高人一等的优越感也是要欲盖弥彰地流露一下。不过，就此我清晰地认定，至少在上海，公交车与美食的关系是唇齿相依的。

上海是最早诞生工人阶级的城市，城市道路与公交线路的规划就要照顾到工厂、商店、码头、学校以及居民集聚区，工厂肯定是重中之重。上海人是按照海关大钟的刻度来切割时间的，工人、店员、教师、学生各式人等要吃了早点赶时间上班、上学，尴尬头上捏了一团粢饭边吃边往公交车站疾走而去，路人是不以为怪的，我还看到过有中学生一边快乐地骑着自行车一边狼吞虎咽地吃一袋生煎。

在我的学生时代，几乎每个街区都有好几家饮食店，从早上的“四大金刚”到中午的阳春面、生煎馒头、锅贴，晚上延续中午的品种，并增加啤酒、白酒和简单的酒菜。有条件的店家，到了夏天就供应冷面和绿豆汤、刨冰等。直至今天，有些地方的夜市还会供应大饼油条。

计划经济时代，强调“发展经济，保障供给”，为了给上中班回家的工人师傅有个地方吃宵夜，在许多公交车终点站周围会布局一两家饮食店。营业时间很长，等末班车进场才熄火关门，供应四大金刚、阳春面、菜汤面、大馄饨、生煎。

我常常看到风雪夜归的工人师傅，从公交车上跳下来，拍去身上的浮尘，一头扎进车站旁边的饮食店吃二两生煎一碗牛肉汤，给一天的辛劳以及时犒赏。这些饮食店简陋、逼仄、油腻，甚至破破烂烂，但灶头前的师傅诚实而坦率，他们是尽职的守夜人。

如果以我老家为中心，画一个半径三公里的圆圈，值得坐几站路去品赏美食的公交车站点就有太平桥、八仙桥、东新桥、打浦桥、老西门、小东门、十六铺等。太平桥是不大不小的副商业中心，17 路电车在此拐弯，顺昌路是一条小吃街，两边挤满了简陋的摊棚，从早到晚热气腾腾，人声鼎沸。我喜欢那里的油墩子、麻球、小馄饨、梅花糕等。有时候中午来不及烧菜，妈妈就叫我去太平桥买一碗油豆腐线粉汤或菠菜猪肝汤，排队的客人等在炉灶前看师傅烈火烹油地烧出来，味道特别灵。

八仙桥的热闹程度可与太平桥媲美，龙门路与淮海路拐角上的那家糕团店我是隔三岔五要去的，喜欢他家的双酿团和黄松糕。糕团店北边是一家不小的点心店，据说是家住均培里的黑老大黄金荣所开，不大可信，但他家的八宝饭与小笼馒头十分地道。龙门路沪江书店旁边还有一家清真饮食店，咖喱牛肉汤和牛肉汤面一流，汤面上漂浮着金黄色的油花和碧绿的葱花。我兜里钱少，只能喝三分一碗的牛肉清汤，但即便如此，烫、辣、鲜，三美并，也足可回味三五天。与八仙桥菜场一街之隔的老人和，当然是响当当的本帮馆子，百年老店，红烧划水和响油鳝糊是招牌菜，夏天有糟货应市。

小东门有本帮饭店德兴馆坐镇街角，外咸瓜街、中华路一带小吃店的鸡蛋排骨、生煎馒头、鸡鸭血汤也相当不错。十六铺是 12 路有轨电车的终点站，那里有一个孤岛，就是一家规模不小的饮食店，顾客中多为挑担进城的农民，肉馒头、菜馒头、刀切馒头比拳头还大、还结实，阳春面和咖喱牛肉汤也是用蓝边大碗盛的，一碗下肚浑身冒汗。

老西门是24路电车终点站，复兴东路上有家饮食店的锅贴煎得地道，底脆皮韧，一口咬开，卤汁喷薄而出。我真的看到有一个穿果绿色的确凉短袖衬衫的美女不幸中招，鲜美的卤汁从她的衣领处汩汩淌下，脸孔涨得通红。我读中学的时候中魔似的做起了家具，每当完成一件小东西，比如床边柜、书柜、小方桌等，都要去这家店吃二两锅贴一碗油豆腐线粉汤，算是犒赏。

好几次看到有工人师傅飞快地吃完一面阳春面，再从布袋里取出一只饭盒，买两客刚刚出锅的生煎馒头，合上盖子，再脱下身上的帆布工作服将它裹得严严实实，看样子是带回家给老婆孩子吃的。

东新桥也是公交车的终点站，那里有好几家清真饮食店供应牛肉汤、牛肉煎包、羊肉饺子。供应涮羊肉火锅的是南来顺，西北风刮起，顾客络绎不绝。还有一家“炒面大王”，重油菠菜炒面，红绿相间的浓艳色彩，外加一碗鸡鸭血汤，多撒点鲜辣粉，吃得我满头大汗，饱嗝连连。

如果再跑远点，比如中央商场，商场南边的九江路外滩是好几路公交车的终点站，商场区域内的沙市一路、二路汇集了数十种风味小吃。我在中央商场淘过旧货，赤膊电池、保温杯、自行车内胎、螺丝刀、钢锯、橡皮手套等很便宜，也很好用。我在那里吃过鲜肉大包、五香排骨、生煎馒头、馄饨面，中学毕业后还与同学专门去喝过咖啡。

有一次我还约了三个同学坐电车到曹家渡去吃小笼馒头，然后看电影，散场时恰逢一场倾盆大雨，我们困在电影院门口寸步难行。此时有个中年男人塞给我们四张票子，我们就傻乎乎地重返电影院将刚才看过的新闻纪录片又看了一遍，内容是欢迎埃塞俄比亚皇帝海尔·塞拉西（同学戏称“喊尔扫垃圾”）访华。四十年后，老同学聚会时忆及这个桥段，仍会笑痛肚皮。

在高邮，跟着汪曾祺的美文寻找美味

高邮因中国最早的邮驿而得名

1995年，正值抗日战争胜利五十周年，我带领三名记者，在华东地区采访一个多月，走访抗战老兵和重要战斗遗址。当时没有高速，桑塔纳走的是省道或县村级公路，风里来雨里去，车子脏得像只面拖蟹，但我们精神饱满，意气奋发。高邮是其中的一站，我们逗留了两天。

当年的高邮与大多数江南小城一样，安谧，古朴，满眼是青砖黛瓦的平房，市河里的碧水倒映着白云，静静流淌。当地老人告诉我：侵华日军的马队闯入高邮城后，发现道路两旁的房屋很低矮，马背上的日军无法看清屋檐下的动静，担心遭到游击队的伏击，就将沿街面的房屋统统劈去两檩，致使现在看到的房子都是前高后低的模样。

前不久重访高邮，尽管有心理准备，但眼前的繁华景象仍让我大吃一惊，高楼如雨后春笋一般耸起，小巷深处的老房子也保留了不少，迎风招展的晾晒衣服、卧着吐舌头的大黄狗、盛开的月季花……大妈大叔在家门口喝茶闲聊，不紧不慢的生活场景相当温馨。车行至主干道十字路口，一组驿使送信的雕塑让我的思绪一下子穿越千年。

高邮在中国历史上虽然一直低调，但我们不能忘记的细节实在太多。公元前 223 年，秦灭楚后，秦国的嬴政立即下令在淮南“筑高台、置邮亭”，从此成为南北邮路上重要的一站。高邮因为地势较高，像一只倒扣的钵盂，后人又将它称为盂城。2014 年 6 月 22 日中国大运河申遗成功，使高邮成为世界遗产城市，后来又成为国家历史文化名城。

原高邮县副县长、高邮市政协主席朱延庆先生告诉我：高邮是大运河沿线一座具有悠久历史和丰富文化遗存的城市，在大运河沿线的五十八处遗产点中，高邮有三处，其中盂城驿、高邮明清运河故道是高邮独有的，淮扬运河主线纵贯高邮南北共 43.6 公里。

盂城驿是高邮的城市名片。盂城驿坐落在南门大街的南端，大运河东侧。在大运河畔有一座根据史料重建的秦邮亭，向东走几百米就到了盂城驿。说起来也令人心惊肉跳，虽然高邮驿站在战国后期已建成，后来历朝历代都有，特别在明代，洪武帝朱元璋对驿站格外重视，下诏中书省对驿传要“务中存恤”，“沿河（大运河）州县有驿递者，悉免其民杂役”，促进了中国的邮驿事业。因此高邮在明洪武八年（1375）建立了盂城驿，成为大运河沿线非常重要的一站，甚至承接了转运犯人的责任。后来驿站屡毁屡建，进入民国后这个“老古董”基本休克，1949年后被政府机关占用，无意间保留下来，直到1985年在一次文物普查中被发现。经过修复后再现历史风貌，但规格上已大大缩小，仅为原址的八分之一，不少馆舍都无法复原。不过我们还是大致欣赏到了明代盂城驿的原始格局，包括驻节堂、库房、鼓楼、马神庙等。更可庆幸的是庭院和厅堂内铺的石板都是原物，历经磨洗，光可鉴人，而且碎裂成哥窑一般，沧桑感满满的。

盂城驿是迄今为止全国保存得最完好、规模最大的古代驿站，是1996年获批的国家文保单位。

在高邮的短短三天里，我们还踏访了运河故道、镇国寺、文游台、净土寺塔、王氏故居以及汪曾祺纪念馆等景点，穿越古今，追怀先贤。尚有州署旧址、古城墙、风神庙、露筋祠、清代当铺等来不及参观，留待“下回分解”。

跟着汪老的美文吃起

上世纪八十年代初，读到汪曾祺先生的小说和散文，那些优美的文字与伤感的故事，犹如在我的头顶打开了一扇天窗，让我看见了灿烂而奇谲的星河。同时也知道他对故乡高邮的感情至深，对故乡的风味也念念不忘。也因为汪老的文章，我对高邮的咸鸭蛋、草炉饼、界首茶干、汪豆腐、炒米和焦屑、咸菜茨菰汤、虎头鲨、昂嗤鱼……就格外注意起来。对了，还有“䳕”，一种类似鸠的野味。

汪老这样写道：“我在小说《异秉》里提到王二的熏烧摊子上，春天，卖一种叫做‘䳕’的野味。䳕这种东西我在别处没看见过。‘䳕’这个字很多人也不认得。多数字典里不收。《辞海》里倒有这个字，标音为（duo 又读 zhua）。zhua 与我乡读音较近，但我们那里是读入声的，这只有用国际音标才标得出来。……我们那里的䳕却是水鸟，嘴长，腿也长。……䳕肉极细，非常香。我一辈子没有吃过比䳕更香的野味。”

朱延庆先生曾任高邮师范学校校长，所以我更愿意叫他“朱校长”。上世纪八十年代他曾三次接待还乡探亲的汪老，两人结下了深厚友情，至今还珍藏着十几通汪老给他的亲笔信。他说：“汪老写到的这种野味，在县志里也有记载，到了春天才能见到，所以也叫‘桃花䳕’，过了春天就无影无踪了，民间传说是钻到水下变了田鼠。其实它是一种候鸟，高邮多湖泊港汊，水草丰满，历来是候鸟迁徙的中转站。䳕比鹌鹑还要小些，嘴长、腿细、胸大，毛色是绿的，很漂亮。老百姓逮到后一般卤制，味道鲜美，连骨头也能吮出鲜味来。因为䳕的外貌有点另类，所以高邮人讥讽一个人不够端正、不够敞亮，就说‘你这个人太鵽了’，或者‘此人鵽相’。”

鵽不属于国家保护动物，高邮郊区的农民还是有机会吃到的。高邮市内有好几家饭店在做“汪氏家宴”，其中就有一道卤桃花鵽，但不能保证每天供应。而一般小饭店里卖的这道菜，大多是用卤鹌鹑李代桃僵，外人糊里糊涂的也吃不出来。

此次重游高邮，还有一个愿望就是品尝汪曾祺在文章里写到的几款故乡风味。汪曾祺十九岁那年离开家乡闯荡世界，他笔下的高邮美食都是在此前吃过或听说的，也成为他打开故乡记忆的钥匙。今天，这些乡土气息浓郁的美食，就成了汪老留在人世间的影子。

第一天下午，我们先去参观于两个月前刚刚开放的汪曾祺纪念馆。在馆里陈列的数十种汪曾祺作品集中，关于美食的专集最多。汪老的美食文章我看也就三十多篇，这些年来被大大小小出版社洗牌重组，编成不同画风的专集，估计不少于二十种，这是否过度开发啦？当然，汪老的美食散文别开生面，清雅隽永，对故乡的风物与人情世故倾注了深厚的感情。高邮将汪曾祺打造成城市文化名片，对当地旅游与美食推广相当给力。“跟着汪曾祺的美文品尝美食”，成了一个颇具诱惑力的口号。

与纪念馆隔着一条马路有一家单开间门面的熟食铺，名叫“二子蒲包肉”。直觉告诉我可能有故事。走近一看果然，发售货品的玻璃窗口下面有一块绿色的广告牌，上面赫然写着“汪曾祺小说《异秉》中王二子熏烧有传人”。推门而入，正忙着在案板上切蒲包肉发售的女店主很客气地招呼我们，介绍起她家与《异秉》的渊源，原来她就是王二的孙女王正军，小说中的王二熏烧铺确有其人其事啊！

汪老在他的小说《异秉》里这样写道：“王二摆在保全堂的熏烧摊子，除了回卤豆腐干之外，主要是牛肉、蒲包肉和猪头肉。”对蒲包肉也有详细介绍：“是用一个三寸来长，直径寸半的蒲包，里面衬上豆腐皮，塞满了加了粉子的碎肉，封口，拦腰用一道麻绳系紧，成一个葫芦形。煮熟以后倒出来，也是一个带有蒲包印迹的葫芦，切成片很香。”

现在，蒲包肉依然是旧时模样。王正军告诉我，用优质猪腿肉，按肥瘦八二比例投料，切成骰子丁，加盐、糖、葱、姜、胡椒和适量淀粉等拌匀上劲，填入小蒲包后拦腰系绳，入大锅中以原卤煮熟，蜕出蒲包后晾凉，色泽微微粉红，表面留有蒲包的鲜明印迹——颇具古风，称分量后切片出售，合着每只四元左右，作为下酒小菜它深受当地民众的欢迎。

那天晚上我们在饭店就品尝到了蒲包肉，味道清隽洁雅，有点像小时候吃过难忘的午餐肉。如果再研发几种味型，比如香辣、椒麻、蒜香、咖喱等，顾客的选择余地就大了。

在高邮的小街上，还能看到一些“熏烧摊子”，卖猪头肉、盐水鸭、盐牛肉等，蒲包肉也是不可少的，摊主的神态让我想起《异秉》里的王二。

说到蒲包我又想起了蒲菜，这也是汪老写到的乡味，取蒲草深植于水下长达一尺的根茎入菜。但此物非常娇嫩，经不起长途运输，又受制于时令，高邮以外的地方不常见。前几年我在上海建国宾馆举办的江苏美食节上吃到了虾米炒蒲菜和奶汤煨蒲菜，脆嫩微甘，至今思之，齿颊生香。

一口草炉饼，一口汪豆腐

汪曾祺在《豆腐》一文里写到了一款汪豆腐：“汪豆腐好像是我的家乡菜。豆腐切成指甲盖大的小薄片，推入虾子酱油汤中，滚几开，勾薄芡，盛大碗中，浇一勺熟猪油，即得。”

这次我们在高邮也吃到了，正式名字叫“周巷汪豆腐”，周巷是高邮北边的一个乡镇，现已并入临泽镇。在汪曾祺纪念馆里说成因为汪曾祺写文章提及的原因，这款豆腐就叫“汪豆腐”，那是牵强附会。据国家级烹饪大师徐鹤峰先生说，此处的“汪”，指的是一种烹饪技法，或者是成菜的视觉效果。前者特指将豆腐托在手掌上用刀跟“汪”碎，动作要快，指甲盖大小的豆腐被“汪”得又薄又扁，下锅后容易入味。后者指成菜后的外观要求，熟猪油漫向碗的内圈，“汪”成一条难以察觉的明亮边缘。

汪豆腐的主料是豆腐和猪血，烹制中要用到荤素两种油，还要加油渣、开洋、香菇丁、火腿肠丁等辅料增香提鲜。烧沸后分两次勾芡，用勺子顺时针轻轻搅动，以保持豆腐不碎不糊。汪豆腐确实好吃，我连进两小碗，意犹未尽。

喜出望外的是酒店还为我们配了刚刚出炉的草炉饼。酥皮，表面沾满白芝麻，中空是猪油葱珠馅，像我们平时吃的蟹壳黄，但色泽更浅一些，松脆喷香。一口草炉饼，一口汪豆腐，妙不可言。

不由得想起了张爱玲，她在常德公寓住的时候，听到楼下有小贩叫卖草炉饼，食指大动，几天后她姑妈叫用人买了一块给她品尝，她觉得味道一般，又以为草炉饼三个字可能写作“炒炉饼”。数十年后在大洋彼岸读到汪老的小说《八千岁》，恍然大悟，但此时她已经吃不到草炉饼了。

此外，我们还吃到了界首茶干、烫干丝、红烧虎头鲨——汪曾祺似乎更喜欢虎头鲨汆汤吧。界首茶干也是高邮的名物，界首是江苏高邮正北的一个古镇，界首茶干作为一道佳肴，已经有二三百年的历史，据说清代乾隆时期，界首茶干作为贡品每年要呈进京城。

界首茶干用里下河地区所产的黄豆为原料，经过运河水浸泡一夜后，用石磨磨成浆水，然后用古法滤浆、烧浆、点卤、灌包压制……就是灌入用蒲草编制的蒲包压紧，确保界首茶干有水生植物特有的清香。界首茶干可空口吃，是汪老由衷赞美的佐茶妙品，我们吃到的是经厨师开成两片后加鸡汤煨制的半汤菜，清雅鲜美，不失咬劲。

还有一道名菜叫金丝鱼片，金丝鱼就是黄颡鱼，上海人也称昂嗤鱼，因为此鱼离水后会发出“昂嗤昂嗤”的叫声。每年春秋两季上市，又因为它肉质细嫩，嘴边有两根金丝样的硬须，人称“尤须”。昂嗤鱼肉质鲜美，尤其是鳃边两块蒜瓣子肉，鲜嫩异常，汪老在饭局上经常将蒜瓣子肉夹下来给同桌的女士吃。厨师做一盘金丝鱼片需要十几条昂嗤鱼，每条昂嗤鱼只能批出两瓣柳叶状的鱼肉，上浆后滑炒，加青椒、洋葱、笋片等辅料，略施薄盐、勾玻璃芡，再滴少许明油，一个大翻身后装盘。成菜金玉相间，色泽淡雅，嫩滑鲜美，格调高雅。上海弄堂人家一般用咸菜、豆腐来加持昂嗤鱼，味道总也不错，但与高邮的金丝鱼片一比，显然太“农家乐”啦。不过也有遗憾，金丝鱼片不见鱼头，当然也没有蒜瓣子肉，汪老若在世的话，叫他如何照顾同桌的美眉呢？

高邮为水乡平原，高邮湖为江苏第三大湖、中国第六大淡水湖，依傍着宽阔的京杭大运河，数百条河流交错有致，淡水渔业资源非常丰富，有银鱼、鲤鱼、青鱼、草鱼、白鱼、鳝鱼和高邮蟹、青虾等六十三种。成网的河渠、成片的滩荡，也为发展淡水养殖提供了优越条件，麻鸭、鹅是全国出名的良种家禽，罗氏沼虾的养殖产量占全国一半以上，我们在饭店里吃到的清炒虾仁，个头大，弹性足，基本上都产自高邮。高邮湖的大闸蟹也是非常鲜美的，秋风乍起，桂子飘香，不少蟹贩子便在高邮湖边大量采购大闸蟹，运到阳澄湖边上销售。

一大早，我们走出酒店去小街寻找民间小吃，红汤小馄饨是不能不吃的。皮薄馅足，还加了大量的猪油和来自越南的黑胡椒，真是太好吃了！红汤阳春面也很好吃，饺面类似粤港小馆子里的云吞面，是小馄饨与阳春面的合体。

汪老写到的家乡美味或自己“首创”的菜肴中还有咸菜茨菰汤、拌马兰头、朱砂豆腐、开洋煨萝卜以及“嚼之声动十里人”的油条搋肉，因为时间或季节关系，没能吃到。留个遗憾，成为下次重访高邮的理由。

朱校长对我说：“汪老在家里做好了菜，每样都尝两筷，接着就只顾喝酒、抽烟、喝茶，做菜成了他的一大乐趣。汪老认为做菜的乐趣第一是买菜。我有几次打电话给他，他不在，他老伴施老太接的电话：曾祺买菜去啦！汪老爱逛菜市场，在菜市场里他挑选食材，感受时序变化，也在体察世间百态，所以他的作品中弥漫着人间烟火。”

汪曾祺的油条搋肉

没有一个人会拒绝油条。在简陋的老街，在拥挤的菜场，或者允许在街角巷口摆一只小摊头，架起油锅煎油条，肯定会招来熙熙攘攘的顾客。他们目不转睛地围观在油锅里翻腾的油条迅速膨胀，颜色由浅转深，那是一种诱人的金黄色，像朝阳一样升起在庶民的早晨。

在上海人对“四大金刚”的定义中，油条与大饼是一对不离不弃的情人。但是我还要强调一点，如果没有油条，大饼的生意就比较难做，大饼必须夹了油条才好吃——这也是南北共识。油条倒可以单打独斗，自成一派，更何况急着与它结盟的还有煎饼、粢饭、蛋饼、葱包桧儿等。有了油条的加持，煎饼果子才名副其实，粢饭和蛋饼才有了核心价值，葱包桧儿也能在西子湖畔有了立锥之地。

北方也有油条，油条的故乡大概就在北方。唐鲁孙在《老乡亲》里说起北平的早点：“至于油条，油面切成长条，中间划一道口子，用手一抻，炸成长圆形，比台湾一柱擎天的油条既秀美又好往烧饼里夹。”唐鲁孙的这段描写已经相当详细了，但我还得补充一下：“油面切成长条”后，师傅得抓起两小条叠在一起，用七八寸长的小钢棒往中间一按，压出小槽，然后手腕一抖，在粉堆里转成麻花状，抻长到合适的长度下锅，再两头一掐收口。这两根面条的刀面是不能对接的，否则油条就发不胖，术语叫做“并条”。

我为什么要强调这一点呢？因为这是决定油条成败的关键，也是拿来做油条搋肉的前提。

这里我又得插一句：北方人吃油条，那是相当的豪迈。买起来是论斤的，师傅，来两斤！四十年前我与女朋友行走在青岛街头，下午四五点钟的样子，几个大妈在路边炸油条，炸好的油条堆在一块门板上，简直像座小山啊。我跟女朋友研究起来：会不会是人家要办什么红白喜事所用啊？忍不住请教一位大妈，大妈亮起嗓门回答：明天赶早卖啊！看样子青岛人也是论斤买的，吃冷油条也无所畏惧。

上海人买油条是精打细算，一根两根，还要求是刚刚出锅的，滋滋地滴着热油，捏在手里烫得钻心，吃起来才脆口，香气四溢，或者就像张爱玲追求的意境，咬破油条时的那一口热空气。竖在铁丝笼里的油条就像舞厅里的“相公”，不招人待见，除非你急着要吃了上班去。一般情况下，师傅等生意差不多时再将冷油条回锅炸一下。如果隔夜油条再造，就叫老油条，吃起来像麻花一样坚而脆。上海人形容吊儿郎当、不务正业的人——“老油条”。

老油条裹进粢饭里味道超好，师傅专门卖给熟人的，一般人无此口福。

一早起来，买一根油条扯成两半，嚓嚓剪段，蘸酱油，过泡饭，可供一家老小之需。西坡兄在《早餐》一文中说：“如果我有幸被遣到弄堂口的饮食店买油条下饭，一家人绝对等我回来后一起下箸。那时的早餐，肯定没有现在的丰盛、营养，但肯定比现在温馨、愉悦。”这话没错，我们这一代人感同身受。

这本是上海人的精打细算、和睦家风，但到了梁实秋的笔下就成了话题，看看他在《粥》一文里是怎样描写的吧：“早餐是一锅稀饭，四色小菜大家分享，一小块酱豆腐在碟子中央孤立，一小撮花生米疏疏落落地洒在盘子中，一根油条斩做许多碎块堆在碟子中成一小丘，一个完整的皮蛋在酱油碟里晃来晃去。不能说是不丰盛了，但是干噎惯了的人就觉得委屈，如果不算是虐待。”

梁老师想必在北平和青岛吃过论斤卖的油条，他肯定不能想象，直至今天，油条酱油蘸蘸过泡饭还是唤醒味蕾、治愈灵魂的良方呢。

还有比这更尴尬的时刻——吃饭没有汤。上海人吃饭是必须有汤的，那么油条又来救场了，一根油条剪碎扔在碗底，加虾皮、紫菜、酱油、葱花，开水一冲就是一碗汤了，倘若再淋几滴麻油的话，味道还真不差呢。我家也试过几回，妈妈说：

比你二哥喝的玻璃汤好多啦！那年头二哥在新疆生产建设兵团，每顿一个玉米窝头，一碗盐开水，知青美其名曰“玻璃汤”。

抗战胜利后，穷困潦倒的汪曾祺来到上海，在民办的致远中学教国文，星期天就去逛城隍庙，逛旧书店，逛法国公园、兆丰公园。在上海他有两个朋友：黄永玉和黄裳，他还经常去巴金霞飞坊寓所聊天喝咖啡。他应该吃过上海的油条，等油条起锅的时候打量上海人。

他住在学校里，在《星期天》这篇小说里我记得一个细节，楼上人家将洗脚水直接倒在天井里，激起惊心动魄的声响。“我临离开上海时，打行李，发现垫在小铁床上的席子的背面竟长了一寸多长的白毛！”这是魔都的黄梅天送给“海漂”的礼物。

在汪老诞辰一百周年时，高邮为他建了一座纪念馆，据说还得了一个国际设计奖。汪曾祺在高邮度过了青葱岁月，然后在扬州、昆明、上海等地一路颠沛，1950年结婚后定居北京。他写的许多美食散文都与高邮、昆明、北京有关，对故乡风物描摹最细，用情很深。晚年三次还乡，留下许多佳话，他谢世后，高邮人根据他的美食文章整理出一桌汪氏家宴，街头不少饭店都打出“汪氏家宴”的广告以广招徕。去年我在高邮品尝了蒲包肉、汪豆腐、草炉饼、金丝鱼片、炒米炖蛋，还有红烧虎头鲨。咸菜茨菰汤、朱砂豆腐、开洋煨萝卜等汪氏名菜因为季节不对没能领略，遂留遗憾。今年立夏过后再访高邮，在汇富金陵大酒店总算吃到了心仪的油条㧟肉。

在不惊不乍的汪氏家宴里，它意外地被冠以一个光芒四射的名字：日月同辉。这是一道双拼，汪豆腐拼油条㧟肉。汪豆腐我在去年吃过，也写进文章里了，江苏里下河地区的黄豆和水质都很好，淮扬菜里大煮干丝和烫干丝所用的豆腐干都产自那里，豆腐品质也卓尔不群。汪豆腐是一道叫人倍感亲切的家常菜，汪豆腐配刚刚出炉的草炉饼，有“草草杯盘共笑语”的诗情画意，值得大快朵颐。

油条㧟肉的这个“㧟”字是高邮土话，“㧟”表示一种动作，有疏通某一物体或掏空后重新填上其他东西的意思。油条斩寸半长的段，塞进肉糜及其他辅料，复入油锅炸至松脆即可，蘸番茄酱或甜椒酱趁热吃，也可与汪豆腐搭配，一干一湿。不过用这两道菜来象征日月，有点牵强，汪老若在世，肯定反对。

汪老在《老味道·做饭》里写道：“塞肉回锅油条，这是我的发明，可以申请专利。油条切成寸半长的小段，用手指将内层掏出空隙，塞入肉茸、葱花、榨菜末，下油锅重炸。油条有矾，较之春卷尤有风味。回锅油条极酥脆，嚼之真可声动十里人。”

我爱吃油条，油条塞肉也就爱屋及乌了。其实上海人早就会做这道菜了，就直白地叫做油条塞肉。我家也多次做过，废物利用，吃个新鲜而已。黄河路、乍浦路美食街形成后，油条塞肉、油条塞虾仁是价廉物美的“模子菜”。汪老自诩首创，我表示不服。

接待过汪老还乡的高邮朋友说：汪老喜欢逛菜场，也喜欢做菜，家里临时来客，要留饭，却没有准备，就拿吃剩的油条做文章，斩点肉末、榨菜末塞进去，油锅里一炸，就成了一道皆大欢喜的下酒菜，嚼之声动十里人是李白诗风，家宴就是吃个气氛嘛。

在一桌吃货咀嚼油条搋肉的夸张声响中，我仿佛看到了一张顽童般的笑容。

汪老也会用隔夜油条煮汤，他在给朱德熙的信里记了一笔：“极滑，似南京的冬苋菜（也有点像莼菜）。”

哈哈，简素人家的油条酱油汤到了他的笔下，瞬间高大上啦。是啊，他从来就是一个苦中作乐的人呀，有东坡遗风。

（写在汪曾祺逝世二十四周年祭日）

陆康的“七彩人生”

陆康住院做手术，出院后居家不出，朋友们得知消息当然要去探视，他一概谢绝。他怕烦，更怕劳累别人。大伏天骄阳似火，暑气蒸腾，倘若三五知己躲进空调房里喝喝茶，赏赏骨董，谈谈名流轶事、前朝掌故、艺坛趣闻，或许能激发他的谈兴。若要他祥林嫂似的絮叨，头也大了。其实，这里悄悄地透露个秘密，真要是陆康意兴勃发地向大家复述病情，一定也是绘声绘色，自我排解，绝不会流露丝毫的悲戚，更无沉舟侧畔千帆过，病树前头万木春的哀叹，他可是一个达观的人啊！

这不，我还是抓住一个机会，约了朋友去看望他。进入客厅，又发现了不少新东西，这是他的收藏品——西洋老家具。柚木质地，白铜配件，花旗玻璃，各显妖娆，啊呀，不知在几户诗礼人家流转，又经过多少拈花素手轻抚，皮壳温润，包浆厚重，洛可可、安妮女王、帝政时代……千里有缘，在此雅聚，重峦叠嶂，峰回路转，想那主人整日在这些宝贝中间穿插，或有爬山涉水之乐了吧。

新上墙的是白璎和何兮的水墨作品，这是他对新锐艺术家的奖掖。

那副老楠木对联还在墙上。晚清书法名家王文治手迹，内容又是从《兰亭序》里萃取而出：林荫清和兰言曲觞，流水今日修竹古诗。楠木材质本来密致温存，加上光阴的积淀，更显沉郁。

十年前，陆康陪朋友到吴中路一家老家具商店淘宝，朋友看中一件中式的朱金木雕大柜，正在讨价还价时，他却发现仓库的一角斜搁着一对老对联，随手翻过来一看，一行典雅的王字依稀见辨，用掌心抹去浮尘，“王文治”三字落款赫然入目，心底顿起狂澜。

陆康询价，老板不知王文治何许人也，开出的价钱出乎意料的低。陆康一口应承，要求他再整修一下，整旧如旧，油漆斑驳的效果不能破坏，完了再配了一对旧的铜挂钩。他向我显宝时的表情相当生动：“放在我这里才算是宝贝回家。”

聊了一会风月，又有几个朋友赶过来，看夕阳的余晖将窗台涂抹成金黄，陆康便邀请大家去小区里的会所用便餐。这家会所的主人雅好字画，大堂里挂了一幅伊秉绶的隶书对联，还有一轴翁同龢的行书中堂，陆康的一件书法横披也挂在堂前，论气概风度，不遑多让。有人说，但凡上海滩有点格调的饭店里，必定会有陆康的书法。也有人说，但凡陆康题写店招的饭店，必定生意大好。这两个“必定”有点凑趣的意思，但你要驳倒他也不那么容易。

我问陆康：养病期间外出应酬少了，是否可以定心安神地写字刻印呢？他微微一笑：不能多弄，怕作品中带进病气。陆康的作品犹如玉树临风，典雅秀美，不染俗尘，这其实也是他平和心态的写照。

这家会所的菜水不错，虽然不是龙肝凤髓，烹调上却步步到位，予人有家常一路的亲切感。也因此席中诸人胃口大好，来一只吃一只，最后陆康吩咐服务员“再上一个老节目”。很快，一盆混搭风格的新菜上桌，无非是肉丝、青椒丝、香干丝、榨菜丝、芹菜梗、绿豆芽、鸡蛋等一勺烩，但色彩悦目，吃口爽脆，汁液饱满，大家纷纷争尝。“吃到此时大家已经九分饱，再上大鱼大肉难免暴殄天物，那么再加一道下酒小菜最为相宜。”陆康说。

某年某月的某一天，陆康照例在外应酬，也是酒酣耳热之际，他如此这般吩咐厨师选择七种厨余食材炒了一盆，一开始不行，盆底见水，菜梗疲软，再炒一盆，仍有欠缺，最后他干脆趋步冲进厨房。不管你炉口喷火，呼呼作响，犹如狮吼，他神定气闲地吩咐厨师将食材分批入锅煸炒，中间不加一滴水，鸡蛋打散，蛋液成饼，边缘微焦，翻炒N次，颠锅N次，眼看最后一次腾空，陆康抄起一只九寸盆插进去，一坨菜稳稳落在盆中央，于是这款带着浓浓镬气的小炒就横空出世了，美其名曰“七彩人生”。如今虹桥好几家饭店都有这道“七彩人生”飨客，但这是隐藏菜单，一般客人吃不到。

我是汪曾祺先生的忠粉，他的文章我看得最仔细。汪老在《食道旧寻》这篇忆旧文章里写到一道“十香菜”：“教授夫人大都会做菜。我的师娘，三姐张兆和是会做菜的。她做的八宝糯米鸭，酥烂入味，皮不破，肉不散，是个杰作。但是她平常做的只是家常炒菜。四姐张充和多才多艺，字写得极好；曲子唱得极好，——我们在昆明曲会学唱的《思凡》就是用的她的腔，曾听过她的《受吐》的唱片，真是细腻宛转；她善写散曲，也很会做菜。她做的菜我大都忘了，只记得她做的‘十香菜’。‘十香菜’，苏州人过年吃的常菜耳，只是用十种咸菜丝，分别炒出，置于一盘。但是充和所制，切得极细，精致绝伦，冷冻之后，于鱼肉饫饱之余上桌，拈箸入口，香留齿颊！”

十种咸菜丝炒成一盘，味道不是咸上加咸吗？心里存了个疑。后来我在华永根先生注释的清代《倚桥桐棹录·菜点》一书中看到有“十丝大菜”：“荤素十样丝，食用油、盐、酒等。”华先生注释：“此为古菜。‘十丝’常用干贝丝、火腿丝、鸭脯丝、海参丝、猪腰丝、鸡脯丝、里脊丝、鳜鱼丝、冬笋丝、冬菇丝等。‘十丝’入锅用旺火煸炒，加高汤焖透，着芡盛出，装盆可用菜心垫底衬色。‘十丝’亦可用其他荤素料，根据季节做些调整。”华先生还写道：“十丝大菜以其精细与美味，每每一席，都能压住整场，艳惊四座，让食客一下子就领略到苏州人饮食的精细与讲究时令，就如梨园名角，一个亮相，气势、气场就压住了群芳。”

张氏四姐妹原籍合肥，却从小在苏州长大，如果张充和擅制的“十香菜”与“十丝大菜”有血缘关系，那肯定不会是咸上加咸的十种咸菜。

陆康祖籍苏州东山，他祖父陆澹安是南社成员，民国时期的著名作家、报人，编过评弹脚本，研究过《水浒》，写过侦探小说，照今人的说法就是一枚男神。当然陆康也是一枚男神，他小时候在祖父指导下读书、写字、刻图章，在祖父与老一辈文化人之间充当“联络员”，“十丝大菜”作为苏州人餐桌上的老古董，他即使没有亲口尝过，也至少听他祖父说过几回。

再后来我在《舌尖上的中国》第三季上看到摄制组对苏州地区的一道“白什拌”有所关注，此菜看上去与“十丝大菜”画风接近。在微信里与苏州吴越美食推进会创始会长蒋洪兄聊到此菜，他说自己刚写了一篇文章《白什拌》，就顺手发给我看：“多年前，姑苏城内刮复古风，一些老式苏帮菜被翻了出来，白什拌是其中的佼佼者。所称佼佼，是因为已经很少有知道白什拌在半个世纪之前是怎么回事，再加上白什拌原本只在大餐馆供应，未能列入历年官方苏帮菜谱，网上宣传莫衷一是，真假难辨。”

继续看下去。“新苏派厨艺代表人物徐鹤峰大师手中有一张 1966 年木渎石家饭店的菜单，白什拌单价 1.20 元，与三虾豆腐等价。……20 世纪 60 年代前，苏州各大名店除供应常见菜式，还售细汤、四喜汤、四宝汤、细宝汤、特别汤、三鲜汤、酸辣汤、白什拌、红什拌、炒鸡脯片、海参片、鱼肚、蹄筋、笋片、青豆。中火炝锅下猪油，葱姜和已经预熟的火腿片、鸡脯片、海笋片、鱼肚、蹄筋和猪脑，入高汤烩片刻，勾菱粉芡，再淋热猪油，旋即起锅装盘，再滑炒虾仁结顶。”

看了蒋洪兄的文章，对这道老苏州名菜基本了解，但是没有吃过，还是不知道梨子的滋味。不过机会很快就来了，过了三四个月，我去吴江宾馆参加一个美食研讨会，会后主宾把酒小酌，徐鹤峰大师正好也在吴江宾馆指导厨师业务，就亲自炒了一道白什拌请我品尝。

鸡脯丝、鸭脯丝、里脊丝、猪肚丝、猪腰丝、海参丝、蹄筋丝等，一应俱全，而且切得粗细均匀，长短一致，在炒锅内经过油与火的历炼，样样入味，又样样保持本来的味道。还有绿豆芽、冬笋丝、芹菜梗和青豆，蔬菜的爽脆和清香，使这道菜赛过鲜花着锦，有了丰富的层次和雅致的色泽。难点在于要加熟猪脑，事先煮熟、冷却并掰成鸽蛋大小的块状，入锅颠炒而不能糜烂，否则整盘菜就不好看了，但徐大师举重若轻地显得了它的最好状态。

徐大师出了厨房来到我面前："最后，另外起锅滑炒虾仁盖在顶上，就叫白什拌。原材料中去掉青豆，炒好上加一撮熟火腿丝结顶，就叫红什拌。以前饭店落市后，厨师将厨余食材切切细炒成一盘菜供账台、伙计吃，有什么吃什么，现在就叫员工餐。这盘菜一般就叫徒弟炒，炒不好师傅要骂山门的，所以徒弟必须全神贯注，不敢马虎。"

听了徐大师的话，我又狠狠地搛了一筷，似乎要把这美好的滋味深深记住。

再说回陆康吧。这枚男神写字、作画、治印、编书、写文章，水到渠成，每年有新著问世。采菊东篱下，悠然见南山。当然也会吃，懂得烹饪之道，早年在澳门开过饭店，生意好到飞起来，自己要吃饭也只能另找地方解决。有一天他正在自己饭店对面的小铺子里吃牛肉面，突听店里枪声大作，再一看，硝烟弥漫处冲出三四个持枪男子，一转眼消失得无影无踪。他赶紧过街察看现场，杯盏狼藉处只见一个食客躺在血泊中，已无气息。等警察赶来处置，才知道是黑社会火拼。次日一早陆康在店里收拾残局，突然来了一帮人，在店门口齐刷刷立成一排，一式黑西装黑领带。少顷，从他们后面闪出一妙龄女子，黑长裙，黑皮鞋，黑手套，黑面罩，涂的唇膏都是黑的，缓缓蹲下烧了一堆纸钱。火苗蹿起，鸦雀无声。

城门失火，殃及池鱼，第二天陆康就将饭店关张了。过了两年，澳门回归。

夜来香与私房菜

中国的菜肴有两大主流，一是皇家官府，一是民间草根。王公大臣都是油瓶倒了不知扶一把的主儿，厨房在哪里当然不知道，让他们眼睛发亮的美食，有不少来自荒村野店，偶尔一尝，说声好吃，赶明儿着令厨师做些改良，用料讲究一点，盛器精美一点，就成皇家官府的专利。一部《红楼梦》，食色二字贯穿始终，宁荣两府的菜单中有糟鹅掌、家风羊、芦蒿炒肉、奶油松瓤卷酥、油炸焦骨头、油盐炒枸杞儿等，还有被红学家反复考证过其实并不好吃的茄鲞，追根溯源，都在民间。所以，私房菜才是中华饮馔的根本。

你再看人家袁子才，一本薄薄《随园食单》，就记录了当时江南富豪人家的私房菜。比如吴小谷家的甜酱水干煨茄子和卢八太爷家的秋油泡炒茄子，程泽弓家的鸡汤蛏干，杨参军家的全壳甲鱼。光是豆腐一种，就翻出百样花式：蒋侍郎家的猪油大虾米煨豆腐、杨中丞家的鸡汁糟油香蕈豆腐、王太守家的八宝豆腐、张恺家的虾米豆腐、何春巢家的蛏汤豆腐、扬州程立万家的煎豆腐，“精绝无双”，“微有车螯味”。……还有查宣门家画虎不成反类猫的煎豆腐，“乃纯是鸡、雀脑为之，并非真豆腐，肥腻难耐矣”。

被袁子才品尝后击节赞叹并记录在案的还有杭州商人何星举家的干蒸鸭，尹文端家的风肉、鲟鱼，苏州沈观察（官名，仿佛今天的局级巡视员）家的煨黄雀，太兴孔亲家的野鸭团，对，还有大画家倪瓒鼓捣出来的云林鹅……琳琅满目，美不胜收。袁枚还注意到和尚道士的私房菜，比如芜湖大庵和尚的炒鸡腿蘑菇，扬州定慧庵僧的煨香蕈木耳，芜湖敬修和尚的豆腐皮卷筒，朝天宫首道士的野鸡馅芋粉团子……老一辈的美食家曾说过，和尚道士烧的菜有天厨仙味，看来不假。最有趣的是，随园老人人老心不老，说仪真南门外萧美人善制点心，凡馒头、糕、饺子之类，小巧可爱，洁白如雪。想必老头子仔细打量过厨娘粉藕般的手臂，否则很难认定坊间对她的称谓。

去年中秋前数日，浦东陆家嘴荷风细雨餐厅请来四川名厨复刻成都“姑姑筵”，我也有幸分得一杯羹，品尝了牛头方、芙蓉豆花、宫保虾球、樟茶鸭子等，还意外地与“白玉红颜卷秋色”的李庄白肉重逢，满心喜欢。看到花园里荷花开得正好，便起身折了几段荷梗，插进酒杯里吸饮。

“姑姑筵”在成都人口中就是孩子“办家家”，也有人认为“姑姑筵”三字取自唐代王建《新嫁娘词》：“未谙姑食性，先遣小姑尝。”民国年间，这家私房菜馆让一班文人墨客趋之若鹜，以尝鼎一脔为傲。店主兼大厨黄敬临先生本身就个文化人，还当过县官，但他不爱官场爱厨房，脾气倔，做事认真，连一碟泡菜都不同凡响，据说卖得很贵。环境布置上也别出心裁，墙上挂满名家字画，颇有文人书斋的韵致，器皿也是古色古香的，让人看着舒心。上菜也不讲究繁文缛节，没有攒盒之类的“前戏”，四盆酒菜之后就是压桌子大菜，烧牛头、坛子肉、烟熏鸭子、鸡皮冬笋、香花鸡丝、奶汤莴笋、肝膏汤等等都是他家招牌菜，最后是下饭菜收尾。每市只开两桌，须提前三日定席。抗战前夕，张学良去昆明路过成都，只逗留一晚，刘湘想请他吃一次“姑姑筵”，无奈当晚的宴席已被人家预定了，黄敬临亦表示不能失信。最后刘湘手下的交际能人“以南池之水，救北地之焚”，遂使宾主尽欢。

黄敬临为表示自己身份不同于一般的厨师，定下规矩：不管来客身份多高，都必须在座次上给老爷子留一个座位，以示尊敬。后来陆文夫写的《美食家》，做私房菜接待朱自冶的孔碧霞也守着这个规矩，出处就在“姑姑筵”啊。“姑姑筵”被人称为中国私房菜之鼻祖，原因大约就在这里。

再比如，上海滩名重一时的扬州饭店，以前是北京东路江西北路交叉路口“荣毅仁俱乐部”附设的食堂，俗称“莫家厨房”，专供与荣氏家庭业务关系的银行家在此小酌，不对外营业，正宗私房菜，五味腰片、三色鱼丝、蜜汁火方等淮扬名馔精妙绝伦，美名外传后，一班电影明星也去蹭饭。建国后，俱乐部寿终正寝，莫氏兄弟得了荣老板的鼎力相助，借宁波路沿街店面开了一家“莫有财厨房”，对外营业，后来又经过公私合营，成了扬州饭店。

由此可见，私房菜在中国源远流长，十里洋场也是私房菜的温床。

经过四十多年的改革开放，上海餐饮市场繁荣繁华，登记注册的企业就有十二万家，但城市还在延伸，市场空间也随之膨胀。有人统计，每天约有三百家开张，三百家关门，走马灯似的十分热闹。有人觉得在社会饭店露脸不方便，能不能“低到尘埃里”呢？行啊，在你闪出这个念头之前，花儿已经开了。这不，城市的缝隙里悄悄地开出了私房菜馆，没店招，没菜单，你得通过朋友的介绍摸过去。

潮涌浦江，日出东方，餐饮市场千鸥竞翔，百舸争流，近年来私房菜复活，骤雨初歇，兰舟催发。资本、美女、八卦，凑齐了就可以登场唱戏。老板大多是出得厅堂、下得厨房的美娇娘，品尝她做的菜肴，好不好先不说，手上的香汗已经叫你酣然微醺了。她们早些年从事金融、地产、互联网、传媒、会展等行业，是名副其实的“白骨精”，看惯了潮起潮落，积累了丰富人脉，开业后的小半年里，朋友一档档过来捧场，响亮的碰头彩让她信心满满。

私房菜馆大多设在闹中取静，环境整洁的弄堂里。在弄堂里享受家常味道，人与城市的关系似乎更加亲密。北方来的朋友对上海弄堂也有好奇心，有机会在弄堂环境中喝一顿，也算最大程度地接近原生态了吧。走进弄堂深处，四周便是上海人家的日常，红花绿树，沧海桑田。若在向晚时分，烟火气渐浓，向坐在家门口剥笋的大妈打听某某号在哪里，大妈用笋尖对着前方一指。左右看看，踏上台阶按响电铃，旗袍小姐开门迎客，嫣然一笑领你进屋。嘿，就像地下交通员寻找上线一样，好玩。

有些私房菜也不过是外婆红烧肉、葱油鸡、糖醋小排、干煎带鱼、咸菜大汤黄鱼、韭黄炒鳝丝、烂糊羊肉、腌笃鲜之类的大路货，家常味道，最能拴住一颗漂泊的心。其实也怪不得人家，老板娘本来就是苦孩子出身，改革开放给了大家机会，加上手脚勤快脑子活络，钞票像雪片般飞来，她的美食经验里能有山珍海味、龙肝凤髓吗？不过资深美女风姿绰约，眼角眉梢都是戏，大家就愿意相信她是名门之后、大家闺秀。如果基础比较好，比如搞过设计，学过绘画，练过书法，又有留洋的学历，英语说得溜，那么一切都得重新打量。你看她家墙上挂着高仿的宋画，壁炉上摆着跳蚤市场淘来的英国十九世纪的银烛台和法国圣女贞德大理石胸像，桌上层层叠叠的爱马仕餐具，天哪，连餐巾都是提花抽丝的荷兰货，你还能怀疑她的非凡人生吗？

前年春夏之交，朋友邀请我去北古地区新世纪广场内的一家私房菜馆试味时鲜。大家叫老板娘为“二妹”，她曾经是一家知名互联网公司的销售总监，业务需要，不得不应付一场场应酬，与话不投机的客户或合作伙伴没话找话，红白黄几种酒一灌，头痛到第二天早上，这样的生活渐渐让她厌倦。各位也不难猜想，商海沉浮的油腻男，喝醉后的面目是如何的恶心。

还有一个原因——那是我的猜想，她热爱美食。好好吃饭，也许是她最朴素的愿望。

于是二妹辞职，在古北租了一套公寓房子，专心致志做私房菜，闺房格调，兼有工作室功能。

房子在十七楼，位置与采光都极好，无论在厨房还是在餐厅，都可以端一杯咖啡伫立窗前，骋目远眺，夕阳为浮云镶上金边的那一刻足以让人陶醉。房间里的布置是她奇思妙想的结晶，充满了温馨浪漫的气息，还有随处可见的油画，没装框子，却流淌着“他在远方”的惆怅。

没有菜单，有啥吃啥，挑食者免进。餐厅的墙角支着一块小黑板，老板娘这手板书按捺提挑有板有眼，让不少中小学教师脸红。

大小餐厅有三间，摆两桌比较从容。执掌厨房的是一个胖胖的小帅哥，姓陆，从象山来，一口石骨铁硬的宁波话，每上一道菜都要强调一番：原料如何难得，烹饪如何出新，但华丽的外表下，依然是一颗海水里浸泡过的“宁波心”。

比如“老宁波十八斩”——每块醉蟹都挂着一团红艳艳的蟹黄，还有猪油渣芋艿羹，每人一盅，简单的食材最能体现老宁波的本味，自从前几年我在奉化初尝之后，一直不忘，时时想念。野生大白鲳清蒸，改刀成条，除了盐，其他调味都显得多余。最对我胃口的是干菜笋烧墨鱼，所谓干菜笋，就是宁绍人的专利，当地农民在晒霉干菜时加大量的毛笋片，一块名片大小的笋片，晒干后仅为指甲盖大小，真是片片皆辛苦啊！再说明一下，霉干菜就是霉干菜，不必假斯文地叫作梅干菜。如果说到梅菜，那又是另外一回事，单指梅州客家地区出产的菜干。宁绍干菜不霉，何以致美味？不过霉干菜要想上花轿，须有五花肉加持，所以小陆厨师用五花肉与霉干菜一锅焖透，再搛出来与墨鱼做成一盘菜。经过霉干菜悉心滋养的墨鱼块韧纠纠的相当厚实，渗进了霉干肉的味道，咬口弹性也“江江好”。好久没吃到这么厚实而鲜美的墨鱼了。

还有一道素菜，黑松露烧笋衣。这个笋衣取自阔大而坚实的毛笋，也事先用重油的肉汤煨过，去除涩味，脂油丰润，煮好后刨几片黑松露来当配角。一个在竹园，一个在松林，两种食材千里迢迢殊途同归，成就了一道品质非凡的好菜。

最后的咸菜肉丝榨面也很有老宁波家常味道。所谓榨面就是米线吧，妙在久煮不烂，入口爽滑。酒瓶见底，渐入佳境，大家就不讲究吃相了。

席中多位文化界女客为二妹家的两只“英短”所引吸，一只只抱来亲热。胖妞英短本是母女俩，看上去却像一双形影不离的闺蜜，灰色短绒裘皮打扮，不声不响，步履轻盈，高傲体现在高高竖起的尾巴上，这般神情怎不叫女饕客如痴如狂？

有美女问我：天天在外大吃大喝，为何身材不见二师兄这般滚滚圆？我从口袋里摸出一板二十粒装的二甲双胍：“本大叔靠的是这个，据说除了控制血糖，还有瘦身降脂延年益寿等诸般功效。” 一位女医生从专业角度佐证了我的观点，一字一句令人信服。于是众美女纷纷向我索讨，我只得像发香烟似的兜了一圈，成为酱油冰淇淋之后的又一道甜品。

长江后浪推前浪，近来有些“80 后”“90 后”的美女也加入了私房菜的行列，她们“背后有人”，对娱乐圈的信息格外关注，拗起造型来窈窕得紧。地段要好，档子要高，停车位有保证，环境要有绿化，最好左右逢源，前有遮挡后有靠山，若设天气晴好，惠风和畅，也可在天井里喝喝下午茶，吃吃中式点心，看看枝头新绿，说说私房话。讲究一点的，服务小姐递上一具松木盘，盘内隔开十几只小盅子，龙泉、哥窑、影青、祭红、粉彩、浅绛、珐琅，总有一款让你心动。当日手书菜谱请过目，那是纯银錾花盆子托着递上的日本麻纸小手卷，徐徐展开之际，再横豪的客人也不敢暴粗口了。

当然，菜式要新潮，摆盘要出奇，拍照晒图是饭局的重要环节。为了江湖传说中的某款原材料，老板娘不惜千山万水地去寻来。客人提要求，也接受外烩，带上三四个助手，还有食材、调味、餐具，引擎一轰，奔驰威霆 V260 就出更了。上门烧一桌，费用不便宜噢。

我个人看法，私房菜总要有点家庭气息，环境整洁是前提，装潢上不可炫耀，不可暧昧，不可俗气，不能布景化，也不必琳琅满目像开古董店，茶饼一层层堆到天花板对客人也会造成压力，软熟，温馨，家具抚之有包浆，柚木地板不伤脚，不是阿姨家，也像舅妈家。主客相见如故旧，不必正襟危坐，也不可大呼小叫，坐成一圈灯光融融，窗外正好夜色温柔。家常菜烧得诚实，创新菜有意外味，吃到刚刚好，不浪费，不糟蹋，这就叫低调。送客出门时老板娘再送每人一份亲手烘烤的芝士蛋糕，这就是人情。

疫情期间不敢轧闹猛，私房菜就成了雅集首选。白露那天，我被朋友拉到西区一片被仔细保留下来的石库门街区，那是法租界向西拓展后建成的新式里弄房子，楼上楼下设了四个包房。进入二楼前厢房，墙上挂了三张老照片，一张是跑马厅，一张是十六铺，还有一张是兆丰花园的露天音乐会。墙角放了一张老红木梳妆台——上海人也叫“面汤台”，上面有花露水瓶、香粉盒，烧炭的熨斗里是大白兔奶糖，老旧的刻花玻璃瓶插了一把夜来香，素雅清幽，暗香浮动。

菜色清清爽爽，用料讲究，烹调得当，上菜节奏掌控有度。开张两三年，从疫情的低谷中走出来，生意好到要提前半个月预定。为保证品质，只做晚上一市。

酒过三巡，老板娘——大家叫她芳姐——从灶披间上来应酬，先敬一杯酒，眼睛再往台面上一扫，吩咐服务员再上一只菜：韭芽炒石斑鱼丝。“这是上周才推出的新菜，请各位尝尝味道，提提意见。”

上海女人就是会做人，奉送一只菜，让东道主倍有面子。等一砂锅突突滚的金银蹄（一只鲜蹄、一只咸蹄，另加扁尖笋一把）上来后，老板娘再次登场，解了围裙往面汤台上一搭，叫服务员拿来一瓶醒了半个小时的西班牙红酒，给每位客人浅浅斟上。“这酒是春节前进的货，一只集装箱前脚到了外高桥，后脚就给五六个朋友分光了。”

主客已经喝到位了，但是芳姐送的酒还是要喝一口的，酒体清纯，气息有点特别，有的说像邦女郎，有的说像戴安娜。几位朋友决定买几箱，拿起手机转账，被红酥手轻轻一挡：喝了好再付款也不迟。

云散月出，花开富贵，芳姐还为每个客人点上一支烟，自己也叼了一支。半老徐娘风韵犹存，圆润的额头渗出几颗汗珠，面颊上又似乎泛起一层少女才有的红晕。蜻蜓点水，落雪无声，几笔生意做成，赛过搂草打兔子。

私房菜的气氛很重要，宽松，愉悦，和谐，人与人的气味要对头，个别同志痴头怪脑也无妨。都是春风得意、阅人无数的主，水来土淹，兵来将挡，黄段子早已听出老茧来，于是，谑而不虐地将宴会推向高潮。

不亵不足以误人——金宇澄在《繁花》里借了罗马人的口气说。私房菜也是爷叔讲故事的场景。

最后桌子稍稍整理一下，上来四色小菜：高邮双黄咸蛋、意大利黑醋拌酱萝卜皮、周庄咸菜炒鹌鹑丝、拆骨虾子鲞鱼柳。每人一小碗新米粥，用仿古珐琅彩盖碗盛起，大家呼噜呼噜吃光，大叫一声：“爽！”

今潮市集橘姑娘

从地铁10号线站点钻上来，金色的阳光给了我一个大大的拥抱。云层像棉花一样厚，而且松软，衬着它们的天空也蓝得像一个梦。在迟迟不肯凋零的树叶间，两匹钢结构的长颈鹿全身披挂着饰片和灯带，昂首向天，成为“今潮8弄”的醒目标识。今天是双休日，一个艺术市集正在进行之中。

今潮8弄，有呒搞错？这个名称有点无厘头，用上海方言一讲，就是“今朝白弄”。旧时上海有一位大画家王一亭，与吴昌硕互为双璧，有时候他在画作上落款“白龙山人”，明白人一看就懂，应酬之作，不收润笔，白忙一场啦。

四川北路与武进路交会的地方，是虹口区最是繁华的地段，十字路口已经建起盛邦国际广场、壹丰广场、利通广场三幢高耸入云的大楼，留下一块“盆地”，定义为石库门建筑群落保护区，又通过热水瓶换胆的方式，将八条弄堂“重组”为一个时尚街区。

其中一条弄堂就是公益坊，在上海的文化界很有点名气，上世纪三十年代施蛰存和他的朋友在此地办过一家出版社——水沫书店，以此为立足点结识了许多前辈和同辈作家，比如冯雪峰、丁玲、胡也频、姚蓬子、谢旦如、徐霞村等。还有别人办的南强书店和辛垦书店。公益坊右侧有一座五开间的石库门建筑颍川寄庐，融入了很多西洋建筑元素，在上海相当少见，所以成了著名的打卡地。它建于1907年，先有颍川寄庐，后有这条弄堂，这也是特例。

附近还有1925书局，实际上就是商务印书馆在1925年开张的虹口分店，它是上海唯一持续营业近百年的实体书店，堪称上海图书出版业的书店业的活化石，当年鲁迅先生经常在此买书和领取稿费。对了，在四川北路海宁路口还有良友印刷所旧址，良友图书公司是中国第一家以图像出版为主的民营出版机构，也是鲁迅经常去的地方，送书稿、选插图、商谈出版事宜。《良友》是很受民众喜爱的，也是上海发行量最大的生活画报，胡蝶、阮玲玉、袁美云、黎明晖、陈云裳、白杨、林楚楚、陈燕燕等都以成为“封面女郎”为荣。

今潮8弄这个街区的核心部位还藏着一个大名鼎鼎的扆虹园，俗称赵家花园，北门开在武进路上。红砖墙，拱形门，中西合璧的建筑风格，在那个时代是相当时尚的，也是青年人举办文明婚礼兼开酒席的大场子，据说孙中山曾在此留下屐痕。现在用彩钢板围了起来，正在修缮中，修好后将辟建为文学博物馆。

“今潮8弄”闪亮出镜前夕，奥密克戎病毒突然跳出来作怪，但无法改变它闪亮登场的时间表，四面八方来赶集的人们兴致盎然，情神笃定，甚至有些小小得意藏在口罩后面，又被鼻尖顶起。

我从网上获得消息，活动主办方称：“海派今潮艺术季直接将艺术展搬来了弄堂里，让艺术作品融入到生活情景内，打造出闲逛弄堂看展览的奇遇体验。”这段书面语言肯定出自小编手笔，不免疙里疙瘩，但是走进弄堂，层层递进，如桃花源一般豁然开朗。《城市奇遇空间艺术展》召集的二十多位中外艺术家包括建筑师、设计师、科幻作家等等，他们以外来者的视角，讲述自己对海派文化的理解，以及对虹口市井生活的体验心得。

我最喜欢一组大象喷泉的作品，五枚红色树脂大耳朵象首安装在灰色水泥墙上，持续地淌着水。我敢肯定许多人与我一样，希望从象鼻里流出来的是免费畅饮的啤酒、橙汁、可乐。

空地上还搭了一个舞台，灯光配置很到位，两个民间艺人弹着吉他在唱民谣，四五个小男孩席地而坐帮助打鼓，节拍跟得很紧噢。据说晚上著名女高音歌唱家黄英也会来飚一下她的“花腔”，还有大提琴家陈卫平、长笛演奏家赵苏延、钢琴家李玮捷等，一场跨界海派音乐会正在等着大家，接下来是必定会引起一片尖叫的爵士音乐会和“街舞畅游夜”。

看电影、追剧要有爆米花和酱鸭舌，赶集怎么可以没有麻辣香鲜呢？有，这不来了！除了室内的潮品商店，露天广场还搭起了好多帐篷，陶瓷餐具、树脂茶盘、环保手绘包袋、创意小首饰、手作花生牛轧糖、在外观上欲与威士忌比拼一下子的绍兴黄酒……还有橘姑娘！

橘姑娘是个“90后”美眉，她代表着潮汕风味。去年在上生新所的市集上我与她结缘，品尝了她家的老鹅头，皮厚肉紧，雅香馥郁，在我有限的美食经验中，品质可以位列全市前三。这次她带来了老卤鹅、粉肝、牛肉丸、猪头粽及头水紫菜，猪头粽可不能望文生义地认为就是猪头肉入馅的粽子，它是澄海民间小食，是“没有一颗米的粽子”。潮汕人用猪腿肉和猪头皮加鱼露、白酒、酱油及多种中药材煮熟后拆散打烂，用腐皮包裹起来放入木模中用大石头压成薄片，再切成椒桃片那样大小，猪头粽既是祭祖供品，又可下酒佐粥。我敢肯定许多上海人都没吃过。

橘姑娘的本名叫陈妍婷，十年前考进上海财大金融学院，读信用管理，大三期间因病休学一年，好几批同学利用假期去汕头澄海看望她，吃到她妈妈做的乡土美食，惊为天厨仙味。小陈毕业后回家乡创业，成立了一个潮妈妈美食文化传播有限公司。目前还没有实体店，就以个人IP“橘姑娘”为自媒体进行推广，每天由妈妈用祖传手艺制作卤鹅和猪头粽，经由网络平台供持续增长的粉丝们分享。在大学期间，小陈就迷上了户外运动，是上财稻草人户外运动协会第十届“女寨主”，敢于担当，性格开朗，结下广泛的人脉。两年前在苏州本色美术馆广场的一次练摊，开启了她每年的行走吆喝之旅。“主要是为了品牌宣传，推广潮汕美食，自己寻找解决方案，赚钱不是第一位的。”小陈说。我想也是，每次练摊产生的费用也不一定能赚回来吧。

小陈虽然读的是金融，但对人文学科也很有兴趣，对潮汕文化也有研究，她根据年轻人探幽寻味的诉求画出旅游线路，将潮汕的民俗、民艺和美食串起来，给予每个旅行者深刻而美好的体验。小陈告诉我：“潮汕地区的民间信仰是岭南文化不可缺失的重要内容，庙宇多，香火旺，节令活动也多，祭祖拜神便成为日常生活的礼仪，甚至是一种社交形式，对强化族群认同、凝心聚力、和衷共济相当有效。同时也形成了种种禁忌和自律，对大自然和民族英雄的敬畏、敬仰之心自幼养成，老卤鹅、猪头粽、米糕、红壳桃等都是从祭品演变而来的。当‘异乡人’津津有味地品尝这些乡土美食时，其实是在体验守正而又开放的潮汕文化。”

潮汕人几乎家家都有制卤秘方，“一家一品”才能成为不灭的风情。小陈的妈妈从外公那里学会卤制手艺，她又从妈妈那里得到传承。汕头城区的卤味偏甜，而苏南澄海的卤水要淡一点。小陈对香料选择十分讲究，桂皮从东南亚进口，酱油也要多款勾兑，合理的搭配，时间的调度，诚意的付出，使产品更加沉郁芳香。有趣的是，小陈家烧制卤味就在百年祖屋内进行，吊起晾皮的这一环节也在宽敞的院子里完成。有风吹来的日子，橘姑娘心情特别愉快。

小陈与我聊天时，她的先生和同学在前面接待客人，不少在微信或市集上结缘的老顾客和大学同学都来捧场，手机一扫，美味带走。真空包装的卤味在冷冻状态下可保鲜一个月，借助现代物流条件，“橘姑娘”已经走向全国各地了。“我看好魔都持续繁荣的市场，更是因为虹口曾是广东移民的集聚地，许多老广味道都是在这里落地的，我的产品与虹口有很高的黏合度，来上海练摊，更像是一次走亲访友。”

今潮 8 弄，华丽变身的石库门弄堂，有艺术，有美食，有凤来仪，非梧不栖，橘姑娘应该不会“今朝白弄”。

鲞旗猎猎屋檐下

鲞旗，是我杜撰的一个词。黄鱼鲞、鳗鱼鲞、青鱼鲞、墨鱼鲞，大者不骄，小者不卑，成排成排挂在屋檐下，凛冽的西北风在高楼大厦的缝隙中穿插跑位，在这里收住阵脚，回旋风推得鲞们摇摇晃晃，弱不禁风的样子。不，它们乐意接受朔风的洗礼。一缕阳光投射在鲞的表面，反射片片银光，在街的对面望去，鱼鲞像不像一个个幡的方阵，旗的长队？

蹲守街角三十年的水产铺子，脚盆、保温桶、塑料箱摆得满满当当，几乎没有让人插足的地方，甲鱼与大闸蟹似乎进入了冬眠。地面湿答答，一年四季没有干燥的机会。老板与老板娘配合默契，将一条粗壮的鳗鱼沉沉地摔在台板上，从头至尾揩去黏液，从脊背处下刀，沿龙骨剖开，翻出玉白色的肉，淋过白酒，大把撒上海盐，用数枚竹扦撑开肚当，竹竿挑起挂在屋檐下。鳗鱼尾巴系一张小红纸条，上书“29弄过街楼大胖子”或“华安坊 15 号嗲妹妹”。

鳗鲞长及人高，让人想起酒池肉林这个成语。路人跟店主招呼：“又要过年啦，这日子，真快！”

老板回应一声：“存货不多了，你要不要来一条？”

新风鳗鲞一挂，上海人就要过年了。

新风鳗鲞是春节家宴上的一味冷菜，切一段蒸熟，冷却后再浇几滴白酒，剥了皮，撕成条，蘸醋吃，味道一流，又是压饭榔头。

鳗鱼鲞有王者之风，但黄鱼鲞、墨鱼鲞不让鳗鲞专美于前，与五花肉共煮，是家宴上的硬菜。青鱼鲞也是下酒妙物，知堂老人在《鱼腊》一文中写道："在久藏不坏这一点上，鱼干的确最好。三尺长的螺蛳青，切块蒸熟，拗开来的肉色红白分明，过酒下饭都是上品。"

有一年春节前在吴江七都与好友老徐逛菜场，看到有盾牌似的鲤鱼干堆在地上，他买了十片，赠我一片。回家切块，加霉干菜煮汤，汤色沉郁如醪，那是我从小吃惯的家乡风味。上周黄伟兄从绍兴带了一条鳊鱼干给我，蒸来吃，虽然骨刺稍多，但肉质细腻，也是记忆中的乡味。

有一年在宁波吃到四鲞冷盘：鳗鲞、带鱼鲞、沙鳗鲞、萝卜鲞。带鱼鲞的味道与上海人钟意的咸带鱼相似，沙鳗是浙东名物，生长在河海交汇处，比海鳗、河鳗都小，长不过一尺，肉头单薄，却不贫瘠，咸鲜略带甘甜，别有一种谦逊的轻柔。我曾用沙鳗鲞切丝炒芹菜，堪称隽品。前不久在饭店里吃到脆皮沙鳗，又是一味。萝卜鲞就是萝卜干。习惯上，肉干称脯，鱼干称鲞，菜蔬晒成干，而宁波人将菜干称作鲞，可见对鲞的偏爱。对了，《红楼梦》有茄鲞。

上海有大量宁波籍人氏，对鳗鱼的爱好影响到所有上海人的味觉审美。河鳗曾经风光一时，葱姜蒸、豆豉蒸、锅烧、南乳烧、炭烤，河鳗断骨不断皮，在瓷盆中围成一圈，清蒸后登席，鱼头高昂，嘴尖插一枚红樱桃，卖相交关好。日式鳗鱼盖饭也有一批忠粉，我也喜欢吃。若论大快朵颐，毕竟不如海鳗。海鳗除了制鲞，冰鲜可做鱼圆，质地比鲢、鳙等河鱼粗犷而且鲜甜。杭州鱼圆以嫩滑取胜，潮汕鱼圆以Q弹著称。以前延安中路有一家大华潮州菜馆，每年春节前都要做鱼圆专供外卖，上海的潮汕人氏无不喜大普奔。我与大华的厨师熟，遂探得后厨秘密，潮汕鱼圆在拌料时要掺大量籼米粉，有助于胀发，也便于捶打上劲。

鳗鱼头和鳗鱼皮是做鱼圆的厨余，弃之可惜，贱价待沽。鳗鱼头面目狰狞，两排利齿咄咄逼人，眼珠瞪圆略微内陷，眼圈渗出殷殷血水，仿佛熬过一个通宵。而我独爱这一味，劈作两爿，暴腌后加姜片葱结，甲绍一浇，旺火清蒸，宜酒宜饭。鳗鱼皮更便宜，两角一斤。葱姜加酒蒸熟，嫩滑肥腴，又无细刺之虞，可以一块接一块地入口。冷却后韧结结的，又是一种味道。吃不完的话，碗底会凝结起一层晶莹剔透的鱼冻，挑一筷盖在热粥上，眼看它如雪山一般慢慢融化，有坦诚的腥香味款款升起，在寒风砭骨日子里，是何等的慰藉！

现在很少有饭店会做鳗鱼圆了，鳗头鳗皮也不见了踪影。好在我们还有新风鳗鲞，鲞的朋友群也相当热闹。前几年有朋友送我一袋乌狼鲞，就是言之色变的河豚干，家属不敢吃，我也不能送人，等到生出霉花，只能当作湿垃圾处理。

我家附近的乔家路、董家渡路、凝和路、南仓街都开始动拆迁了，居民们拿到了动迁款，或者搬到了偏远的新城区。去年我在老城厢拍了几十张“鳗旗猎猎”的照片，今年就很难再看到了。一个老伯伯对我说：“上海人过年总归要吃鳗鲞的对吧。”我劝老人家把心放宽：“别担心，鳗鲞在南货店里还是买得到的。”老伯伯胡子一翘：“这跟自己腌制的味道不一样。再讲，屋檐下挂点风鸡、酱鸭、鳗鲞、鸭肫干啥个，才有过年的腔调呀！”

檀香橄榄有点涩

新年里朋友光临寒舍，来就来吧，还拎了两盒猕猴桃，而且未进门先抱怨。我家小区北面的江阴街上本来有七八家水果店，现在所剩无几。朋友好不容易找到一家敞亮些的，想挑一只体面一点的水果篮，被告知没有。“你看看，两只盒子叠起来用绳子一扎，就像一捆旧报纸，没气氛啊。”

“好在猕猴桃还是甜的。”我谢过朋友，奉上香茗，慢慢跟他讲道理：“放在早几年，一到这个时候，街上水果店是一年中最繁忙、最热闹的场景。水果篮是走亲访友的标配，红黄蓝绿一篮子高高堆起，丝带这么一扎，喜气洋洋。价格从两三百到上千元都有。价不够，酒来凑，只要老板没在篮底偷偷地卧几只烂瓜裂枣，这生意也可一直做下去。后来，大盖帽吆五喝六地来了，水果篮不许堆放在人行道上，店门口的木框、果盘也要统统进店。从方便行人、改善环境的角度看当然是好事，但水果是小本买卖，一般店面不大，‘收缩防线’后就转不开，水果篮的生意不好做啦，假如你提前预订，也许能办吧。”

因为旧区改造，我家周边的老房子这两年被拆掉很多，皮之不存，毛将焉附，水果店就一家家地关。剩下的，一家在三百米外，前后左右人去楼空，空城计再怎么唱，司马懿也不愿来。老板来自安徽，老婆和三个孩子还在老家，最小的孩子患了一种怪病，久治不愈，成了药罐头。他坚守在这家开了十几年的小店，从早到晚，年中无休。现在就靠老顾客来照顾他的生意，我太太也宁可多走点路，去他店里买水果。还有一家门面更窄的水果店，老板是二十出头的小青年，当初听到他说上海话很是吃惊，现在上海的爷娘谁肯让自己的孩子去做这么个行当啊，所以我愿意照顾他的生意。他待人接客诚恳热情，生意清淡的时候，从摊头下面拿出杂志来看，杜月笙在十六铺削生梨、叶澄衷在黄浦江上摇摆渡船的故事他也知道。

好几次，太太拎了一袋苹果回家，我拎了一串香蕉进楼，两人在电梯口相遇，相视一笑。刚在家里坐定，快递小哥送来一箱脐橙。朋友微信随即跟上：这是扶农项目，请你收下。家里的水果吃不完，这也许是许多家庭“富足的烦恼”吧。

在我的童年，水果店也是认知世界的通道，那时的保鲜、运输不能与今天比，即使不断供，果品的干瘪、磕伤、溃烂也很常见，秋天叫卖“开刀莱阳梨”——把烂掉部分挖掉折价销售，可以吸引一些顾客。香蕉易烂，眼看形势不妙，师傅就将它们剥皮，一开二，拖面浆大锅油炸，外脆里软，口感奇特，滞销变作热销。再不行，烂水果切块，加红枣、银耳煮熟后勾芡做成水果羹，热恋中的小青年逛街逛累了，坐下吃一碗，仿佛很时髦。

甘蔗分红皮青皮两种，代客削皮是规定动作。为了促销，有些店家将甘蔗削皮切段去节，两角一斤，都是嫩头，吃起来真爽。淘汰下来的老头也可卖钱，四分钱一斤。老爸经常买来给我吃，不仅甜度打折，也累了可怜的咬合肌。在强调阶级斗争的年代，一根甘蔗仍能折射阶层差别，有些意思。若干年后去医院补牙，看到老医生对一位小病人的家长说：孩子的牙齿缺乏锻炼，买点甘蔗老头让他咬咬！老先生不领市面，甘蔗老头早就没啦！

代客削梨皮也是水果店的规定动作。我家弄堂旁边一家两开间的南货店，兼做水果生意，店家在水果摊摆了一只木盆，注满清水，再备两把尖尖的水果刀。客人买了水果，如果当场要吃的话，师傅就会帮你削皮。我们弄堂里的“马格里”，每天午饭后慢慢踱到南货店买一只天津鸭梨，师傅削皮的手势清爽，从头至尾确保梨皮不断，紧紧包裹在梨肉上。“马格里”伸手接过，轻轻一抖，梨皮松绑，完整落下，咬一口雪白梨肉，再说闲话。

以前的水果店在夏天还会卖枇杷、杨梅、白糖梅子、西瓜瓤等，秋冬季节会卖糖炒栗子，当街支起大铁锅，身坯强壮的老师傅当众上演边炒边卖的戏码，呛人的紫烟与甜香的气息让人又喜又恨。老菱，也叫“老胡菱”或“酥角菱”，入冬后，一口大锅架在煤球炉上，锅上盖一条棉被，乳白色的水蒸气从锅沿溢出来，给冬天的街景平添一份生气。女孩子吃老菱真叫人心里发痒，她们用发夹从菱角的“肚脐眼”里掏呀掏呀的，掏出一眼眼粉末状的菱肉吸进嘴里。吃只老菱干吗这么费劲呢？原来空菱壳晒干后可以吹出美妙的声音。

柿饼也是西北风起来后上摊的，柿饼裹了一层糖霜，甜到牙齿痛，价格也很便宜，我们家经常吃，老爸说可以败火。经常吃的还有地栗，地栗就是荸荠。荸荠是“两栖类”，可当水果，也可做菜，上海人家做狮子头会斩些荸荠粒掺在肉糜里。我家熬地栗汤，可以降秋燥，治咽喉红肿，熟的地栗就成了“药渣”，不大好吃。风干地栗是绍兴人的零食，鲁迅先生就喜欢吃风干地栗。地栗装在网眼竹篮里挂在风口，十多天后就收干了，削皮吃，白色浆液在牙缝爆炸，极甜。

现在这些东西统统被超市收编了。

檀香橄榄是上海人的恩物，水果店装在玻璃缸里卖。贺友直先生在旧上海风俗画里有一景，广东籍小贩用煤油桶做成很滑稽的胡琴，边拉边唱：“檀香橄榄……卖橄榄。”

檀香橄榄也叫青果，老城厢有条小街就叫青果巷。正月初一去城隍庙湖心亭喝早茶，茶盅边滚着两枚檀香橄榄，这叫元宝茶，讨口彩。去年我在某宝下单，买了一袋潮州产的檀香橄榄，到货后发现皮色转黄。檀香橄榄初嚼涩嘴，久含回甘，满口生津。读好的文章要像吃檀香橄榄，这是老师说的。

是的，今天超市里百样水果都有，榴莲、蓝莓、木瓜、洋桃、芒果、无花果、牛油果、车厘子、雾莲、释迦、山竹、红毛丹、百香果……从前闻所未闻，现在欢天喜地奔来眼前。但我们还是喜欢去街头水果店挑挑拣拣，与店主拉拉家常，说说笑话。买水果其实也是一种社交。水果在超市里被归作“生鲜”，冷冰冰的，在水果店里则是一种“生态”，有烟火气。

兴福寺蕈油面

霜降过后五日，我与军萍兄、亚法兄去常熟秋游，由东道主曹公度兄盛情接待。次日一早，主客一行沿着虞山北麓缓坡上行，路不宽，但石头铺得十分适意，中间通车，两边走人，游客行色匆匆，前呼后应，路边摆着许多地摊，卖花、卖土特产、卖蔬果，算命看相的也穿插其中。笑语喧阗，秋日的阳光穿过树叶点点滴滴地洒在每个人的脸上，路边的四高僧墓看上去特别寂寥。

游兴福寺吃蕈油面，或者吃蕈油面游兴福寺，是一枚银币的两面。不论是南齐郴州刺史倪德光舍宅建寺之初，还是宋代书法家米芾手书唐代常建的名诗《题破山寺后禅院》那会，都不会想到进入二十一世纪的这座寺院居然与一碗蕈油面建立起唇齿相依的关系。

大凡天下美食，都附丽着一个动人的故事，蕈油面也不例外。话说蕈油面起初是兴福寺里的一道素食，供香客与僧人食用,后来成为一道闻名遐迩的风味。1947年秋天,宋庆龄、宋美龄两姐妹游罢兴福寺，在寺外林中野餐，侍卫从寺里端来几道素菜，还有热气腾腾的蕈油面，姐妹俩吃了连声叫好：

“想不到一个小地方也有这么好吃的菜和面。”

寺院下面的这块“盆地”被并不密集的树木所包围，餐室与凉棚星罗棋布，露天餐桌见缝插针，到处是端面的人和吃面的人，恣意吮吸面条的声音唤醒了我的食欲。我们在树荫里坐定，茶刚泡好，一朵迟落的桂花正好飞入我的杯中。

好几家面馆都挂上了望岳楼的匾牌，看来老面馆的地盘已经扩大了数倍。蕈油面是基本配置，各自再叫浇头，我要了焖肉、爆鱼“绝代双浇”。公度兄是常熟名门之后，书画家、收藏家、互联网时代的虬髯客，他将老板娘张淑英女士从灶台后面叫出来与上海客人见过。

张淑英抹去额头的汗珠告诉我：她妈妈张林保当年是兴福寺素菜馆的工作人员，她做的蕈油面特别好吃。上世纪八十年代初，当地林业部门利用庙前空地搞三产，就鼓动张林保承包素菜馆。结果可想而知，素菜馆里的蕈油面以其风味和价格最能适应游客、香客的需要，形成一枝独秀的局面，后来张林保就将这一品种单列出来开了这家望岳楼老面馆。

一个品种形成一家店的特色，在中外餐饮史上不乏先例。

若要细分的话，蕈油面又分为虞山野蕈面和松树蕈面两种。野蕈油一年四季都有供应，每年进入黄梅后的半个月和接下来的七八月份都是上山采集野蕈的好时光。望岳楼从农民那里大量收购野蕈，然后冷冻保鲜，每隔一定时间取出制成蕈油。这个蕈油制作起来要有耐心，野蕈（多种野生菌菇混合）经过温盐水浸泡后，剥去表面一层薄膜，然后取山中溪水漂洗，清除杂质，沥干待用。大铁锅倒入适量菜油，将野蕈煸炒出香，加酱油、盐、八角、茴香等调味烧煮到位，冷却后成为可食用的蕈油。

在常熟市区的超市里有瓶装的蕈油上架，我以前也买过，风味逊于时鲜。

比野蕈更高极的是松树蕈。虞山自然环境优良，山上多松树，松林形成的小气候中梦幻般地飞扬着蕈的孢子，在温度、湿度适宜的时候就会在松树下面钻出一个个野生蕈来。松树蕈的外形与普通蘑菇相似，唯略显瘦长苗条，如长柄雨伞，但颜色犹如松树皮，呈淡棕色，质地也有点“坚韧”，据说比普通的蘑菇有更丰富的纤维素，鲜味当然更足，并有点野性。

如今人工培育的食用菌多到数不过来，但是松树蕈还没被驯化。

据张淑英介绍：松树蕈只生长在树龄短的松树下面，老松树下面不长。岁月欺人，野蕈欺树，孢子也爱小鲜肉啊！

那为什么不给我来一碗松树蕈面呢？张淑英笑着说：松树蕈的采摘时间不超过半个月，每年的产量只有几十斤，来了就马上制成松树蕈油，应时飨客，吃到就是缘分。许多老吃客每年这个时候就打电话来问：松树蕈有了吗？听说有，即刻赶来吃一碗松树蕈油面。张淑英还说，虞山上也有鸡枞菌，采集时间也很短，采集后混入野蕈中一起熬成蕈油，那么这段时间的蕈油面特别鲜香。

我记下张淑英的手机号，相约明年的松树蕈秀场。

这碗蕈油面如今成了常熟市非物质文化遗产，张淑英接过母亲的衣钵，成了项目传承人。她和她的妹妹，还有她妈妈张林保，为了落实每天一千多位食客的期待，起早落夜围着灶头打转，与人交流诚恳实在，就像面条一样。素直是一种美德。

双浇蕈油面上来了，要紧趁热吃。苏州风格，细面红汤，野蕈似有鲜菌与干菌混合的复合香味，吃口略有嚼劲，回甘悠长。张淑英还为我们配了香椿芽，顶在红汤面碗上，大俗大雅的色彩。那种大自然的气息令人沉醉，如雾如雨，又如清新的晨风，从我的头上掠过。

香椿芽当季采摘后，沸水氽熟，再两次入水冷却，方能保持碧绿生青的色泽，妥善保存，可供一年所需。

李渔在《闲情偶记》里说："求至鲜至美之物于笋之外，其惟蕈乎！蕈之为物也，无根无蒂，忽然而生，盖山川草木之气，结而成形者也，然有形而无体。凡物有体者必有渣滓，既无渣滓，是无体也。无体之物，犹未离乎气也。……此物素食固佳，伴以少许荤食尤佳，盖蕈之清香有限，而汁之鲜味无穷。”

这段话说明李渔对蕈的认识有局限，不过他说食用蕈类需搭配荤物，诚为美食家语。兴福寺蕈油面的黄金搭档就是焖肉、爆鱼、大排，不过要是在春笋上市的季节，树蕈之外加点油焖笋尖，其味或许更加高洁清雅。

藏在荷心中的芸娘

钱锺书在为杨绛《干校六记》写的序言中明确表示《浮生六记》是"一部我不很喜欢的书"，但同时又将《干校六记》与《浮生六记》并列评说，认为前者"理论上该有七记"，后者"事实上只存四记"，"谁知道有没有那么一天，这两部书缺掉的篇章被陆续发现，补足填满，稍微减少人世间的缺陷"。你看，钱锺书对《浮生六记》还是念念不忘。

比钱锺书更有兴趣，并著文力荐而使《浮生六记》在一个新旧交替的时代"大放异彩"的是林语堂，这位幽默大师甚至认为芸娘是"中国文学中最可爱的女人"。如果真如金性尧、金文男两位先生在古籍版《浮生六记》的前言中所认定的"他（林语堂）把自己的感情投入得太多了，几乎把她（芸娘）看作一位关于交际的洋场中大家闺秀、沙龙主妇"，"这是受过'五四'洗礼、喝过洋墨水的林先生笔下塑造的陈芸，并不是沈三白笔下的陈芸，更不是乾隆大帝统治下的陈芸"，那么我觉得，今天有不少男士倒也愿意追随林语堂，投入感情过深。他们或许没有深入研读过《浮生六记》，但关于这对患难夫妇的故事可能听过很多遍了，怀着这样的心情走进剧场——据《新民晚报》报道，经过全新改编的同名昆曲《浮生六记》将在上海大剧院上演。网上消息最能反映市场冷热：瞬间售罄，一票难求。

本来我也想去看一眼的，既然一票难求，那就等下一回吧——这也是自我安慰。

林语堂将此书译为英文，沈三白与芸娘“始于欢乐，终于忧患，漂零异乡，悲能动人”的故事从此天下闻名，后来还有话剧团改编演出。一方面是城市化的浪潮此伏彼起，一方面知识女性与男权社会的搏弈如火如荼，精彩纷呈，上世纪三十年代舞台上的芸娘是男人的消费对象还是女权主义的旗帜，颇值得猜想。

近年来舞榭歌台好戏连连，《浮生六记》曾被改编成京剧，也曾被苏州昆剧院改编成园林版昆剧在沧浪亭实景演出。《浮生六记》实际上是一部体量单薄的回忆录，搬上舞台的最大难点就在于它没有强烈的冲突，只是这对伉俪情深的娓娓叙述，以及传统文人雅趣和品位生活的展现。所以我认为改编成昆曲比改编成话剧、京戏更对路。

上海大剧院总经理张笑丁对媒体记者说：“《浮生六记》是一个非常好的题材，我们做这部戏就是想为大家唤回一种有情有趣的文人生活。”这当然是一个美好的愿望，但一声“唤回”何其沉重。现在很多人都在很有仪式感地烹茶、品酒、焚香、抚琴、拍曲，画画、抄经、瑜珈、冥想也算吧，似乎很有腔调，但情趣二字应该是由内而外的自然流露，而不应浮于皮相。我们的周边，有许多人已经不懂得幽默了，弦外之音也听不明白了。

所以当开私房菜的刘姐看了这出戏后找到我，希望复原几道《浮生六记》里的菜肴，我不由得呵呵一笑。此前有人根据《红楼梦》《金瓶梅》等名著整出了一些珍馐华筵，但大多昙花一现，浮光掠影。芸娘身为姑苏娇娘，在诗词、服饰、园林、器物及美食诸方面的鉴赏饶有天赋，“芸善不费之烹庖，瓜蔬鱼虾一经芸手，便有意外味”。但《浮生六记》里记载的美食不多，凭我的印象，就是某次油菜花盛开时节，沈复约了几个清寒诗友，各持杖头钱，由芸娘唤了一个卖馄饨的小贩，“以百钱雇其担”，“青衫红袖，越阡度陌，蝶蜂乱飞，食人不饮自醉。既而酒肴俱熟，坐地大嚼。……红日将颓，余思粥，担者即为买米煮之，果腹而归”。在这次逸兴湍飞的野餐中，芸娘具体烹制什么汤羹也没交代。沈复着意的倒是双弓米——这当然是别有意蕴的细节。

倘若非要钻牛角尖，那在书中也只有区区两品具体指认，一是芸娘嗜好的臭乳腐：“其每日饭必用茶泡，喜用茶泡食芥卤乳腐，吴俗呼为臭乳腐；又喜食虾卤瓜。”芸娘不仅自己爱吃，还成功地将夫婿改造为逐臭之夫。一是茶饮：“夏月荷花初开时，晚含而晓放。芸用小纱囊撮茶叶少许置花心。明早取出，烹天泉水泡之，香韵尤绝。”这款荷心茶，早几年我在苏州喝过，也是一位文艺女青年有感于芸娘的慧质兰心而如法炮制的，但香气并不彰显，更无论香韵尤绝了。也许我对花茶一向不感冒吧。

架不住朋友请求，我依样画葫芦地复原了一款“双鲜酱”，极咸的卤瓜捣烂后拌以极臭的乳腐卤，画风奇谲，气质颓废。本人祖籍绍兴，从小百毒不侵，而其他试吃的朋友早就逃之夭夭。后来我从扬州菜谱中寻找灵感，为她研发了一道芸娘玫酱湘莲和一道芸娘荷叶碧粳粥。

前者是蜜汁湘莲的翻版。二十年前我在扬州饭店品尝过蜜汁湘莲，现在我要做的是 2.0 版。取二百克颗粒肥壮、肉质细腻的上品湘莲，剥皮后通去莲心，放入碗中加适量纯净水，置于笼屉中旺火蒸三十分钟，要求外形完整，酥而不烂，扣碗滗掉水后蜕模装盆成馒头状。炒锅内加半碗香蕉雪梨汁、少许绵白糖，以中火熬成糖浆，浇在湘莲顶上，再挖一勺玫瑰酱略作点缀，以求红云盖白雪之意境。

荷叶粥也是老苏州风味，在古籍中多有记载。取新鲜荷叶覆盖在陶鼎上，小火煮粥过程中荷叶的清香与汁液会渗透到米粒中，绿洇洇如碧波微漾，一股清香令人遐思神往。我的改良在于碧粳粥内加入薏米、山药、菱肉、芡实等，添些嚼头。清粥小菜四品：绍兴乳腐、虾油卤瓜拌白米虾干、周庄阿婆菜炒笋丝、虾子茭白。倘有不足者，可上一碟北海道咸切片面包，抹臭乳腐。

刘姐尝后赞不绝口，客人也给出了较高评价。

回到昆曲《浮生六记》，据了解这出戏中没有出现憨园这个身份暧昧、惹是生非的人物，而虚构了一个名叫半夏的女人，便于沈复表达对芸娘的思念之情。半夏不应该是憨园的影射吧，但即使是，我认为也无不可，关键是怎么与沈复一起将“对岁月的留恋和试图挽回”的主题演绎至深至长。

又据闻，这出戏还将赴法国巴黎演出，在阿维尼翁戏剧节期间连演五场。为了更好表现这个故事，主创团队重新创作了更适合舞台演出的版本，故事更加紧凑精炼，在舞台设计上运用黑幕“留白”方式，并采取中国戏曲传统“一桌二椅”的呈现形式，作品既有中国传统戏曲的美学要素，也有当代戏剧的先锋性。

藏在荷心中的芸娘，应该像花仙子似的走出来，坦然接受欧洲人的掌声。

镬气，中国烹饪的灵魂

朋友常问我：去饭店吃饭怎么点菜？我一般会提供两个建议：一，点家里烧不好或烧不出的菜。比如油爆虾、八宝鸭、青鱼秃肺、炝虎尾、蜜汁火方、芙蓉鸡片、肝膏汤、鸡淖豆花、醋熘白菜、脆皮烧肉等。厨具不完备、材料不易得、操作过于烦琐、厨艺段位不高，还是省心省力算了，切勿率尔操觚。二，点特色菜。去粤菜馆吃毛血旺，不啻请史依弘唱绍兴大班，大煞风景，自讨没趣。不过也要提醒各位，在潮起潮落的消费态势中，招牌菜未必就是点击率最高的菜，做好功课，才能免于尴尬。

现在我还要加一条：点一两道有镬气的菜。

业界对镬气一词解读很多，也有点玄。我的理解是：食物在炊具中受高温刺激而散发的令人食欲大振并能保持相当时间的脂香、干香或焦香。它最早被粤菜厨师奉为圭臬，只可意会，难以言表，汕头厨师与顺德厨师对此的理解可能也不一致。《舌尖上的中国》这部专题片里提到了镬气，但配音读作“锅气”。这个“镬”字很古老，浊音字，送气时声带会颤动。广东人从小就能说，我们这一代上海人也能说，北方人就不行，所以北方厨师只有锅气而无镬气。当然北方厨师若讲究锅气也算有职业操守啦，此处应有掌声。

中国烹饪经过漫长的陶烹时代、铜烹时代而进入汉末初步成型的铁烹时代，炒菜就登堂入室了，两汉以前中国庖厨以炖、煮、烧、烤、燔、炮、炙为主，钟鸣鼎食、调和鼎鼐、尝鼎一脔等成语，就是上古时代的余音。烹饪术的进步，与生产力发展水平有关，与生活环境和生活方式的改变密切相关。魏晋时期开始食用植物油，为分餐制转变为共餐制创造了条件；中唐以后桌子、椅子的普及，为改跽坐为垂足坐提供了切实依据；这些变化不仅影响到礼仪走向，对庶民阶层的日常生活也休戚相关。炒菜锅应运而生，镬气就升腾为重要的味觉审美。孔子对餐食定过不少规矩：鱼馁而肉败不食；色恶不食；恶臭不食；失饪不食；割不正不食；不得其酱不食……但没说过“无镬气不食”，他没吃过爆三样，我们现代人的口福比老人家要好。

那么是不是唯有粤菜才有镬气？我认为凡是通行炒菜的地方就会重视镬气，粤菜对镬气的强调应是历史的选择。近代以来，临海而富饶的南粤得风气之先，商务、交际的强劲需求为饮馔一业提供了充足客源，茶楼可讲谈，酒馆可酬酢，新鲜食材也有保障，镬气就成了招徕八方食客的利器。至今，粤菜馆里的蚝油牛肉、水晶虾仁、干炒牛河、啫啫鱼嘴等，仍以满满的镬气慰藉人心。礼失求诸野，镬气最浓的要数广州、汕头街头的夜排档。我每去新雅用午茶，蚝油牛肉或干炒牛河必点。不知为什么如今湿炒牛河突然蹿红，亮芡带汁，镬气溜走，不免借用孔老二之叹：“觚不觚，觚哉觚哉！”

补充一下，从前粤厨手中出镬气，得益于炉灶烧无烟煤（旧时称之为“白煤”），火舌上蹿，呼呼作响。双耳炒锅（还有厨师习惯称鼎）当当响，广口深腹，在锅内形成一个有助于食物快速致熟的小环境，厨师没有三年萝卜干饭的底子，真举不动这口烫手铁锅啊。在厨具和燃料实现进步后，其他帮派厨师也能够捕获镬气，本帮菜里的油爆虾、酱爆腰花、酒香草头，川菜里的回锅肉、干煸牛肉丝、宫保鸡丁、生爆鳝背，湘菜里的子龙脱袍、东安子鸡，江苏菜里的炒软兜、瓜姜鱼丝、菊花鸡肫、枇杷肉，京鲁菜里的油爆双脆、油爆螺片、火燎鸭心、葱爆羊肉、干炸丸子等，也以喷薄而出的镬气征服四方食客，定义中华美食。

西餐，包括艺术感极强的法餐，还有从中国抄了作业的日料，都没有镬气一说，在他们的厨房里找不到一口半球状的炒锅。有一次我与一位法国米其林星级大厨讨论镬气，帅哥一脸茫然，不知所措。

在八大菜系形成之际，中国菜还是素面朝天，味道是王道，甚至是唯一诉求，大多数百年老店甚至对餐厅环境也不讲究，以古朴风貌亲近友好。改革开放后为适应旅游业发展，有关方面要求菜肴的色香味型“四美并呈”。于是，厨师拿来黄瓜、南瓜、胡萝卜、白萝卜、紫甘蓝、圣女果、樱桃、苹果等削削刻刻，姚黄魏紫地点缀于瓷盘边沿，也能赏心悦目。如今在多媒体的传播语境中，餐厅为了赚取更多人气，花头越来越透，名馔珍馐登席，赛过明星走秀，搔首弄姿，拗足造型，堆砌、雕镂、对峙、架空、穿插、沉浸、喷洒、席卷……多维呈现，创意无限，横看成岭侧成峰，白玉盘中一青螺。如此，厨师多取蒸、煮、烤、烘、汆、浸诸法，摆盘与传菜又耽误了不少时间，食客目迷五色之际，送达舌尖的雕蚶镂蛤难以“一烫抵三鲜”，即姚慕双在《学英语》里所谓的“温吞”。小煸小炒，掐分掐秒，一锅成菜，原汁原味，此番功夫还有几人在握？

好在，真有素人在灶前坚守。近来我在洁而精吃到青豆泥和生爆鳝背，在新顺记吃到瓦煲生焗鱼嘴和生炒鱼片，在椒点吃到干煸牛肉丝和歌乐山辣子鸡，在兴国宾馆吃到黄鳝煲仔饭和底板裙边煲，都因丰沛的镬气而陶醉。

镬气不是中国烹饪的唯一诉求，但肯定是重要的美学指标。在强调匠心精神的今天，我们要认真琢磨一个“道”字，而不能长久踯躅于“术”的层面。镬气属于道，大道至简，非象非色。中国烹饪正在向联合国申报世界非遗项目，要是把镬气讲明白，这事也许水到渠成，这是足以傲视平底锅、空气炸锅、低压炖锅、滚筒式炒锅以及炒菜机器人的优势。

镬气，不能走！

褒曼走了，薄荷茶很甜

去摩洛哥旅游，卡萨布兰卡是第一站。半个多世纪以来，这座城市因为电影《北非谍影》和主题歌《卡萨布兰卡》而名扬天下。这部黑白影片以爱情故事贯穿始终，将民族大义与儿女情长水乳交融，感动了好几代人。为了这座被誉为“大西洋新娘”的美丽城市，带着心爱的人儿，去谈一场生死恋，一定能收获刻骨铭心的记忆——旅游手册上是这么说的。

卡萨布兰卡的民居与商务楼多以白色为基调，欧洲现代主义与伊斯兰传统混杂的建筑风格，通过拱门、窗户以及俊俏的外立面得以体现，用黑色铸铁栏杆围起来的阳台上偶尔会出现一位凭栏远眺的美女，不意间成为一道风景。有风吹来，棕榈树叶沙沙作响，别有一番风情。

这里原先是原住民柏柏尔人繁衍生息的一个小渔村，十八世纪末，西班牙航海家发现这里时曾欣喜若狂地高呼：“卡萨布兰卡！卡萨布兰卡！”（西班牙语，意为“白色房子”）由是，卡萨布兰卡烙上了异域文明的印记。1912 年，摩洛哥成了法国的保护国，大批法国人来到卡萨布兰卡，留下了高卢人的雪泥鸿爪。今天，卡萨布兰卡是摩洛哥的第一大城市和经济中心。

在卡市，法国殖民地风格建筑聚集的圣人区是人气颇旺的商业中心，迈阿密海滨大道仍然是富人区，长长的栈道一直伸向海滩，咖啡馆和酒吧云集，一排排席卷而来的白浪中，清晰可见冲浪者的矫健身影，海风吹散了游人的头发，风中似乎混合着巴黎香水与海鲜烧烤的气味。

在《卡萨布兰卡》这部片子里，关键情节大多在里克咖啡馆（Rick's Caf é ）里推进，英格丽·褒曼和亨弗莱·鲍嘉共同演绎了一段荡气回肠的爱情咏叹调，推波助澜的还有音乐，法国国歌《马赛曲》与德国歌曲《守卫莱茵河》示威般的对唱，也令人热泪盈眶。而黑人山姆用钢琴弹奏的一曲《时光流逝》，每个音符都敲打在观众的心上。

里克咖啡馆是虚构的，片子在美国拍摄，场景是搭出来的，不过影迷认为这一切都应该有原型。于是在十多年前，有位退休美国外交官在卡市商业区“复刻”了一家里克咖啡馆。我们到卡市的第一天晚上就按计划在那里用餐，但不知导游与店方在沟通时哪个环节出现了差错，乘兴而去的一车中国游客在店门口遭到了服务员的严防死守：一张空桌子也没有了。

双方僵持了十分钟，出来一位风度翩翩的店长，要求我们两小时后再去。不就是三道式简装西餐加一杯咖啡吗？本大爷什么没有吃过！我一把挽起太太的胳膊：走，回宾馆吃“康师傅”！

第二天，驴友打开手机让我欣赏他在里克咖啡馆拍的照片：白色的拱门与走廊、高高悬挂的七彩玻璃灯、黑色雕花的扶手椅，墙上还有许多电影海报，对了，还有一架三角钢琴以及打开的五线谱。然而，复制的一切并不能让时光倒流。

“褒曼，你在哪里？”我喃喃自语。

在摩洛哥的最后一天，我们去了地中海边上与欧洲大陆遥遥相望的港口城市丹吉尔，在看了几眼了无生趣的卡斯巴大灯塔和“非洲之洞”后，又去哈法咖啡馆（Café Hafa）小坐片刻。咖啡馆躲在小巷深处，门脸极小，门楣上用碎瓷片拼出的一行阿拉伯数字却让我肃然起敬：1921。是啊，快满一百年了。

哈法咖啡馆依着悬崖的陡峭地势而建，以阶梯式逐级而下，每一层台阶的宽度不足两米，只够安置一排桌椅。所谓的桌子都是用水泥草草砌成的，桌面以马赛克图案装饰，椅子也是常见的注塑品，随手拖来拖去。坐下后的感觉倒是非常之好，仿佛身处上千年的圆形剧场，等待大戏的开幕，眼前的地中海就是宏大背景，波涛、海鸥、白帆、落日……

店主自豪地告诉我们：不少欧美导演在这里拍过电影，甲壳虫乐队也在这里喝过 Moroccan Whisky。许多世界级的文学家和音乐家在这里一待就是老半天，在涛声与夕阳之间捕捉创作灵感。

据说咖啡卖完了，只有 Moroccan Whisky，这个就是薄荷茶，摩洛哥的国饮，也有人称它为“摩洛哥威士忌”。薄荷茶的制作很简单：绿茶末子煮沸后滤渣取汁，倒入装有十多片薄荷鲜叶的玻璃杯中，加一大勺白糖搅匀。我呷了一小口就浑身颤抖，想象自己的血糖瞬间飙升，不得不搁下杯子。

此时来了一位兜售零食的老人，脸上布满细密的皱纹，目光炯炯，温和慈祥，身穿蓝白条纹的阿拉伯长袍，挎一个腰形的藤编篮子，他将一片 A3 纸大小的旧报纸铺在被雨水濡湿的桌面上，并将报纸的周边折出四条拦水边，防止花生红衣被海风吹散，再从篮子里抓出一把热乎乎的花生米放在上面。太太给了他十迪拉姆，他又要抓一把炒杏仁补足这份支出，我们友好地谢绝了。老人微笑着与我们道别，这份小生意做得非常认真，不卑不亢。

里克咖啡馆你再装也只是二手烟，相比之下，哈法咖啡馆给我的印象更深，更亲切，它原汁原味，以朴素和粗糙勾人连流。只是我不大明白，既然历史这么悠久，名声这么大，生意又这么好，老板为什么不把环境与硬件（特别是又暗又脏又臭的卫生间）再提升一下呢？

夜宴土尔库城堡

土尔库是一个美丽的北欧古城。波细如鳞的奥拉河从城中穿过，河上横跨着好几座老桥，岸边停泊着十几艘双桅船，这些老船的船帮刻蚀着漂泊岁月的印痕，如今已不再扬帆远行，而是改作游船，即使在烈日当空的下午，甲板上的露天酒吧也座无虚席。芬兰人有夏天晒太阳的嗜好，生活在北极圈附近的人最懂得阳光的珍贵。

今天的土尔库是芬兰的文化中心，而从十三世纪到十九世纪的六百年里，它一直是芬兰的首都。瑞典的统治曾给这座城市留下了怎么也抹不去的痕迹，比如与芬兰语一样通行的瑞典语，比如教堂，比如城堡。1807 年一场可怕的大火，几乎将这座城市化为灰烬，这也是迁都赫尔辛基的原因。所幸的是建于十三世纪的土尔库城堡因为有着厚达两米的石墙，挺过了这场浩劫。在五月的灿烂阳光下，我走进了它的历史。

晚上八点多，天还没黑，穹形的大门内外就一本正经地燃起了四根火柱。在一个高高的窗洞里，一个古装的芬兰士兵笔直地站着，每当有客人走进院子，他就吹响小号致意。

似乎是一种呼应，几只灰鸽从宽大幽深的院子扑棱着翅膀飞向蓝天。

我是作为一名中国记者应芬兰旅游局邀请参加北欧五国旅游研讨会而来到这里的，会期两天，闭幕晚宴就在这土尔库城堡里举行。在二楼，喝着餐前香槟，四百多名正式着装的与会代表站着闲聊了一会后，鱼贯进入灯火辉煌的宴会大厅。这里被按原貌整修过，原木的家具和人工吹出来的玻璃吊灯表现出北欧人执着的怀旧情绪，大厅里还悬挂油画原作，还有两幅几乎覆盖了整堵墙面的挂毯，上面记录了土尔库历朝历代的人文故事。长长的餐桌上堆放着鲜花、水果、干果和酒杯，枝型烛架上的蜡烛散射出暖人的光芒。入席后，我奇怪地注意到，每个人面前只有刀而没有叉子，只有一个烘烤得非常坚硬的、扁如垫子的黑麦面包而没有盆子。我想这一定不是疏忽，因为每人面前那份扎成小卷的仿羊皮纸菜谱体现了晚宴的贵族气派。

一阵铜铃响过，美丽的司仪小姐介绍了来宾，一个帽子上插着长长羽毛的男青年敲响了鹿皮鼓，紧接着大门一阵雷动，两个中世纪的人仿佛穿越时光隧道来到我们面前，男的高大魁梧，一脸卷曲的胡子，鼻子上架着金丝边眼镜，女的苗条得在芬兰近乎罕见，脸色稍黑，相同的是他们都穿着缀满了繁复图案的服装，男的还佩了一把短剑。芬兰朋友告诉我，这是“冒牌”的瑞典国王的儿子、芬兰的约翰公爵和他的年轻新娘——波兰公主凯瑟琳，他们要把宾客带回到1556年土尔库复兴的规定情境中。

公爵假装很不满意地责备敲鼓人：“你太粗鲁了，要知道今天来的客人都是很有教养的。”

晚宴开始了，一阵鼓乐后，十几个侍者——由穿着民族服装的很胖的妇女和举止优雅的男士组成——从厨房列队而出，每人托着一个玻璃水盂让客人净手。斟满葡萄酒后，公爵起身致欢迎词，他先解释说，桌子上没有叉子，那是因为“那个时候还没有发明叉子，大家就用手抓来吃吧”。用面包代替盆子，是“因为中国瓷器还没有传到欧洲”。至于那份菜谱，“那个时候我宴请最最尊贵的客人，就是用这份菜谱”。接着他又介绍了这座城堡的历史和当地物产，希望各位贵宾在土尔库享受到充足的阳光和美食。接下来大家祝公爵夫人身体健康，并用拳头猛击桌子，欢呼口号——那个时候还没有“发明”鼓掌。

祷告之后，宴会就开始了。大厅以公爵和他的夫人为中心，参加会议的五国旅游局官员以及来自亚洲、美洲等国的代表一律烘云托月地围绕着他们。

第一杯酒和每一道菜上来之前，一个胖得像啤酒桶似的厨娘必须跑到公爵面前行个屈膝礼，然后尝一口，以确定没有毒才能让大家吃。厨娘露出夸张的表情，公爵却说起风凉话："看看，什么东西都是你第一个吃，多么幸福啊。"

接下来公爵和夫人在两个乐手的伴奏下一起为大家唱歌，浑厚宽广的男高音与像土尔库天空一样明净清丽的女高音让大家久久地沉醉于回肠荡气的咏叹中。这时，我才知道他们是赫尔辛基歌剧院的演员。这座城堡每到夏季都会邀请世界第一流的歌唱家和演奏家来参加音乐会，至此，古城星光灿烂，旋律飞扬。

喝了白葡萄酒及加有蜂蜜的姜汤，尝了烟熏三文鱼、鱼子镶鸡蛋和如同木渣一样难以嚼动的烤鹿肉，公爵又开起了国际玩笑，是关于那把短剑的。"因为我们害怕丹麦人，只要他们在我的视野之内，武器就不能离身。"在座的丹麦代表团成员不以为忤，反而哄堂大笑，因为骑士的长剑早已熔炼为农夫的铧犁。

在他开玩笑时，六弦琴乐手跑到他们的座位上偷他的食物吃，这种藐视礼法的行为也引来一片笑声。

在公爵夫人用意大利语演唱了歌剧选段后，出于一种宫廷礼节，这两位演员提前离席了。公爵向每桌客人颔首致意后走到门口，突然转过身来向大家宣布："只要我在台上，就不收税！"

这句话引来一阵大笑和狂热的击桌，联想到北欧五国都是实行高税收政策，这玩笑倒是挠到了大家的痒处。

一座饱经七百年沧桑历史的古城堡，经常举办音乐会和高规格的宴会，特别是后者，明火与油烟的威胁与腐蚀，会不会破坏它的历史风貌和完整性？联想到前几年有一个香港的摄制组要在北京故宫内拍戏，有关方面不允许他们在墙上、柱上留下一枚钉子；后来张艺谋在北京的太庙导演情景歌剧《图兰朵》，也因为有人提出如何保证石护栏不被灯光熏黑等责难而引起舆论喧腾。故宫和有关人士如此谨慎我不反对，但更要惊醒的是，我们国家有多少老建筑在城市改造的过程中被推土机以摧枯拉朽之势清除？所以土尔库之夜的微醺，让我感到新奇，也有点启发，更有一种恍惚之感，眼前的一切，莫非都是一场戏？

遥致冰川，端起那碗酥油茶

去西藏，对我来说有两大难题躲不过去。

一是高原反应。这几乎是每个长期生活在低海拔环境的上海人的魔咒，尽管飞机降落在贡嘎机场之前我就大把大把地吞下红景天和高反灵，然而没用，等我们一行上了包面车，七转八弯进入大昭寺附近我们下榻的唐卡酒店，胀痛感有预谋地袭来，脑子犹如进水，一股股白浪左右拍打，企图要撞破脑壳。接下来的几天里，特别是进入海拔五千多米的嘉黎县尼屋乡和麦地卡湿地，我被头痛胸闷气短等症状折磨得死去活来，孙悟空被唐僧念紧箍咒痛得满地打滚也不过如此吧。

二是餐食不对胃口。我对传说中膻味极重的牦牛肉和酥油茶不能不保持警觉。虽然十多年前我去过一次西藏，但主要在有“西藏江南”之誉的林芝活动，一日三餐都在一家汉人经营的制药企业里吃，与藏餐擦肩而过。当然，比起铁板钉钉的头痛，藏餐的考验中可能隐含着一份意外的惊喜。

第一顿藏餐是在我们登高拍了独俊大峡谷全景后，进入易贡藏布岸边一家藏民开的小饭店里吃的。这家饭店被篱笆墙围起，里面有一个挺大的庭院，一排简易房子建在草地上，屋前有几棵树，野蛮生长不修边幅，树荫下支起两个凉篷，老板把我们引到棚里入座。我们口渴，吵着要喝酥油茶。老板问：三磅还是五磅？原来酥油茶是装在老式热水瓶里的，我们当然要了五磅。眼看浅棕色的酥油茶徐徐注入碗里，我端起来就喝。没有令人畏惧的膻味，加了点盐，味道微咸。接下来上了薄薄的烙饼，表面斑驳，撕开来吃，恰到好处的韧劲给牙齿扎实的安慰，大麦的原香对肠胃也是亲切的安慰。

哇，他家自制的酸奶来了！一大盆分作几小碗，稠到牢牢咬住木勺，甩也甩不掉，也许是存在冰箱里的缘故，吃到嘴里有咯咯响的小块冰碴，也是一种刺激。有朋友加了砂糖——藏族同胞为了保持高热量，吃糖很厉害，整袋的白砂糖撕开口子杵在桌上，随便添加。我血糖偏高，就吃原味。

咸的酥油，甜的酸奶，喷香的烙饼，蓝天白云，绿草红花，阳光火辣，微风徐来，易贡藏布在远处轰鸣，我们在大快朵颐，真是天上人间！

过了一会老板端出一大盆热气腾腾的牦牛肉。清水白煮的大块牛肉之上，横七竖八地插了几把藏刀，块儿大小，任凭自己切割。切牛肉有讲究，得以45度切断它的纹理，这样既能保持弹性，又不至于塞牙。我切下一块，蘸了盐，入口后也不觉得有膻味，肌理清晰，纤维适中，脂肪很少，厚实饱满的咬劲也怂恿了我的恣意吃相。

有一种说法：全世界的牦牛约有95%生长在中国西藏。牦牛生活在海拔三千米以上高寒地带，抗寒能力特别强，体魄粗壮结实，大风大雪无所畏惧。

没错，一路上看到，翡翠色的高原牧场上点缀着墨点般的牦牛，原生态环境全程放养，无污染，无天敌，爱去哪就去啊，日月星辰，悠哉游哉，日子一长就消磨了牛脾气。据说除了草，牦牛还能吃到贝母等野生药材，啧啧，还有虫草！

所以朋友得出一个结论：吃牦牛肉就相当于吃虫草。我反驳：那不一定，或许它吃下去的虫草没消化，后来就混在排泄的牛粪里，藏民将牛粪拾起来堆垒成一堵堵墙，冬天大雪封路不出门，一家老小围在家中烧牛粪，虫草就这样化成一缕青烟啦！

再也没有别的菜了，但我们已经吃到撑。酥油茶热量很高，特别顶饿，治高反也有效，我喝了四五碗，感觉果然好了很多。老板先后提了四热水瓶酥油茶来，后来结账时仍然以五磅计。

饭后我们还赖着不走，老板就将家里吃剩的半篮水果放在桌子上，有印度青苹果，还有梨子、葡萄和香蕉。在西藏能吃到香蕉，怎么也想不到！

正要起身，老板又从家里捧出一块蛋糕似的食物，那是奶渣！我们各自掰下一块尝尝，嗯，真不错！我在心里排出一个公式：奶渣＝奶酪＋麦片＋微焦的炒麦粉＋盐。

这是想当然。老板告诉我；做奶渣嘛，把牛奶打搅分离出酥油以后，剩下的奶液架在火上煮沸，冷却后就成了酸奶水，再把它倒入竹制的漏斗里，沥出水后，留在漏斗里的就是奶渣。

颜值不高的奶渣，却有着极强的助消化作用，藏民出远门时总要带上一块奶渣以防水土不适。煮酥油茶时加一块奶渣再加点红糖，别有风味。

易贡藏布一带的旅游还刚刚兴起，其实这条旅游线路极佳，不管是自驾游还是探险游，都可以设计许多节目。我对老板说：你们以后要增加一些体验项目，比如让游客身穿藏袍，在高高的木桶前边喝歌边打酥油茶，wifi 也快点开通，游客玩嗨了就会将视频发出去，等于给你做广告！

老板一边憨厚地笑着，一边捣起头皮：我们现在打酥油茶都用上了机器！

牦牛也许是藏民的一笔稳定、可观的收入。那曲一带的藏民每家每户都会养牦牛，少则几头，多则几十头，最多的一户人家养了二百七十头。天然牧场水草丰满，牦牛随便享用，在冰天雪地的日子里，牦牛入圈，政府又会发放青稞，充实牦牛的冬粮。牧民的放牧成本很低，而等到牦牛长足后，一头能卖到一万元，这笔账连小学生都算得清楚。

然而……情况并非那么简单。我们的司机才旺，一个瘦长精干的藏族帅小伙，他家就养了四十多头牦牛，“但是我们跟大家一样，牦牛一般不卖，也很少宰杀，我们只喝牛奶。等它们老死后，就找一个地方埋了。也有人会在年底杀一两头牛自己吃，或做成肉干，但也有些牧民坚决不杀牛，自己要吃牛肉，就是去市场上买。所以流向市场的牦牛其实很少，拉萨商店里出售的牦牛肉干，你能确定他是用什么做的吗？”

我不禁要问：“明明知道牦牛肉很值钱，为什么不让它转化为商品呢？难道你们不想脱贫致富？”

脸色黝黑的才旺笑了，露出一排洁白的牙齿：“我们一年一次上山挖虫草就有一百多万元的收入，我们不缺钱。饲养牦牛主要是为了这个……”才旺做了一个奇怪的手势，不大好理解。

“为了延续自己的牧民身份？或者为了传承放牧的传统？”我说。

才旺认真地点点头。“对对，让它们去天堂。”

不过在那曲地区，许多乡村是精准扶贫的对象。

下一程我们去嘉黎的上尼屋乡，最大限度地接近对亚洲气候造成重要影响的卡洛冰川，然后找到一家民宿吃午饭。这家民宿是一年前刚刚建起的，占地宽广，藏族特色的木屋被涂成大红大绿，加上几十条飞扬的经幡，在一片草地中非常惹眼。我们在绘彩描金的藏桌前坐定，也喝了酥油茶和自酿的藏白酒，吃了大麦饼，还吃到了炒白菜和炒土豆丝，蔬菜采自他家的园子，绝对有机。

这次的亮点是藏香猪，雪水煮熟，切成厚片，蘸着盐和辣椒水吃，厚度超过一厘米的猪皮居然是脆脆的，猪肉肌理稍感粗糙，但脂肪含量低，无油腻之感，味道鲜美，甚至有一种接近野猪的香味。

在嘉黎县城通向尼屋乡的四十多公里旅程中，全是极难走的山路，坑坑洼洼，积水成潭，把人颠得浑身骨头散架，路边除了牦牛，还能看到成群结队的藏香猪。这种猪全身乌黑，可能处于驯化的尾声吧，脊背上的几撮鬃毛又长又硬，剑戟般地向后斜插，凛然而不可侵犯，若与野猪狭路相逢，谁赢谁输还真难说。它们的小眼睛闪烁着快乐的光芒，腿脚虽短，却行动敏捷，在山路上避让行人或车辆，嘟噜噜一闪而过。小香猪好像永远也长不大，听说有人将它们当宠物来豢养。

我们在这家民宿里吃了饭，还喝了藏民自酿的藏白酒，欣赏了千锤百炼的藏刀，抚摸了他家传了十几代的石锅，最后给我们一击的是，站在餐厅外面的走廊往窗外望去，一大片乌云正好飘过，一缕阳光趁隙打在山巅的卡洛冰川上，反射光箭一般地射来，瞬间将我们的面额涂成黄金。所有人都齐声欢呼起来！

窗框将美丽的风景永远留在了这里，也留在了我们的记忆深处！

岐黄与法餐的探戈

春来江南，端午节的热闹程度是北方朋友想象不到的，佩香囊、挂艾蒲、包粽子、划龙舟、荡秋千……简直是全方位的狂欢。对了，还要吃“五黄”——黄鱼、黄鳝、咸蛋黄、黄瓜、雄黄酒（如今被黄酒代替）。长江三角洲一带以前属于楚国范围，老百姓在感情上与屈原特别亲，这粽子和“五黄”就吃得八仙过海，百般妖娆。

那天下午，我去南外滩刚刚修缮完毕的商船会馆参加一个中外文化交流活动，不少老外都以家庭为单位盛装出席，脸上写着兴奋与欣喜。主角是蓝带国际上海校区的烹饪艺术总监菲利普·格鲁特先生，在活动展板上他的半身肖像是真人的两倍。

菲利普有一双温柔的眼睛，但又透出执着与诚恳。这位“神格”比米其林厨师还高的食神在法国的声誉堪比总统，1980 年获得法国西餐和西点国家杯大赛金奖，两年后，年仅二十八岁的他成为法国最佳手工业者奖（简称 MOF 奖）得主，总统密特朗亲自为他颁发奖牌，他就此获得了穿红白蓝领子厨师服的资格。积攒了这些资本，他就有底气拜法国世纪名厨乔·卢布松为师，在接下来的数年时间里，由协和拉斐特酒店厨房领班，一跃而成为米其林三星 Jamin 餐厅的厨师长。他辗转于巴黎、东京、香港等各大星级餐厅，无数老饕为了品尝他的菜肴从世界各地赶来，在餐厅门口耐心等位。据蓝带国际上海校区的负责人商凌燕女士透露，菲利普·格鲁特摘得的米星加起来有二十六颗，上海外滩一线法餐馆的米星厨师见到这位老前辈都得立正致敬。

目前，菲利普和他的同胞在蓝带国际上海校区教中国学生做法餐、西点以及葡萄酒品鉴，有几位一待就是好几年，乐不思蜀的样子。新冠疫情爆发后他们也没有回去，上海的防控形势让他们比较笃定，但业余生活还是会受点影响，闲着也是闲着，来点新花样如何？于是大家一琢磨，盯上了中医中药。

倒也不是针灸、正骨、把脉开方之类的高难度动作，而是从中药材中发现了可以入馔的材料。于是，岐黄与法餐的探戈就开始了。

菲利普对我说：我入行快五十年了，来到上海后，我发现中国料理十分讲究季节与时令理念，非常注重养生。所以我一直在思考：能否取用中国江南的时令食材，与法餐烹饪技艺进行融合，研发一些美味的、对身体有益的食谱。

是吗？我倒要看看老外是怎么来事的。

走进这场名为《洋大厨与上海菜单——海派文化下午茶》的活动现场，前台展位上摆开了一溜色彩缤纷的甜品，这套路大家不陌生，但似乎作为注脚，旁边还堆放了一些江南地区的夏令食材，比如冬瓜、莲子、塘藕、红枣、百合、绿豆等。工作人员请我尝一下甜品，并告诉我这些中式的食材都用到了西式的蛋糕和布丁里。我尝了一块绿茶百香果蛋糕，味道真不错啊！

在这之前我与上海对外文化交流协会的活动策划人有过沟通，我出了个难题：能不能用“五黄”应个景？没想到老外果真用上了咸蛋黄和黄瓜，还有黄酒。黄鳝么，“捏不牢滑脱”，法国人还真有点怕。

音乐预热后，菲利普·格鲁特整了整那顶标志性的厨师帽上台了，他做了两道菜。第一道是青鱼排配红酒酱汁配炒浆果时蔬。欧洲厨师烹鱼是弱项，他偏偏选用可能会有腥味的河鱼，取鱼身一段，将鱼头鱼尾鱼骨一股脑儿地吊汤，并加入了黄芪、陈皮、桑葚、豆蔻、黄酒，然后大火收汁做成沙司浇在蒸好的鱼块上，配菜中除了大白菜还有豆芽和草菇等。第二道是黑芝麻煎扇贝配牛油果百合。菲利普事先用鸡爪和猪大骨吊汤，浓缩后冻成膏脂状的一块，这样就便于拿到现场解冻后使用。这道菜用到的中国元素也很丰富，除了牛油果和扇贝，还有辣椒、胡椒、柠檬、黑芝麻、混合海藻和一些鲜花，味道如何我不知道，但扇贝滚上了黑芝麻的视觉效果相当中国。

在台下我与另外几个帅哥法厨交流了一下，他们都参与了这场有趣的“混搭游戏”，研发成果已被做成一盒二十张明信片，中英文对照，有图有真相，每张一道菜，乌鸡配黑芝麻香蒜酱、绿豆瑶柱汤、冬瓜决明子、板栗萝卜山楂乳鸽汤、陈皮玫瑰蒸肥肝、白扁豆姜撞奶配蓝莓、小豆蔻姜味蛤蚌浓汤、豆腐桑葚轻奶油迷你巧克力栗子塔、核桃红枣桃子蛋糕等……法餐的艺术感彰显无遗。但在食材简介中我看到了大米、豆腐、蟛蜞、螃蟹、蛤蜊、茉莉花茶、绿茶、玫瑰花、板栗、西瓜、橙子、彩椒、花椒、陈皮、当归、桔梗、莱菔子、黄芪、地黄、知母、党参、川芎、决明子等中国元素。

中医中药是一门涉及面很广的生命科学，千百年的迭代与累积，蕴含了高妙的辩证法。中国厨师在煮菜煲汤时加入一些有养生滋补功效的药材，被称为药膳，从庙堂到民间，都有广泛的基础，但西餐厨师还没有尝试过。

没错，都说药食同源，但药物与食物之间的关系、以及一组药材如何配伍，那是经验与学问，有禁忌，有风险，我国卫生部门几乎每隔两三年就会开出一份药食同源的清单，引导、规范餐饮企业正确运用中药材。这个，老外搞得清楚吗？

混搭之前，蓝带国际上海校区请天山中医院的主任医师倪欢欢女士给洋大厨们上课。倪医生是个吃货，对法餐也很有感觉，她为法厨团队开了一份以辛香类药材为主、具有养生美容功能的药物名目，药性比较温和，而且这些药材在全世界各大城市的超市或中国城里都能买得到。

她知道，法国厨师将中药材融入法餐，并非为了一场趣味盎然的民俗表演，而是希望形成系列菜肴，走向全世界，让更多的人通过美食分享，感性地认识中医中药的功效与中国式养生的哲学思想。

巧的是，我经常去倪医生那里打金针，与她聊起这档事，她就乐呵呵地说：跟法国厨师讲中医，那可是大大跨界啊，一两堂讲座是不够的。光是《黄帝内经》中的一句："毒药攻邪，五谷为养，五果为助，五畜为益，五菜为充，气味合而服之，以补精益气……"就足够讲上一整天了。

倪医生还认为：中国文化要走出去，为世界各国的人民所接受，要多设计一些形式和渠道。关键一点，要与世界各国人民的日常生活与美好愿望联系起来，通过分享科学发展的成果唤起他们对生命、对家庭、对和平事业的热爱，以及对异质文明的兴趣和宽容。

上海大概是中国最早接受法餐的城市，直至今天，法餐厅在上海所有西餐厅中所占比例可能还是最高的。法国厨师将中药材和中国食材融入到法餐烹饪中，这应该看作是两国文化双向交流的新成果。中医中药以及中国式的养生，超越国界，超越种族及意识形态，可以最大限度地获得共识。

活动的效果好于预期，桌上的甜点光盘了，菜谱明信片也被一抢而空。活动结束后菲利普·格鲁特先生对我说：接下来我将尝试将茯苓、杜仲、天麻、三七、党参、附子等介入法餐，更好的味道，更自然的养生，我很有信心。我虽然一辈子都没感冒过，也不知咳嗽为何物，但是我要深刻理解“清热解毒”“生津止渴”“疏散风热”等概念对中国人体质与生活习惯的特殊意义。

我们聊得很投机，我建议他用酒酿发酵做法棍，用桃胶和葛根粉做布丁，用城隍庙的药梨膏和蔡同德的十全大补膏加上新鲜水果做成果酱，丰富面包、蛋糕的口感……菲利普·格鲁特很认真地记录在笔记本上，并毫不掩饰地揩拭嘴角的口水，夸张地笑着。

菲利普·格鲁特向我表示：我很喜欢吃中餐，疫情前几乎每个周末会在外面找家饭店饱餐一顿，中餐厨师取料的广泛和根据季节来调整菜谱的灵活性让我叹服。现在，中医中药材又给了我们灵感，也为法餐赋予了新的能量与文化内涵。哦，对了，我们还打算在线上向全球二十多个国家、地区的三十五所蓝带国际校区进行授课，让全世界的美食爱好者都通过我们的菜肴和甜品体会到中国式养生的智慧，了解中国生命哲学在今天全球化背景下的普遍价值。

菲利普最后送我一份金糖水梨佐薄荷巧克力酱，里面有中国糕点常用的松仁、黄糖和茉莉花茶，味道好极了。

沈家私房菜
沈嘉禄 著
上海文化出版社

自序

上海男人在“屋里厢”买汏烧，一直被北方汉子冷讽热嘲。上海男人并不在乎，面朝大海，春暖花开，关心粮食和蔬菜，包括油盐酱醋。

会做家务，是上海男人的本色，也是一门基本功。无论在大杨浦做过混世魔王，还是在太平桥冒充过南货店小开，在做家务这档事体上是能够共情的。逛逛菜场，讨价还价，老姜新葱，弥陀芥菜，紫茄白苋，咸肉菜饭，韭菜搨饼，蛤蜊炖蛋……我们这一代经历过短缺经济时代的男人，懂得生活的不易，又要维持上海人的脸面，所以捋起袖子做家务的时候，心里有点委屈，有点悲壮，转身在邻家小妹面前，展现的却是满满的自信与豪迈。

爱做家务，就是热爱生活，体贴老婆嘛！

穷人的孩子早当家，环境决定人生，性格决定命运。拿我自己来说，诚如孔夫子所言："吾少也贱，故多能鄙事。"同时，我也喜欢与锅碗瓢盆打交道，青菜豆腐翻花头，做出一道道让父母惊喜的菜肴，给庸常生活一点点小确幸，身居陋巷，不改其志。到了二十出头，我就能做整桌家宴了，糖醋小排、本帮酱鸭、酸辣凤爪、水晶虾仁、糟熘鱼片、黑椒牛柳、茄汁鲳鱼……都是"小开司"。亲戚朋友赠我一两句鼓励性质的表扬，不免得意洋洋。成家后，太太希望夫君安心笔耕，事业有成，连一棵葱也不让我碰。后来看我基本没戏，就下放部分权力，让我体会一下当家人的酸辛苦辣。另一方面嘛，也让我换换脑子，松松筋骨，整天钻在书堆里，说不定哪天就成了白痴。

后来，随着上海餐饮市场繁荣繁华，朋友请我吃饭的机会与日俱增。酒肉穿肠过，美味心中留。人家会做，我为什么不能做？于是就时不时地向大厨偷几招，回家试着做做，赛过瞎猫捉死老鼠，倒也有三分像了。

二十多年来，我为撰写美食文章花了不少时间，报刊上的专栏也开了好几个，出了几本书，每年还要做美食文化的讲座，担任过多家美食榜单的评委，现在还是上海餐饮烹饪行业协会首席高级顾问。一面是知味客，一面是键盘侠，这样的跨界也让我在这个纷烦的世界中获得不少乐趣。

动静渐大之后，就有朋友怂恿我开饭店，至少也要开一家兼营酒菜的小面馆，甚至要发起众筹。不过我有自知之明，饭店不能开，面馆不能开，做直播带货肯定荒腔走板，电视台来我家录节目，只好婉拒再婉拒。我没有经商、表演以及与有关方面周旋的才能，更不敢折腾钱，谁的钱都是钱，对不对？妈妈早就警告过我：你不要顶着磨盘过独木桥。

那么我就抱定自娱自乐的心态来研究饮食文化，如果说有什么微言大义，那纯粹是芝麻掉进针眼里，碰巧啦。

不过，亲朋好友的鼓励至少给了我继续革命的勇气，在家里我经常练练手，做几道菜发到朋友圈显摆显摆，常能激起一片要求“搭伙”的呼声。趁这次新书出版的机会，我就晒几份菜谱请大家指教。

所谓沈家私房菜，没有山珍海味，更无燕翅参鲍，就是菜场、超市常见的食材，石库门灶披间里端出来的家常味道。我们老百姓过日子，食材要安全，烹饪要简便，味道要乐胃，气氛要轻松。吃到好东西，涌上心头的便是想念与感恩。

油盐酱醋备齐，食材切配停当，锅坐灶，油温升，在下献丑啦！

2023.5.5

目录

酒酿红腰豆

食材：红腰豆、白扁豆、酒酿、蜂蜜等。

这是一道适合在夏天吃的冷菜。一把红腰豆，一把白扁豆，分别装在两个碗里浸泡过夜。第二天将红腰豆装在小号的纱布袋里，扎紧口子，与散装的白扁豆同时放入锅里，加一大碗水，大火烧开，转小火焐至酥而不烂。红腰豆与白扁豆可能不会同时成熟，请稍加关切。两种豆子均能完整不破，便是最佳状态。出锅后分装两个碗里，冷却后加少量白糖。

装盆时白扁豆在下，上面加一层红腰豆，顶上加一汤匙甜酒酿，再将一勺蜂蜜兜头浇下即可。红腰豆是主角，白扁豆是配角，不过从味觉上说，那是惺惺相惜一对。如一时没有蜂蜜，也可用韩国蜂蜜柚子茶代替，或者用糖腌金桂加点白兰地调匀后浇上。这款风味独特的开胃前菜，老少咸宜，男女通吃。

家里只有一种白扁豆怎么办？也行啊。剥开一只芒果，果肉切成丁，堆在白扁豆上面，一样的情怀，一样的浪漫。火龙果也是有个性的 B 角，当红艳艳的汁水慢慢渗出，流淌到盆底时，白扁豆就因为激动而颤抖了。

冷拌核桃仁

食材：核桃、绿豆芽等。

核桃又称胡桃、羌桃，与扁桃、腰果、榛子并称为健体养身的“四大干果”，既可以生食、炒食，又能作为糕点、糖果的配料，其实也可入菜。

核桃敲开剥去硬壳，将核桃仁投入温水里泡半小时，再用牙签小心挑开桃仁黄衣，象牙白的核桃仁要在淡盐水里泡一下去涩，时间不要超过五分钟。

绿豆芽一头一尾拣去，在沸水里氽一下捞起冷却。如有红或黄的甜椒，取半只够了，切丝后一起氽熟。

接下来取生抽、盐、糖、味精、橄榄油适量，调和即成。将两种食材盛在盆内，浇上调味汁后即可食用。

还有一种吃法更简单，取一大把荠菜，焯水后切成末子，与煮熟的核桃仁一起拌，加盐加麻油，清清爽爽。

鱼子酱金汤蟹肉

食材：蟹柳、鱼子酱、咸蛋黄、南瓜、鲜百合等。

鱼子酱在超市里有售，选品质好的买一盒。

熟帝王蟹腿一包约四只，剥壳取肉，撕成碎块（不要撕成丝）。熟咸蛋黄两只，研成细末。南瓜一块约100克，蒸熟后打成泥。新鲜百合一只，掰成一片片（实际上半只足矣）。再准备一根京葱，切片；生姜一块，刨皮后也切片；半杯鲜牛奶。

坐锅烧热，倒入25克精制油，煸香姜片和京葱白，然后捞出弃用。转小火，锅内留油，下咸蛋黄划散，不要结团，加南瓜泥和鸡汤一大碗。

煮沸后投入蟹肉，加盐、味精适量，撇去浮沫，最后加百合片和小半杯鲜牛奶，等锅内冒气泡后即可盛起装在汤盘里。

要注意的是，蟹肉须在碗中央隆起，便于在顶部堆上鱼子酱。

猪脚冻

食材：猪脚、花生米。

花生米 30 克，用温水泡过，剥去红衣待用。

新鲜猪脚一对。买猪脚要选前脚，蹄筋与皮肉较后脚丰满。每只对劈成两爿，刮净小毛，焯水后再冲洗一下。将猪脚放入高压锅内，加姜块、葱结，注入足量清水。煮沸后即可熄火，在锅中焐半小时左右，使猪脚皮软肉酥。取出后用冷水冲洗几分钟，趁尚有余温时拆骨留肉。

拆下来的猪脚肉块有大有小，这个没有关系，要紧的是不要留下任何骨渣。

然后将花生米与猪脚肉一起放入炖锅，加茴香、桂皮、老抽、生抽、糖适量，煮猪脚的原汤一碗，葱结和姜块不要混在里面。以中火煮半小时左右，试试花生米的味道，酥软中带点骨子最好。拣出茴香、桂皮，加味精少许，连汤带汁一起盛在长方形玻璃罐中自然冷却。

注意，花生米与猪脚要分布均匀。猪脚留下的缝隙，应该由花生米去填充。冷却后存入冰箱。

第二天取出，蜕出玻璃罐后是一个极具结晶感的立方体，取快刀切成厚片或块状，装盆后即可食用。若蘸姜丝醋，味道会更佳。

猪脚冻的切面非常好看，就像一幅幅抽象画，随便拿一片出来就可以做成电影海报。

最好吃的是什么？不是猪脚，也不是花生米，而是琥珀色的肉冻。肉冻既然好吃，可不可以在煮的时候多加点肉汤？不行，肉汤一多，凝结后就显得“水”了，切片后也容易破碎。肉冻少了也不好，吃起来口感不够丰腴。

如何使猪脚冻拥有恰到好处的肉冻，这需要经验，我的文字到这里也穷尽了。

香菇花生㸆毛笋

食材：毛笋、香菇、榛蘑、花生米。

宁波人喜欢吃咸菜㸆毛笋。毛笋切大块，咸菜切寸段。锅里先不放油，将毛笋用盐炒去涩味。然后下咸菜、老菜油再翻炒，两大碗清水一浇，加盖后小火焐透。长时间的文火烹饪，俗称“㸆”。宁波㸆菜、㸆大头菜、㸆奉化芋艿头、墨鱼大㸆、竹笋㸆肉，都是需要耐心的操作。

宁绍不分家，我们受宁波阿娘的影响，也喜欢吃咸菜㸆毛笋，那种大开大阖的感觉真是太爽啦。直到现在，每年清明后，我必定要央求老婆大人去菜场抱一大支毛笋来，我要做咸菜㸆毛笋啦。

但是这道有着浓浓乡土气息的菜只有我一个人爱吃，老婆、儿子媳妇包括小孙女全都无感，看我不高兴才赏个脸，小鸡啄米吃一筷。一支毛笋盛了满满几大碗，使劲吃也要好几天。唉，乡愁的路上，我就是一个独行侠啊。

有人说，你改变不了环境，就只能适应环境。于是我想了个办法，一支毛笋对劈开来，半支㸆咸菜，另外半支来点新花样。

家里有香菇和榛蘑，用温水泡发；花生米约 25 克，也用温水泡过，剥去红衣。毛笋切厚片。锅烧热，倒入适量的老菜油，将毛笋煸透，然后加香菇、榛蘑，再加虾子酱油和糖，清水一次加足，慢慢㸆上一个小时。最后将花生米放进去再煮五六分钟，冲刺阶段以大火收汁，出锅前再浇点麻油。

果然，这道无帮无派的香菇花生㸆毛笋受到了大家的欢迎。

素面朝天，冷热皆宜，成本可控，味道蛮好。

糖醋小排

食材：猪小排。

有一次我在电视上看到一档美食节目，一个专做私房菜的老板娘介绍糖醋小排的做法，她眉飞色舞地强调：小排骨先要焯水，然后另外换锅煮熟，其间要加三次醋。焯小排的水分三次加到小排里，最后加酱油、加糖，勾芡出锅。

实事求是地说，电视台里的美食节目大都是“半吊子”在淘糨糊，为了提高收视率，表情丰富点，动作夸张点，辞藻花巧点，我都能理解。但身在业界，赚人钞票，至少应该专业点吧。

我按捺不住了，就在双休日做了一道糖醋小排，拍图晒到朋友圈。朋友的点赞或许含有感情成分，但徐鹤峰大师的点赞叫我底气十足。他说：这个糖醋小排比许多厨师烧得都好。

徐鹤峰是国家级烹饪大师，有本事，架子大，轻易不表扬人，哪怕是多年的老朋友。他的徒弟很多，但个个怕他，他骂起人来是不留情面的。在他的鼓励下，我就将这道菜的做法告诉大家吧。

糖醋小排这道菜我做了几十年，以我的经验来看，肋排和软排都可以做这道菜，400 克或 500 克的分量就行了。关键是斩得合乎礼仪，让大家有一个文雅的吃相。不大不小，每块不一定都要有骨头，但是能带点肥膘最好。洗干净后沥水，放在料理碗里，加老抽两汤匙，抓匀，让每块小排都披上酱红色的外衣。静置一刻钟，沥去多余的老抽，再撒些干生粉，让纷纷扬扬的雪花飘到每块小排身上。

我坚持两点：不焯水，不水煮。

坐锅烧热，倒入 500 克花生油（实耗 50 克），油温升至 70℃时倒入小排，翻炒几下使之松散，锁住水分，这个时间只需三分钟。进入最后半分钟，要转大火，油温一高，小排表面就会有所紧缩，产生一种结壳的脆感。

有些饭店的糖醋小排卖相不错，但吃起来比较柴，我估计厨师在开油锅时溜到厨房外面抽烟去了。

有人要问：只炸三分钟，小排能熟吗？我必须强调一下：红烧肉，讲究入口即化，无筋无渣。而排骨呢，无论大排还是小排，标准姿势就是啃。既然要啃，就应该骨肉相连，更好的效果是外脆里嫩，内含汁水。所以炸三分钟就够了，而况接下来还有一个程序。

炒锅清油，不必清洗，留一点底油无妨。加一汤匙白糖，加一点点老抽，不要加水（或加少量的水）。将小排倒下去，反复翻炒。注意火候，不要太大，悠着点。两分钟后，加醋，尝尝味道，如果甜酸咸都可以的话，马上转大火再翻炒几下，让黏稠的芡汁包住每块小排就行了。

看到这里朋友又要质疑了：没有勾芡，哪来芡汁？

小排骨在用老抽上色腌渍后已经拌过生粉了，在高温条件下获得了凝结，进入翻炒程序，在糖和醋的共同作用下就形成了芡汁。

最后，加一点炸小排的熟油增亮，就可以装盆了。这个时候偷吃一块，唑，太棒啦。

补充一句：做糖醋小排不需要加味精。辣的菜，酸的菜，加多少味精都是白搭。

红光亮，曾是一种舞台效果，现在我用来形容糖醋小排的色相，你同意吗？

素炒枸杞头

食材：枸杞头、春笋等。

“枸杞到处都有。开花后结出长圆形的小浆果，即枸杞子。我们叫它‘狗奶子’，形状颇像。本地产的枸杞子没有入药的，大概不如宁夏产的好。枸杞是多年生植物。春天，冒出嫩叶，即枸杞头。……或用开水焯了，切碎，加香油、酱油、醋，凉拌了吃。那滋味，也只能说‘极清香’。春天吃枸杞头，云可以清火，如北方人吃苣荬菜一样。”（汪曾祺《故乡的食物》）

枸杞头也叫枸杞芽，是枸杞的嫩叶，微苦而不涩，这个味道我很喜欢，那就是人生的味道。

枸杞头随春风而至，不过在菜场里偶一露面，转身就消失得无影无踪。见着就是缘分，错过要等一年。枸杞头几乎不必择叶，洗净后下油锅一炒，加点盐就可吃了。也可稍稍加点糖去涩。火要旺，时间要短，动作要快，不要加盖，也不要加水，这种做法最能彰显枸杞头的清隽雅洁。

要是切一些春笋的嫩尖来炒当然更好，格调也见高雅，颜色更好看。笋丝要先煸炒一下，然后下枸杞头，这个程序不可倒过来。加点肉丝或鸡丝也不错，可以增加一点丰腴的口感，但不可多，一多就俗了。千万不要加黄酒，一加黄酒，赛过硬生生地将史湘云醉灌，唐突佳人了。

对啊，《红楼梦》第六十一回里出现了与枸杞头有关的剧情，探春和薛宝钗商量，要吃个油盐炒枸杞芽儿，打发个姐儿吩咐贾府厨房柳家的定做。这么平常的一道菜，千金小姐随手一掷就是五百钱。今天我们在菜场里能买到，不贵。

蟹粉炒蛋煨白菜

食材：蟹粉、鸡蛋、白菜等。

大闸蟹蒸熟后现拆蟹粉当然最好，但是当蟹汛退去后，突然想起做一道蟹粉菜怎么办？只好用瓶装油封的蟹粉代替了，不过一定要在口碑好的饭店购买，品质或有保证，价格贵一点也是值得的。

土鸡蛋三只，哗哗打散，少加点黄酒和盐。炒锅烧热，下一勺熟猪油，狠狠地挖两勺蟹粉投入锅内，轻按几下炒散，不使它结块，盛起待用。净锅后加油滑炒土鸡蛋，用锅铲划散，蛋块稍稍凝结后马上盛起，带一点流黄现象无妨。

白菜帮两叶，事先洗净切成小块，此时下锅煸炒至断生，不要炒太熟。加一碗鸡汤在锅里，加盖煮几分钟，至白菜块酥而不烂后下盐适量，复下蟹粉，最后才下蛋块，淋几滴绍兴黄酒，就可以出锅了。

这是一道半汤菜，肥而不腻，清鲜爽口，蟹香浓郁。

小棠菜搨蛋饼

食材：小棠菜、鸡蛋、蚕豆、河虾等。

取小棠菜数棵，焯水后在清水里冲凉，保持它的碧绿色彩，然后切成末，就像做馄饨馅心那样，稍稍挤去些汁水。

取蚕豆十几节，剥成豆瓣。河虾也是十几只，剪去虾须，洗净。

三只鸡蛋打散，拌入菜末，再加少许盐和一点点糖，拌匀。在炒锅里搨成稍厚的蛋饼，盛出后放在砧板上，切成八块。刀面光滑些，小棠菜屑就不易滑出来。

炒锅里加一碗高汤，投入豆瓣煮熟，再加入蛋饼块，两三分钟后将河虾投入锅内——如果来不及购买新鲜的河虾，用家里现成的河虾干也可以，但事先要加点黄酒蒸软。最后加点味精装碗上桌，很简单吧。

黑鱼蛋饼烧地蒲

食材：黑鱼、地蒲、南风肉、鸡蛋等。

上海主妇对黑鱼颇有好感，认为这厮虽然凶狠异常，却营养丰富，有温补之功效，还有助于产后或病愈期间恢复体能。不过黑鱼本身的缺点也是明显的，肉质有点粗糙，所以本帮馆子不是它的秀场。在广东厨师手里倒可以做成滑炒生鱼片，加香菜梗，猛火快炒，镬气满满。上海弄堂人家一般是炖汤，但是鱼肉久炖必老。我太太是做黑鱼汤的高手，剔除龙骨后带皮批成蝴蝶片，蛋清上浆，滚汤一汆即熟。火候掌握得法，黑鱼是可以接受的。

有没有其他好办法呢？容我献上一计：黑鱼一条，活杀后治净，去除头尾、龙骨，腹腔两边的骨刺也一并剔除，然后切成筷子粗细的鱼丝，用少许黄酒与盐捏一下静置。锅里下熟猪油一勺，将头尾、龙骨稍煎一下，加姜片葱结和两大碗清水，小火慢炖，至少半小时才能吊出鲜味，汤色乳白。

熄火后将渣滓滤出，鱼汤在锅里沉淀一下，加点切细的新咸菜梗子，煮沸后加调味。取一只汤碗，撒上蛋皮丝、虾皮和葱花，将热腾腾的鱼汤高冲而下，淋几滴麻油，就是一碗素简的鱼汤。

接下来主角登场。地蒲一支，实用半支，上海人称地蒲为“夜开花”，夏季佳蔬，夜开花虾干汤、清炒夜开花、夜开花烧青豆瓣，均清鲜可嘉；夜开花塞肉，也是一道可以招待客人的小菜。地蒲刨皮后切一寸半长的条，待用。南风肉 50 克即可，事先蒸熟，冷却后切片待用。

取三只鸡蛋打成蛋液，加黄酒和葱白汁，再将鱼丝拌在蛋液里，在炒锅里搨成较厚的蛋饼，用刀切成八块，盛出待用。

锅里下点油，煸炒地蒲条，加一碗高汤，盐和味精少许，如果再加几片水发黑木耳也行，三分钟后滑入鱼丝蛋饼和南风肉，再以中火煮三分钟，看到汤色乳化后就可装盆了。

这道菜的汤汁可以宽一点，地蒲带来的时蔬清香，南风肉带来的丰腴口感，都增加了黑鱼蛋饼的风味，色彩上也比较悦目。包裹在蛋饼里的黑鱼丝吃起来不会有粗糙感，也不腥。鸡蛋本身是解腥的。

一条重 500 克的黑鱼可以做两份这道菜。

黄鱼鲞炒毛豆

食材：黄鱼鲞、毛豆等。

黄鱼鲞烧肉，在我的这本书里已经有介绍。常常做菜的人一看就明白，技术上没有难点，关键是买到好的黄鱼鲞。这里呢，我再介绍一款在夏天经常吃的小菜：黄鱼鲞炒毛豆。

在街坊邻里，上海人昵称毛豆为毛豆子，说明感情很深。上海人在夏天喜欢吃粥、吃泡饭，毛豆子炒萧山萝卜干、毛豆子炒咸菜，都是很实惠的家常小菜。那么黄鱼鲞也可以与毛豆子同框。

黄鱼鲞去头去尾去龙骨，只取中段，刮去鳞片洗干净，浸泡十分钟，不要泡得太久噢！用剪刀剪成两厘米见方的麻将块，倒点黄酒和白糖拌匀，让它们吸收。烧热炒锅，加精制油 25 克，煸炒黄鱼鲞块，可再加三四片生姜。不要多翻炒，以免松散，看鱼皮微微有些起泡就可盛起。锅内留有余油，投入洗净沥干的毛豆子，煸炒至结皮，同样不必多炒，以免脱皮。

黄鱼鲞

再将黄鱼鲞块、毛豆子、生姜片一起投入锅内，加少许清水和生抽、糖，转小火加盖焖两分钟，开盖后喷少许黄酒和镇江醋，转大火翻炒几下收汁，撒葱珠装盆。

喜欢吃辣的朋友可以加一只辣椒与毛豆子一起煸炒。要想增加脆脆的口感，也可添加一点茭白丁或笋丁。

我试过用广东豆豉或蚝油代替生抽，味道也很好。

黄鱼鲞的头尾和龙骨可以煲汤，加黄酒去腥，加内酯豆腐一块，泡发黑木耳四五瓣，撒上葱珠和紫菜丝，就是一碗好汤。不轻易扔掉边角料，这是厨师的职业操守。

用这个方法也可以做一道毛豆子炒沙鳗鲞，也是很开胃的夏天小菜。

酱爆茄子夹饼

食材：茄子、猪肉、面饼。

选无籽的杭州茄子四五支，刨皮后切成长约10厘米的粗条，装在淘箩里挥发一些水分。其时茄条可能会见风变色，这个不用担心。

瘦猪肉25克斩成肉糜。大蒜三枚剥衣斩蓉，老姜半块去皮切末。

炒锅内倒入约300克的精制油，待油温升至七成热时投入茄条炸至微微有点结皮，边缘也有点焦黄，捞起沥油。炒锅净油，但锅底要留点热油，将蒜蓉与姜末煸香，再加肉糜炒散。转小火，加甜面酱一汤匙，再加老抽和白糖适量，千万不要加水。

复将茄条投入翻炒，此时宜转中火。出锅前加少量味精，再淋三四滴镇江香醋。跟上薄面饼上桌，面饼裹着酱爆茄子吃，价廉物美，味道不要太好噢。

普洱杏鲍菇

食材：杏鲍菇、普洱茶等。

杏鲍菇菌肉肥厚，质地脆嫩，菌柄组织致密、结实、乳白，具有杏仁香味和鲍鱼般的厚实口感，深得老百姓喜爱。保健专家认为，经常食用杏鲍菇有助于增进食欲，帮助消化，增强人体免疫力。

大一点的杏鲍菇三四只，纵向切成一厘米厚的片，用少许老抽抹匀，让菇体自然吸收，再撒少许生粉使其与表面粘附。

泡一杯较浓的普洱茶，如果没有普洱茶，用滇红也行，但要足够浓。

炒锅烧热，下油 50 克，等油温升至五成热时，滑入杏鲍菇煎至两面金黄，边缘微焦也无问题，捞起沥油。锅内净油，加普洱茶汤、蚝油和白糖适量，煮沸后转小火，复投入杏鲍菇，煮五分钟后加味精少许，转大火收汁，即可装盆。

盘子边缘可用几朵茉莉花点缀一下，在秋天可撒一点新鲜桂花。

素菜荤烧，兼有茶香，可解油腻，多吃不胖，在吃多了鱼肉荤腥之后，偶尔尝尝这道素菜，会有意外的惊喜。

鱼羊碰碰鲜

食材：羊肉、鳜鱼、番茄、绢豆腐、京葱等。

中国人造字，都是从生活中来的经验。一个“鲜”字，由“鱼”与“羊”构成，所以这两种食材共煮一锅，大概是天下最鲜的一道菜了吧。于是，我取切片羊肉一盒，最好是内蒙所产，肥瘦相间少筋无渣的那种上等货色。鳜鱼或黑鱼一条，一定要活的，宰杀后净膛，去除内脏及龙骨，打成留皮薄片，以蛋清、生粉上浆待用。

京葱白半支，切成马耳片。绢豆腐半块，切成麻将牌大小。番茄一只切成西瓜块。香菜一株切碎。

锅内倒 100 克精制油，烧至五成热时滑入鱼片，用筷子拨散后迅速捞起沥油。锅内清油，留少许底油，煸香京葱片。加高汤一大碗，烧沸后加番茄块和豆腐块，五分钟后投入羊肉片（半盒足矣），用筷子划散，再将预熟的鱼片滑入锅里，撇去浮沫，加盐、味精和白胡椒粉出锅装碗，上桌前撒香菜末。

下饭或配葱油饼俱佳。

一品鸡排

食材：鸡腿、鸡蛋、洋葱、面包糠等。

先说明一下，我这里用的鸡腿，不是超市里小包装的那种，而是从整鸡上取料的，包括腿的根部，并非像小棒槌那样短短的一截。用刀将鸡腿顺长剖开，剔除腿骨，在肉的一面浅剞十字花刀，目的是为了使鸡肉松散、入味、不紧缩。操作时不能割穿鸡皮噢，这个要注意。

用少许老抽腌渍五分钟。然后磕两只鸡蛋在深盆子里，加少许盐、糖、胡椒粉和味精打匀，将鸡腿浸在蛋液里，按摩几下。一刻钟后取出，正反两面按上面包糠。

坐锅烧热，倒入500克精制油，待油温升至70℃时，将鸡腿滑入锅中，以中火炸至两面金黄，捞起沥油；待升油温至100℃，再次将鸡腿正反面炸一下，使之颜色更深，接近黄褐色。

炸好后的鸡排在熟食砧板上切成手指宽的长条，有鸡皮的一面朝上。摆盘时也可用绿色蔬菜点缀一下，跟梅林黄牌辣酱油上桌。

皮脆肉嫩，内含汁液的鸡排，就是好鸡排。

干烧明虾配荷包蛋

食材：明虾、鸡蛋、酒酿、郫县豆瓣、洋葱等。

冰鲜大明虾（大连产的比较好，虾头不可脱落），按每人一只备料。在明虾背部纵向划开一刀，挑去沙线，在料理碗内加两汤匙黄酒，浸渍明虾十分钟后将黄酒去掉。用干毛巾将虾身压干，虾壳表面再拍少许生粉待用。

新鲜鸡蛋只数与明虾只数相同，待用。

酒酿 50 克，姜末、蒜蓉、榨菜末适量。

坐锅烧热后倒 100 克精制油，每批次两至三只推入明虾煎至两面发红，但不能出现焦黑。油炸时用锅铲轻按虾头，使虾脑汪出红油，小心捞起。

锅内留少许油，加切碎的郫县豆瓣，再下洋葱末、姜末、蒜蓉，再加少量的生抽、白糖和清水，推入明虾在锅内平铺，加酒酿，加盖以小火焖烧五分钟，加味精、胡椒粉，转大火收汁。最后点几滴镇江香醋，出锅装盆。

洗净锅，加少许油，煎鸡蛋一面熟，保证蛋黄溏心，装盆与明虾匹配。

可先吃明虾，盆底留汁与鸡蛋一起拌和，若再加几滴醋，可使鸡蛋产生蟹味。

须注意的是，此菜要突出一个“鲜”字，色泽上要有红油汪出，看上去很辣，其实是不辣的。

这道菜是我跟国家级烹饪大师徐正才学的。招待客人，每人一份，老少咸宜，皆大欢喜。

鸡骨酱

食材：童子鸡、茭白、洋葱。

在饭店里吃的鸡骨酱常常是用熟鸡做的，口感不佳。味不够，辣来凑。然而有网民认为：用真正的鸡肉做鸡骨酱，就是良心企业了。现在吃货的要求这么低啦？我无语。

鸡骨酱必须用生鸡来做，这是业界的底线。

初夏时节，上海人有吃童子鸡的食俗，一般是加香菇、木耳清蒸，大块扯来吃，吃相豪放，相信有温中益气、固精填髓的作用。毛豆子、辣椒炒子鸡，也是过冰啤的家常菜。

我对年轻时在大富贵吃过的鸡骨酱念念不忘，前不久在家复刻一次，大获成功。童子鸡一只，剖肚后去除内脏，洗净，斩去头脚，斩成四厘米左右的不规则鸡块，淋点老抽，抓几下上色。另外要准备茭白一根，切成滚刀块。如果有半只青椒或半只洋葱，算是锦上添花，切成片或块。

炒锅烧热，经滑油后，倒入精制油 250 克，这个时候最好在鸡块上撒点干生粉，颠几下，等油烧至七成热时投入鸡块，煸炒到外皮紧缩变色。披了一层“薄纱”的鸡块更容易挂味，这是厨师不肯告诉你的秘密。

此时可将洋葱和青椒加入一起煸香，不过须马上择出待用。再下黄酒、老抽、甜面酱、白糖，翻炒几下使鸡肉进一步上色、入味。加入半碗高汤，烧沸后加盖转小火焖五分钟。

加入茭白，再煮一两分钟，复投洋葱和青椒，加少量味精，大火收汁，淀粉勾芡，淋上适量熟猪油，颠翻几下即可装盆。

油光红亮，香气馥郁，鸡肉鲜嫩，弹牙适中，这才是标准版的鸡骨酱。可配冰啤酒，也可做面浇头。鸡骨酱是咸甜口，不辣的。

如果有朋友想吃辣味的鸡骨酱可以吗？当然可以，挖几勺瓶装的牛肉辣酱与鸡块一起炒就行了，味道也是极好的。

支竹风翼煲

食材：鸡中翅、支竹、洋葱等。

去超市购买袋装的鸡中翅，取用十只，清洗后沥干，加老抽一汤匙拌匀，腌渍半小时后撒少许干生粉，拌匀，让每只鸡翅都"沾点仙气"。洋葱切片，如嫌多，半只也行。支竹与上海人爱吃的腐竹在外观上略有差别，其实都是用豆腐皮做成的，如果买不到支竹，就用腐竹吧。泡软，切成七厘米长的段。

炒锅烧热，下油 50 克，待油温升至 90℃时下鸡翅炸至两面金黄捞起，注意，不能破皮露骨。清油后留少许底油，煸炒洋葱片出香，转入一只砂煲里垫底。

将鸡翅和腐竹倒入炒锅，加沙茶酱、糖、盐、黄酒适量，加高汤或清水一碗，烧沸后也倒入砂煲内，以小火焖烧一刻钟就可以了。撒上京葱片或香菜上桌。

要求鸡翅表面不能破，骨头不能穿出。沙茶酱构成了这道菜的独特风味。

猪油渣老豆腐

食材：猪油渣、白萝卜、老油条、老豆腐。

猪油现在很少有人敢吃了，但蔡澜先生说：为了美味，不用怕猪油，许多菜就应该用猪油做，否则没味道。我投他赞成票。

猪膘切成小块熬出猪油，下面、下馄饨时加一小勺洁白的熟猪油，可以增香，烧菜饭时加一勺熟猪油，可以让米粒闪闪发光，活力无限。

猪油渣不要扔掉，我们拿它来做一道菜。

买块盐卤点成的老豆腐，切成两厘米大小的块，白萝卜半支切块，如有一根上午吃剩的冷油条，也请剪成小段。青蒜两根切末，老姜切两片。

取一砂煲，倒点精制油后煸香姜片，再下白萝卜，加高汤煮酥后再下老豆腐。最后下猪油渣和老油条，加盐和味精适量。连砂煲一起上桌，撒青蒜叶，撒黑胡椒粉，也可以再撒些鲜辣粉。

此菜宜在冬天吃，窗外漫天大雪，何足惧也！

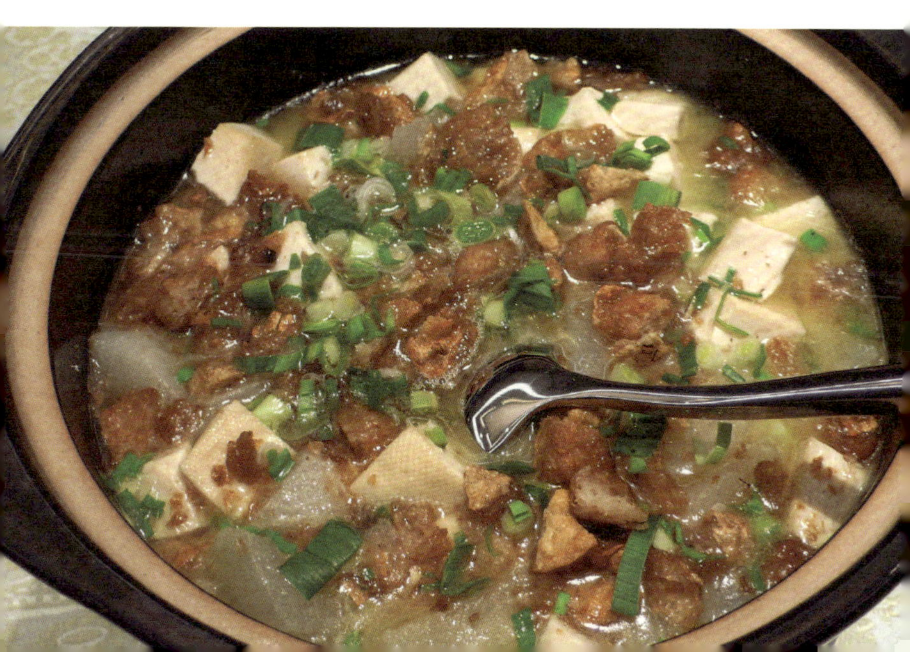

葱烧海参

食材：大连或青岛刺参、京葱、开洋、虾子等。

这道菜的关键是泡发海参。将干海参浸泡在纯净水中，在常温下静置二十四小时，使之还软。用剪刀从海参尾部剪开至头部，把里面的污物和沙泥抠出来。海参肠子可以保留，据说营养十分丰富。

将海参放在不锈钢烧锅中（锅子务必清洗干净，确保没有油脂残留），用小火烧沸后，即可熄火。在常温状态下静置冷却，二十四小时后倒掉锅里的水，另外注入纯净水，再以小火煮沸后熄火，静置二十四小时。第三天再按前面的流程烧煮一遍，冷却静置。如此者三，最后换到有盖的盛器中，加纯净水和适量冰块，存于冰箱冷藏室内。每天换一次水，三天后便能使海参充分膨胀，质地柔软，有适当的弹性。

以每人一根海参的量为实操依据。每根海参对剖后再拦腰一切为二，假如四支海参就会有十六块之多。自己家里吃就不必讲究卖相了。原支装盆，吃起来要动刀叉，实在是不大方便的。

开洋 10 克，装在料理碗里，加黄酒、白糖和净水适量，上笼屉蒸十五分钟，使开洋还软胀发。

京葱最好选用山东章丘所产，品质有保证。取四根京葱，只取葱白，剥去老皮，只用葱心部分，洗净后切成六厘米的长段，要有十六至二十段的量。在沸水中汆一下，以逼去一些糖分。

炒锅里倒精制油约 300 克，待油温升至 30℃时将葱段分批放入锅中，随着油温的升高，葱白被炸至漂亮的金黄色。允许微微有点焦黄，但葱皮不能开裂。葱段被逼走一部分水分，香气浓烈，软而不塌，焦而不枯，捞出待用。

锅内净油，倒入开洋连同碗里的汁水，将炸过的葱段铺在锅底，加老抽、蚝油、糖适量，中火煮沸后转小火焖几分钟，直至葱段酥而不烂，保持原形，盛出待用。

将海参整齐地排入锅内，加少量干虾子，以小火焖煮二十分钟左

右，直至海参用筷子夹起不滑，不弹，不跳，复投入京葱段，转大火收汁，加明油后勾玻璃芡装盆，上桌前再浇一些麻油增香。

一盆合格的葱烧海参应该是油光红亮，卤汁紧包，葱香馥郁，有干发海产品的浓香，入口酥而不烂，软糯适当，还有绵密的质感和恰当的弹性。

在我们家最先吃光的是葱段，海参倒可能会留下几块，第二天做面浇头也是不错的，而盆底的卤汁可以拌饭，味道一流。

蛤蜊黄鱼羹

食材：大黄鱼、蛤蜊、丝瓜等。

蛤蜊炖蛋是家常的，咸菜大汤黄鱼也是家常的，这两道菜都是上海人的基础味道。那么蛤蜊黄鱼羹大概就是升级版的家常菜。

买一斤文蛤，用清水养几个小时，可以在水里加点盐，模拟海洋环境，让蛤蜊积极配合，吐净泥沙。炒锅里注入清水一大碗，烧沸后将蛤蜊倒进去，用锅铲推几下，等文蛤壳略微张开后，用漏勺捞出，剥壳取肉待用。我建议用咖啡勺，一挖一个准，不要弄破蛤蜊肉的薄膜，导致鲜汁流失。氽过蛤蜊的汤不要倒掉，盛在料理碗中待用。

野生黄鱼现在难得一见，好在超市里有围网养殖的黄鱼，价格也能接受。不必太大，400 克左右的规格就很可以啦。黄鱼治净，去除头尾，将黄鱼肉段连皮切成三厘米见方的小块。另外也可再准备熟火腿末一汤匙。

黄鱼的鱼尾和龙骨，加姜片葱结吊汤待用。

丝瓜一根，刨皮后切滚刀块。

炒锅烧热，下熟猪油（一定要熟猪油）一汤匙，烧至五成热时将葱珠姜片下锅爆香，将黄鱼块滑炒一下盛起待用。投入丝瓜滑油，一分钟即可，保持翠绿色，盛起。锅内加蛤蜊汤和鱼骨汤，还有黄酒、盐适量。汤沸后撇去浮沫，加味精，投入黄鱼块和蛤蜊肉，丝瓜最后放，用淀粉勾芡，锅铲兜底轻轻推几下，淋熟猪油少许，出锅装碗，别忘了撒上火腿末、白胡椒粉和葱珠（换成香菜末也行）。

如果一时没有好的文蛤，也可用蛏子代替，同样要走静养、吐沙、氽熟、剥壳的流程。不过蛏子一定要肥，不肥对不起大黄鱼。

干菜虾干汤

食材：霉干菜、大虾干、丝瓜。

丰子恺在他的散文中写到儿时在家乡桐乡喝过霉干菜虾头汤。这也是我从小获得的享受，值得铭记一辈子。绍兴霉干菜在网上有售，但最好挑选那种加了笋干的，或称干菜笋，价钱贵一点，但味道更佳。

霉干菜抓一小把，在清水中浸泡一刻钟，再揉洗干净。

以前家乡亲戚还常常会寄来虾干，一只只很大的，可将我的小手掌妥妥罩住，空口吃味道极鲜。煮汤，是夏日里唤醒味蕾的法宝。如今在老字号的南货店里还能见到，价格不便宜。要选好一点的买，它会报答你的知遇之恩。取大虾干五六只，不必剥壳去头，与霉干菜一起煮，见沸后转小火再煮一刻钟，霉干菜和虾干本身有咸味，此时须试试咸淡，再行调味。装碗后再淋几滴麻油。

这碗素直的汤，色如琥珀，味如琼浆，如果再加几片丝瓜，赛过琥珀遇到了翡翠，雅俗共赏，味道也可更加丰富。总之，这是一道在夏天喝的汤，即使冷了喝，也想一口气喝光它。

有朋友称这碗汤为“懒汉汤”。在夏天喝这碗汤，还有消暑的功效。

于我个人而言，喝了这碗汤，仿佛就穿越到故乡，奔进沈家老台门，嗅到了牛粪和稻草的味道，看到竹园里一支支破土而出的笋尖，我可以在爷爷怀里打滚，看到娘娘（祖母）扭着一双小脚从厨房里给我拿来一块乌豆糕……

有时候想想，丰子恺喝的只是虾头汤，人家祖上可是开染坊的噢。而我用整只的虾干来烧这碗“乡下浓汤”，惭愧！

倒笃菜炒饭

食材：倒笃菜、香肠、豌豆、竹笋、米饭。

今年春天与太太去杭州，在河坊街上发现好几家商店都在销售一种倒笃菜，包装盒上醒目地写了四个字：千斤一坛。有点“不明觉厉”，营业员从我脸上识破了吃货的习性，连忙打开纸盒，里面是一个迷你的枣红釉瓷坛，再打开坛盖，噢哟，一股香气直冲鼻翼。

这款腌菜恍然穿越千年，大有来头。

以前我妈妈也腌过倒笃菜，雪里蕻菜买回来晒上几天，齐齐切碎，撒大把粗盐，反复搓揉逼走涩气，然后塞进一只小口甏里，用多余的菜叶层层铺排，再用毛笋壳罩住甏口，收拢来用麻绳扎紧，倒转甏口，挪至墙角立好。一星期后，会看到甏口有青水流出来，味道生涩而辛辣。一个月后，妈妈心怀忐忑地解绳开甏，嘴里念念有辞。当然如愿以偿，蔬菜与时间都给了妈妈最好的回报，暗绿色的咸菜散发着田间乡野的清香，捏起一撮塞进口中，充盈而美好。

倒笃菜应该是这样的，何以在西湖边上修炼成这般面目？营业员马上解释说：新鲜的倒笃菜也是有供应的，不过已经售罄。瓶装的倒笃菜是他们公司的招牌产品，是杭州“七宝”之一。这个倒笃菜在浙江建德腌制，沿袭了几百年的传统，“九头芥”经过清洗、晾晒、堆黄、切碎、加盐、揉搓、倒笃、发酵等工序加工而成。

“经过几个月的发酵，就成了这样的颜色，味道是木老老好滴呢！”

怎么吃？炒来吃，炖来吃，煮汤吃，你想怎么吃就怎么吃。无论鱼肉虾蟹，只要加上一汤匙，就像魔法棒那么一点，好味道就来到嘴边！

小姑娘能说会道，公关水平一点也不比上市公司的董秘差。那就买吧，160 克的固体物，卖到 99 元，与隔壁现炒现卖的龙井茶叶可有一拼啊。

回上海后我就迫不及待地动手了。以三人份为例，隔夜冷饭一大碗，打松待用。倒笃菜挖出几筷盛在碗里，加一勺熟猪油、一小勺糖。再取一根安昌土猪香肠，拦腰切为半截，架在倒笃菜之上，上笼屉蒸一刻钟。取出冷却，将香肠切成丁待用。

豌豆十八结，去壳留肉，清水里一煮即熟，保持青翠为要。取竹笋一支，将笋尖部分切细待用。

锅内倒入 20 克精制油，将笋尖煸炒一下盛出，再将倒笃菜煸炒一下至松，然后倒入香肠丁、冷饭，反复快炒，直至食材全部松散，香气款款上升。尝尝味道，如果味道尚淡，可以加一些生抽。如果希望米粒再丰润些，可以追加一勺熟猪油。最后加入笋尖和豌豆，炒几下就可装碗了。

不要加葱珠，深檀色的倒笃菜与青翠的小葱不在同一朋友圈。

这一碗炒饭，肯定让人碳水爆表啦。

配一碗汤，塘鳢鱼炖蛋或者番茄蛋汤，都是极好的。

樱花虾炒饭

食材：樱花虾、对虾、鸡蛋、米饭。

樱花虾，听上去系日本所产，实际上原产地在祖国的宝岛台湾，又称火焰虾、玫瑰虾。我在台北的超市里看到有卖樱花虾干，扁扁的像虾皮，半透明的粉红，在阳光下别有一种娇艳的渲染效果，确实像盛开时的樱花。价格有点小贵，但它可以为家庭烹饪带来一点乐趣。

以三人份为例，需要一大碗冷饭和两只鸡蛋、20 克樱花虾。

为了使这道炒饭更有味道，我会再买四只满膏的对虾，将虾头摘下来，虾肉剥壳，挑出虾线，开蝴蝶片用蛋清上浆待用。锅内倒入 25 克精制油，将明虾片滑炒一下盛起，再将打散的两只草鸡蛋炒松，同样盛起待用。

此时锅内还残留一点点油，可以将樱花虾倒进去小火焙一下，但千万不能焦。盛出待用。

净锅后再倒 20 克油，用中火将虾头煸出红油，此时锅铲要稍稍有力地压几下，然后将虾头拣出不用。将冷饭倒进锅里翻炒，炒至松散不结块，将炒散的鸡蛋倒进饭里，加盐和精味适量，再加入樱花虾和明虾片后转大火快速翻炒，使虾油滋润到每颗米粒，看上去会非常漂亮。

我敢肯定，即使极度惧怕碳水的朋友也无法抵抗这碗饭的诱惑。

清汤鱼圆

食材：花鲢鱼、豌豆苗。

这是一道传统浙江菜，更是一份考验耐心和耐力的力气活。取花鲢鱼一尾，鱼头可另外做砂锅粉皮鱼头等。此菜只取鱼中段，鱼身净膛剔除龙骨，一剖为二，鱼皮朝下平铺在砧板上，剔除鱼肚及两边肋骨，用一把汤匙一层层刮下背脊肉，然后用刀背敲成鱼茸，越细越好。

取老姜一小块，去皮后剁成末，用纱布包起，挤汁待用。豌豆苗一把，掐尖洗净待用。

取一大碗，装入鱼茸后加一小碗清水，手握四根筷子顺时针方向搅拌。十分钟后，待水分被鱼茸吸收后再加一小碗水，再使劲搅拌，使鱼茸继续吸收水分。一般情况下，清水与鱼茸的量为一比一。

最后，等鱼茸搅成糊状时，加适量盐、味精，将姜汁也一起兑入，千万不要加生粉或蛋清等增加凝聚力的东西。要发扬不怕困难、再接再厉、连续作战的精神，最后一次发力，将鱼茸搅至起稠，四根筷子插在碗中央挺立不倒，方可歇口气，抹把汗，喝杯茶。

灶上坐锅，加大半锅清水，水温升至三成热时，用左手将鱼茸从虎口挤出，成一鸽蛋大小的圆子，右手拿一把汤匙刮下沉入水中。随着水温的升高，鱼圆会慢慢浮起，浮起的鱼圆就捞起放在空碗里。这时可以偷吃一只犒劳自己，刚出水的鱼圆是天下最美的味道。

等所有的鱼圆做好。锅里的汤稍见混浊，应该慢慢倒入另一只锅里，沉淀在锅底的鱼茸就不要了。汤沸后淋几滴精制油，投入豆苗，再放足够吃一顿的鱼圆进去，加适量的盐和味精，见开后就可以上桌了。

鱼圆嫩、滑、鲜、润，是妈妈教会我的秘技。我用这道鱼圆汤招待过法国米其林出版社国际部的主任德昆先生，法国帅哥连吞数枚，大加赞赏。

罗宋汤

食材：牛肉、牛尾、土豆、卷心菜、胡萝卜、洋葱、芹菜、番茄、酸黄瓜、小麦粉等。

关于罗宋汤的来龙去脉，我在《上海老味道》一书的一篇文章里已经讲得很清楚了：《霞飞路上的罗宋大菜》，在此不再赘言。这里单说罗宋汤的做法（以四人份为例）。

我先要嘭嘭嘭敲黑板：记住啊，罗宋汤的四项基本原则！

第一个原则：炒油面粉。没听说过吗！快补上一课吧，油面粉是为了让罗宋汤起稠而准备的。有些人说煮罗宋汤要用湿淀粉勾芡，真把我气疯了！烧荠菜肉丝豆腐羹才会用淀粉勾芡吧！

小包装的新西兰黄油，城市超市有售，切一块麻将牌大小的黄油放进洗干净的炒锅去，慢慢融化后，倒入满满三汤匙约30克小麦粉，快速翻炒，不能让它结块结球。等香气慢慢溢出，颜色有点转黄，盛起待用。

第二个原则：洋葱一定要煸透。再切一块黄油（半块香皂那么大小）放在锅底，融化后倒入切成小块的洋葱（不要切成丝，只有煮洋葱汤时才切成丝），小火煸透。煸多少时间呢？记住：二十分钟！

在漫长的二十分钟里要不时翻炒一下，防止粘底。黄油煸炒食材会出现一个小问题：容易焦糊。所以不能一边煸洋葱一边玩手游。

二十分钟以后，洋葱煸成半透明状了，软塌塌地趴在锅底，少数洋葱块的边缘还微微有些焦黄，这是极好的感官效果，盛起待用。

以上都是前戏。接下来，用两三截牛尾熬成的汤（至少熬二小时），煮整块约500克的牛肉（焯水的过程大家都应该明白），及时撇去浮沫，千万不要加黄酒！煮到筷子能轻松戳进牛肉内部后捞起，冷却后切成两厘米见方的小块待用。

土豆两至三只，去皮煮至九成熟，捞起后切成和牛肉块相仿的块。一根胡萝卜与土豆一起煮熟，切成半月片。卷心菜嫩叶三四片，去梗，切成半张名片大小的块。

炒锅洗净，烧热，倒入50克精制油或橄榄油（千万不要用菜油），煸炒去皮后切小块的番茄，待番茄汪出红油后，加适量的梅林罐装番茄酱和李锦记瓶装番茄沙司（不要全部用番茄沙司，否则会太甜），有些人认为要加点酱油以增加颜色，拜托，别这样浓油赤酱好不好？还有人觉得不够酸，自说自话地加了不少醋，那就砸锅了。

看到番茄酱在锅内起泡，马上加入土豆、胡萝卜和卷心菜。加牛尾汤三大碗。

接下来，应该强调第三个原则了。

第三个原则：加芹菜。摘去叶子的芹菜梗切成两段，不切也没关系，沉入锅底，再加入牛肉块，小火煮八分钟后，将芹菜梗捞出扔掉。清除“药渣”是为了确保罗宋汤的纯洁性，汤内只需留下芹菜的香味。

这时候，罗宋汤即将大功告成，红艳艳的汤汁咕嘟咕嘟地冒着泡，好像在向你倾诉有关阳光与田野的古老爱情。

别忘了加盐，试试味道。

油面粉

洗手，擦干，将油面粉匀匀地撒在汤面上，另一只手用勺子不停地搅拌起稠，请注意，不能让汤厚薄不匀，更不能粘底。

看上去差不多了，若有多余的油面粉也不要全部撒完，见好就收，这是一个好厨师的宝贵经验。

第四个原则：加酸黄瓜（这是本人的发明创造，秘密首次公开）。瓶装的俄式酸黄瓜，在超市和网上都有售。取出两根切成薄片或细末，顺手将煤气灶关掉，将酸黄瓜均匀地撒入汤内。

可以再加一小勺意大利罗勒酱，稍许搅拌一下。最后撒上适量黑胡椒粉。

好了，香浓美味的罗宋汤做好了，别忘了给自己来一个大大的点赞。

注意，不要加葱花，不要加蒜叶，也不要画蛇添足地放几片薄荷叶。

分装四盆，上桌后，每盆汤的上面再加一小勺酸奶油（超市里有卖，如果买不到，可用酸奶代替）。

当你看到酸奶油在红泗泗的罗宋汤上冰消雪融时，还等什么！

有些勤俭持家的主妇做罗宋汤喜欢放大量的卷心菜和土豆，就怕家人吃不饱，一不小心就成了食堂版，回到计划经济时代。一碗自信满满的罗宋汤不必让食材堆得像小山一样，得悠着点，让牛肉和土豆像大西洋上的冰山那样只露出一个角。

一碗经典版的罗宋汤应该色泽红亮，香气扑鼻，上口咸鲜，回味酸甜，喝了一口如痴如醉欲罢不能。酸，有番茄的酸、酸黄瓜的酸、酸奶的酸。香，有洋葱的香、牛肉的香、芹菜的香、胡萝卜的香、罗勒的香、黄油的香，味觉体验非常丰富。你还可以轻轻晃动一下汤盆，应该出现“挂杯现象”。

罗宋汤里蕴含着一种暖暖的老上海风情，喝了还想喝，但是没有了。只有一盆，要喝请等下回。好东西不能一次吃到饱，这是对罗宋汤和厨艺的尊重。

沈家私房菜